W0284717

Das Buch

Romantik, Spannung, psychologisch glaubwürdige Charaktere – dieses bewährte angelsächsische Erzählmuster beherrscht kaum eine zeitgenössische Autorin so souverän wie Daphne Du Maurier, die große alte Dame der englischen Literatur. Ihre berühmten Romane *Rebecca* und *Meine Cousine Rachel*, erfolgreich verfilmt und in viele Sprachen übersetzt, sind in Millionenauflagen in der ganzen Welt verbreitet. In die Reihe ihrer großen Romane gehören ohne Zweifel auch *Die Frauen von Plyn*, die über ein Jahrhundert umfassende Geschichte der Familie Coombe, die in der kleinen englischen Hafenstadt ansässig ist. Es ist die Geschichte kühner Seefahrer, Kaufleute und Abenteurer – und die Geschichte ihrer reizvollen Frauen, ihrer Kinder und Enkel. Am Anfang all jener abenteuerlichen Ereignisse und dramatischen Konflikte steht Janet Coombe, eine der unvergeßlichen Frauengestalten Daphne Du Mauriers. Die schöne und liebenswerte Janet bleibt auch nach ihrem Tod Mittelpunkt der bewegten Familiengeschichte. Ihr Einfluß bestimmt die Wege ihrer Nachkommen, die sich der Kraft ihrer Liebe nicht entziehen können.

Die Autorin

Daphne Du Maurier, 1907 als Tochter eines berühmten Schauspielers geboren, stammt aus einer alten französischen Familie, die während der Französischen Revolution nach England emigrierte. Sie wuchs in London und Paris auf und begann ihre schriftstellerische Karriere mit Kurzgeschichten und Zeitungsartikeln. Sie schrieb zahlreiche historische Biographien, Novellen und Romane, die in Millionenauflagen in der ganzen Welt verbreitet sind. Für ihre literarischen Verdienste wurde sie von der englischen Königin geadelt. Im Wilhelm Heyne Verlag sind lieferbar: *Kehrt wieder, die ich liebe* (Bd. 01/5352), *Das Geheimnis* (Bd. 01/8090), *Erben von Clonmere* (Bd. 01/7794), *Das goldene Schloß* (Bd. 01/7884), *Karriere* (Bd. 01/8178), *Der Mann mit meinem Gesicht* (Bd. 01/8225), *Träum erst, wenn es dunkel wird* (Bd. 01/8359), *Wenn die Gondeln Trauer tragen* (Bd. 01/7986), *Panik* (Bd. 01/8422).

DAPHNE DU MAURIER

DIE FRAUEN VON PLYN

Roman

Aus dem Englischen
von Justus Werner

PAVILLON VERLAG
MÜNCHEN

PAVILLON TASCHENBUCH
NR. 02/0149

Umwelthinweis:
Dieses Buch wurde auf
chlor- und säurefreiem Papier gedruckt.

Taschenbuchausgabe 05/2001
Copyright ©1931 by Daphne Du Maurier
Alle deutschen Rechte bei Scherz Verlag, Bern, München, Wien
Der Pavillon Verlag ist ein Unternehmen der
Heyne Verlagsgruppe, München
http://www.heyne.de
Printed in Germany 2001
Umschlagillustration: Bavaria Bildagentur/pp
Umschlaggestaltung: Nele Schütz Design, München
Gesamtherstellung: Elsnerdruck, Berlin

ISBN: 3-453-18526-9

ERSTES BUCH

Janet Coombe

1830–1863

1

Janet Coombe stand auf dem Hügel, der sich über Plyn erhebt, und blickte hinunter auf den Hafen. Obgleich die Sonne schon hoch am Himmel stand, war die Stadt noch immer unter einer dichten Nebeldecke verborgen. Wie ein ausgeblichenes grobes Leinentuch klebte der Nebel an den Mauern der Stadt und gab ihr etwas Unwirkliches, als hätten Geisterfinger leise über sie hingestrichen. Es war die Zeit der Ebbe. Ruhig und gleichmäßig flossen die Wasser aus dem Hafen und strömten hinaus ins Meer. Nirgends zeigte sich eine Welle. Kein Wölkchen trübte den blassen, weißlichen Himmel. Sekundenlang stand eine Möwe in der Luft, streckte ihre Schwingen im Schein der Sonne und tauchte mit einem Schrei im Nebel unter. Für Janet war dieser Hügel eine eigene Welt, eine Welt von merkwürdiger Klarheit, in der sie sich verstanden fühlte, in der alle quälenden Gedanken und drängenden Fragen ihres Herzens zur Ruhe kamen.

Der weiße Nebel begrub all die Sorgen und Zweifel des täglichen Lebens, all die schweren Pflichten und den immer gleichbleibenden Gang ihres eintönigen Daseins. Hier auf dem Gipfel des Hügels gab es keinen Nebel, keine Schatten, nur die Wärme der morgendlichen Sonne.

Hier oben war eine Freiheit, die nichts mit Plyn zu tun hatte, die ein Teil der Luft und des Meeres zu sein schien, die mit dem sanften Fall der Blätter im Herbst zusammenhing und mit dem schüchternen Flügelschlag eines Vogels. In Plyn war man ständig in Anspruch genommen, wurde vom frühen Morgen bis zum späten Abend von den täglichen Sorgen des Haushalts verfolgt, mußte bald hier, bald dort zu Hand sein, mußte für alle ein freundliches, aufmunterndes Wort haben und durfte nicht einmal das gleiche von den anderen erwarten.

Doch jetzt sollte sie Frau und Gattin werden, eine neue Sprosse auf der Leiter des Lebens ersteigen... Es war Janet Coombes Hochzeitstag. In diesem Augenblick war ihre Mutter dabei, alles für die Gäste vorzubereiten, und die Schwestern würden das Brautkleid mit vorsichtigen Händen auf dem Bett ausbreiten.

Bald würden die Glocken von Lanoc Church läuten und sie und Vetter Thomas, ihr zukünftiger Gatte, vor dem Altar stehen und im Angesicht Gottes ein Paar werden.

Die Trauungsfeierlichkeit würde blaß und unwirklich sein, wie die Stadt Plyn im Morgennebel. Wenn sie auch versuchte, aufmerksam allen Einzelheiten der Zeremonie zu folgen, sie würde dennoch so wenig von allem verstehen, als befände sie sich in weiter, weiter Ferne. Sie wußte, es war ihre sündige Seele, die alle Ermahnungen des Pfarrers in den Wind schlug. Janet wußte, daß sie sündig war und im dunkeln tappte; sie war es schon immer gewesen, soweit sie zurückdenken konnte, bis zu der Zeit, da sie noch auf den Knien ihrer Mutter gesessen hatte.

Ihre Schwestern hatten die Schule besucht, wie es sich gehörte, brav und folgsam, hatten nähen und lesen gelernt, wie es sich für anständige Mädchen schickte. Janet aber hatte sich um Lernen und Schule gedrückt, wo und wann sie nur konnte. Weit öfter als in der Schule fand man sie am Strand jenseits des Hafens. Auf den hohen, steil abfallenden Felsen der alten Burg konnte man sie viel eher antreffen als auf der Schulbank. Stundenlang hatte sie dort stehen können, um die im fernen Dunst verschwindenden Segel der Fischerboote zu beobachten.

»Lieber Gott, bitte, mach einen Mann aus mir, wenn ich erwachsen bin«, so etwa hatte sie damals gebetet. Wenn sie dann am Abend endlich heimgekommen war, hatte ihre Mutter sie gescholten und geschlagen; aber es hatte alles nichts genützt.

Wie ein Knabe war sie aufgewachsen, mit festen Händen und furchtlosen Augen, und mit einer unbändigen Liebe zum Meer und seiner Wildheit. Dennoch war sie im Herzen ein Mädchen geblieben, voller Zärtlichkeit für die Tiere und für alles, was schwach und hilflos war. Dieselbe Zärtlichkeit, dieselbe Behutsamkeit hatte später auch bewirkt, daß sie auf ihre Kleider achtete, gelegentlich eine Blume ansteckte und die widerspenstigen schwarzen Locken aus der Stirn kämmte.

Oft war sie durch die Werften gegangen, die am Fuß des

Hügels beim Ausgang des Hafens lagen. Anfangs schienen diese Werften, in denen die Fischerboote gebaut wurden, noch ziemlich unbedeutend; doch dann waren sie Jahr für Jahr gewachsen und hatten schließlich das ganze Gelände auf der andern Seite des Hafens eingenommen. All diese Schuppen, Werkstätten und Höfe gehörten ihrem Onkel, dem ihr Vetter zweiten Grades, der junge Thomas Coombe, zur Seite stand.

Vetter Thomas war immer ernst, immer beschäftigt. Er hatte in Plymouth gelernt. Seine ruhige, sichere Art hatte dem Onkel Eindruck gemacht. Aber Thomas hatte es auch verstanden, die Werftarbeiter für sich zu gewinnen. Er war ein tüchtiger Mensch und sah eigentlich auch ganz gut aus, wenn man sich's recht überlegte. Für lange Liebeserklärungen und Sonntagsspaziergänge an der Küste hatte er allerdings keine Zeit. Aber immer wieder waren seine Gedanken zu Janet gegangen, und mehr als einmal hatte er sich überlegt, daß sie eine ausgezeichnete Ehefrau und eine gute Kameradin fürs ganze Leben sein würde.

Eines Tages war er zu Besuch gekommen und hatte gefragt, ob er mit Janet allein sprechen könnte.

Gekleidet, wie es sich schickte, wenn ein derartiger Besuch kam, die dunklen Locken sorgfältig in der Mitte gescheitelt, war sie die Treppe hinabgeeilt.

»Vetter Thomas«, so hatte sie gesagt, »Sie kommen zu früh heute abend. Der Tisch ist noch nicht gedeckt. Und lediglich ich kann Ihnen vorläufig Gesellschaft leisten.«

»Janet«, so hatte er ruhig geantwortet, »ich kam aus einem ganz bestimmten Grund. Ich möchte Sie nämlich gern etwas fragen, Janet«.

»Sagen Sie nur, was sie auf dem Herzen haben, Vetter Thomas«, hatte sie gesagt, »vielleicht wird mir die Antwort gar nicht so schwerfallen.«

Er hatte ihre Hand genommen und Janet zum Stuhl neben dem Herd gezogen.

»Seit einem Jahr, Janet, komme ich jetzt regelmäßig in Ihr Haus. Immer habe ich Sie heimlich beobachtet und mir alle Ihre Worte genau gemerkt. Was ich Ihnen jetzt sagen will, sage ich nicht, weil ich Sie heute zum erstenmal allein sehe. Zwölf Monate lang habe ich Sie fast täglich gesehen. Ich habe Sie liebgewonnen, weil Sie stets einfach und natürlich sind. Erst jetzt kann ich es Ihnen endlich sagen. Ich möchte, daß Sie meine Frau werden, Janet, und mit mir mein Heim teilen. Ich werde mein Leben lang arbeiten, damit Sie Ruhe, Frieden und Sicherheit haben, Janet.«

Sie hatte ihre Hand in seiner gelassen und eine Zeitlang angestrengt nachgedacht.

Eben noch hatte sie geglaubt, ein Kind zu sein, bestenfalls ein erwachsenes Mädchen – aber inzwischen war sie wohl zur Frau geworden, und das würde sie von nun an bleiben.

Dann hatte sie sich lächelnd Thomas zugewendet.

»Ich bin sehr stolz auf die Ehre, die Sie mir erweisen. Aber ich bin dieser Ehre gar nicht würdig. Doch ist es überaus schmeichelhaft für ein Mädchen, mit eigenen Ohren zu hören, daß es jemanden gibt, der es liebt und es anbetet. Wenn es Ihr Wunsch ist, Thomas, mich zu heiraten, wenn Sie glauben, daß Sie es mit mir aushalten werden – ich kann manchmal nämlich sehr heftig sein –, so würde ich glücklich sein, mit Ihnen leben zu können und immer für Sie zu sorgen.«

»Janet, Liebes, kein Mann in Plyn könnte heute stolzer sein als ich. Niemand wird glücklicher sein als ich, wenn ich eines Tages neben dir an unserem eigenen Feuer sitzen werde.«

Dann war er aufgestanden und hatte sie in seine Arme genommen.

»Da es jetzt abgemacht ist, daß wir beide heiraten, glaube ich, ist es nur natürlich, und niemand könnte etwas dagegen einwenden, wenn ich dich jetzt küsse, Janet.«

Einen Augenblick hatte sie gezögert, denn sie hatte noch nie einen Mann geküßt, ausgenommen ihren Vater natürlich.

Dann hatte sie ihm ihre Hände auf die Schultern gelegt und ihren Kopf an seine Wange gelehnt.

»Es macht nichts, wenn es vielleicht nicht ganz korrekt ist, Thomas«, hatte sie nachher zu ihm gesagt, »mir scheint es jedenfalls richtig.«

So war es gekommen, daß Janet sich mit ihrem Vetter Thomas Coombe aus Plyn in der Grafschaft Cornwall verlobt hatte, im Jahre 1830, als er fünfundzwanzig Jahre alt war und sie gerade ihren neunzehnten Geburtsgag gefeiert hatte...

Der Nebel hatte sich verflüchtigt, und Plyn wirkte nun weniger schattenhaft. Vom Hafen her tönten Rufe. Man sah Möwen ins Wasser tauchen und Menschen vor den Türen der Häuser stehen.

Immer noch stand Janet auf der Höhe des Hügels und blickte über die Wasserfläche hin. Ihr war, als sei sie aus zwei völlig verschiedenen Teilen zusammengesetzt. Die eine Hälfte wollte nichts als die Frau eines Mannes sein, nur immer für den ihr angetrauten Gatten sorgen und ihn mit Liebe und Zärtlichkeit umgeben; die andere hingegen zog es zu den Schiffen hin; die andere wollte eins sein mit Himmel und Meer und frei wie die Möwe.

Dann aber wandte sie sich um und sah Thomas, der den Hügel heraufkam. Sie lachte ihn an und lief ihm entgegen.

»Ich glaube, es schickt sich ganz und gar nicht, den Gatten so am Hochzeitsmorgen zu begrüßen«, sagte sie. »Eigentlich sollte ich daheim sein, mich für die Kirche vorbereiten und nicht hier auf dem Hügel Hand in Hand mit dir stehen.«

Er nahm sie in die Arme und küßte sie.

»Es ist mir gleich, ob uns jemand sieht«, flüsterte er, »o Janie, ich lieb dich ja so.«

Schafherden zogen über die Wiesen, und der süße Duft des Ginsters erfüllte die Luft.

»Es kommt mir so merkwürdig vor, wenn ich mir ausmale, daß uns von jetzt an nichts mehr trennen wird, Thomas«, sagte sie, »nicht bei Nacht und nicht bei Tag, wenn du bei deiner Arbeit bist und ich den Haushalt besorge. Stets werden unsere Gedanken zusammenklingen.«

Er hielt sie noch immer umschlungen. Sie lehnte den Kopf an seine Schulter. »Verheiratet sein ist doch eigentlich etwas schrecklich Ernstes, Thomas.«

»Ja, Liebes, aber Gott gibt seinen Segen dazu, und wir müssen uns nicht die Köpfe darüber zerbrechen.«

»In hundert Jahren werden hier zwei andere stehen, Thomas, genau so wie wir jetzt – und werden Blut von unserem Blut sein und Fleisch von unserem Fleisch.«

Sie zitterte in seinen Armen.

»Aber, Janie, was redest du da! Denk doch lieber an uns und zerbrich dir nicht den Kopf über alles mögliche, was sein könnte, wenn wir tot und dahin sind.«

»Mir ist ja nicht meinetwegen bange«, flüsterte sie, »mir ist bange um die, die nach uns kommen. Vielleicht hängt alles nur von uns selber ab – alles, was in weiter, weiter Zukunft liegt. Von uns beiden, die in der Morgensonne hier auf dem Hügel stehen!«

»Aber was meinst du denn, Janie?«

»Ach, ich habe so viel gehört, es wird überall so viel geredet. Aber ich glaube, nur das eine ist wirklich wichtig: daß du und ich, daß wir uns lieben und daß auch alle die, die nach uns kommen, einander lieben.«

Sie gingen den Hügel hinab. Seite an Seite, ohne noch ein Wort miteinander zu reden.

Später, als die Schwestern ihr bereits das Brautkleid angezogen hatten, stand Janet am Fenster und sah über den Hafen hin. Viele Gedanken bestürmten sie, aber keinen hätte sie aussprechen können. Sicher liebte sie Thomas. Aber sie ahnte, daß es etwas weit Größeres gab als ihre Liebe zu Thomas, etwas ganz Einfaches und Starkes, von unvergänglicher Schönheit. Eines Tages würde sie es wissen, aber heute noch nicht.

Leise hörte man das Geläut der Glocken von Lanoc Church über den Hügel klingen – allmählich wurde das Läuten stärker.

»Janie – wo steckst du?«

Sie wandte sich vom Fenster ab, öffnete die Tür und ging die Treppe hinunter zu den Hochzeitsgästen, die sie erwarteten.

2

Nach ihrer Hochzeit hatte sich Janet sehr verändert. Sie war um vieles stiller geworden, das ruhelose Umherstrolchen auf den Hügeln hatte sie ganz aufgegeben. Ihrer Mutter, aber auch den Nachbarn war es aufgefallen, und oftmals sprachen sie darüber mit vieldeutigem Lächeln und weisem Kopfnicken.

»Das kommt, weil sie jetzt einen Mann hat, und das ist ja nur natürlich. Sie ist eine Frau geworden, sie denkt nur noch an ihren Gatten und seine Wünsche. Dadurch ist sie endlich ein vernünftiger Mensch geworden und hat nun endlich etwas anderes im Kopf als bloß immer den Hügel und das Meer. Thomas hat es fertiggebracht, ihre Wildheit zu zügeln und die richtigen Instinkte in ihr zu wecken.«

In mancher Hinsicht hatten sie recht, denn durch ihre Heirat mit Thomas war Janet ruhig und zufrieden geworden, so ruhig und zufrieden wie noch nie zuvor. Sie wußte selber nicht, wieso. Es war, als hätte Thomas mit seiner Liebe und seiner Sorgfalt auf einmal alle Unrast und alle wilden Gedanken in ihr besänftigt.

Aber wenn dieses neue Leben sie auch äußerlich zu beruhigen schien, konnte es ihren rastlosen Geist doch nicht endgültig ändern.

Während sie jetzt stolz und freudig ihre neue Aufgabe erfüllte, war ihr unsteter Geist beschäftigt und schien zufrieden. Sie mied den Hügel und auch den Hafen, folgte nicht mehr sehnsuchtsvoll den Schiffen am Horizont und befaßte sich nur noch mit ihrem Haushalt.

Langsam schlichen die Wintermonate dahin, Weihnachten kam und ging vorüber, und nun war schon das erste Ahnen des Frühlings in den Lüften zu spüren. Die rauhen Morgenfröste hatten nachgelassen, die Bäume streckten ihre Zweige wieder kecker zum Himmel, und ihre Knospen fingen allmählich an aufzubrechen. Auf den Wiesen oberhalb Plyn sprangen die weißen Lämmer, und an geschützten Hängen blühten wieder die blaßgelben Schlüsselblumen.

Janets Haus war von einem Geheimnis umgeben und von Unruhe und Spannung erfüllt, denn die Herrin erwartete in allernächster Zeit das erste Kind.

Ihre Mutter war beinahe ständig im Haus und schien alles mit ihrer Aufregung anzustecken; sie half der Tochter beim Kochen, beim Stubenfegen – und versuchte Janet in jeder Beziehung die Haushaltssorgen abzunehmen.

Thomas war indessen schlecht gelaunt und ungeduldig, für die Arbeiter auf der Werft hatte er nur knappe und unwirsche Worte; sogar seinen alten Onkel herrschte er unfreundlich an, wenn er ihn in dieser oder jener wichtigen Sache sprechen wollte. Aber alle verziehen ihm von Herzen, denn sie wußten, diese Zeit war gewöhnlich für alle jungen Ehemänner schwer zu ertragen.

Janet betrachtete die ganze Aufregung rings um sie her nur mit einem stummen Lächeln auf den Lippen und machte große, erstaunte Augen dazu. Sie selber spürte keinerlei Unruhe und fand nichts dabei, daß sie im Frühling ein Baby bekommen sollte. Aber was sie nicht begreifen konnte, war diese Geheimniskrämerei, dieses ständiges Geflüster, das endlose Getue mit den Schleifen an der Wiege im Schlafzimmer und das vielsagende Lächeln ihrer Mutter, wenn die Nachbarinnen zu Besuch kamen; und auch Thomas, der sie ununterbrochen bat, sie möge sich hinlegen und ausruhen, fand sie albern. »Ich wünschte, ihr würdet euch endlich um eure Angelegenheiten kümmern und mich in Ruhe lassen. Ich habe keine Angst, und wenn es nach mir ginge, könntet ihr ruhig bei euren Handarbeiten und euren Kochtöpfen bleiben. Am liebsten würde ich auf die Weide gehen und dort mein Baby bekommen, mitten zwischen den Kühen und Schafen, die würden mich verstehen.«

»Großer Gott, wenn dir solche Ideen kommen, dann gehörst du so schnell wie möglich ins Bett, aber gleich«, rief ihre Mutter entsetzt, schob Janet die Treppen hinauf ins Schlafzimmer und duldete keinen Widerspruch.

Zwei Tage später, am fünften März, wurde Janets Sohn Samuel geboren.

Auf der Werft hißte man eine Unmenge Flaggen in buntem

Durcheinander, und alle Angestellten und Arbeiter wurden am Abend freigehalten.

Janet lag, das dunkle Haar zurückgekämmt, in ihre Kissen gelehnt und betrachtete sinnend das Baby in ihren Armen. Was für ein merkwürdiges, kleines, jämmerliches Wesen doch so ein Kind war, mit seinem kahlen Kopf und seinen wasserblauen Augen! Und doch war es angenehm und ein ganz neues, merkwürdiges Gefühl, das warme Körperchen neben sich zu spüren und zu wissen, daß es zu einem gehörte und vom eigenen Fleisch und Blut war.

Samuel war ein liebenswürdiges Kind und machte sehr wenig Arbeit. Weder wimmerte er unablässig vor sich hin, noch schrie er ununterbrochen; er benahm sich ganz wie ein gesundes, normales Baby. Thomas brachte es kaum über sich, seinen Sohn allein zu lassen, und schimpfte über die Zeit, die er notgedrungen unten in der Werft verbringen mußte. Er war äußerst stolz, und es schmeichelte seinem Ehrgefühl, wenn er zu den sonntäglichen Besuchen im großelterlichen Hause seinen Sohn selber tragen durfte.

Janet ging nebenher und war froh, wenn sie die kleine Last einige Zeit los war. Thomas schritt sicher und langsam aus, stolz, den Vorübergehenden seinen Sohn zu zeigen.

Im Haus ihrer Eltern wurde das Baby im Kreise der versammelten Nachbarschaft herumgereicht, die Tanten bedeckten es mit Küssen, und schließlich wurde es auf Großmutters Knien geschaukelt. Thomas verfolgte jede Bewegung mit eifersüchtigen Blicken. »Geben Sie acht, Sie werden ihn fallen lassen.«

Janet hingegen saß die ganze Zeit am Ofen, lauschte auf das Durcheinander der vielen Stimmen und auf das Geplapper, in dem man sich mit dem Baby zu unterhalten suchte.

All das nahm sie in sich auf wie etwas, das eben so sein mußte, und wußte dabei doch die ganze Zeit, daß ihr Baby am glücklichsten war, wenn es allein, nach dem Bad, in ihren Armen nach Herzenslust strampeln durfte. Komisch, daß die Menschen das nicht einsehen wollten; und Thomas auch nicht. Aber Thomas war die Schwäche in Person, jedenfalls was seinen Sohn Samuel betraf.

Wenn Janet am Abend das Baby auszog und es seine kleinen, geschlossenen Fäuste in die Luft streckte, wollte der junge Vater dies als Zeichen seiner Kraft deuten.

»Sieh, Janie, sieh nur die Muskeln, der Bub wird eines Tages prächtig mit der Säge umzugehen wissen!«

So verstrich das erste Jahr ihrer Ehe. Und alle drei, Thomas, Janet und Samuel, waren miteinander zufrieden und glücklich.

Im Herbst 1831 mußte sich der alte Onkel Coombe mit Rheumatismus zu Bett legen, und die ganze Verantwortung für die Werft ruhte ausschließlich auf den Schultern des jungen Thomas. Jetzt konnte er endlich all die Änderungen und Verbesserungen ausführen, die er schon lange plante.

Das Gesamtgebiet der Werft wurde erweitert, die Böschung und das Ufer ausgebaut, so daß man auch größere Schiffe vom Stapel lassen konnte.

Neue Aufträge kamen, man verlangte Boote, die auch den Winterstürmen gewachsen wären; Thomas war vollauf beschäftigt und hatte nur noch selten Zeit, mit seinem Kind zu spielen. Die, die schon immer alles gewußt hatten in Plyn, nickten mit den Köpfen, wiesen wohlmeinend auf den jungen Thomas und erklärten, er werde es schon schaffen.

»Du hast den richtigen Mann geheiratet, Janet«, sagten sie zu ihr. »Du kannst froh sein, daß du so einen Mann hast! Er wird seinen Weg machen.«

Natürlich hörte es Janet gern, wenn man ihren Gatten lobte. Denn in Plyn war man nur allzu bereit, in jedem Menschen und bei jedem Ding einen Fehler zu entdecken. Zu ihren Füßen kroch Samuel herum, lag auf dem Rücken und versuchte, mit seinen kleinen Fäustchen in den Himmel zu greifen. Dabei blickte er seiner Mutter ernst ins Gesicht, mit seinen nachdenklichen Augen, die so sehr den Augen seines Vaters glichen.

Janet wartete gerne noch auf Thomas, ehe sie das Kind zu Bett brachte. Wenn dann Samuel ruhig und zufrieden in der Wiege beim Herdfeuer lag, konnten sie beide ungestört zu Abend essen und eingehend die Ereignisse des Tages besprechen.

»Wir kommen gut voran mit dem neuen großen Boot, Janie. Morgen vormittag können wir die Planken einsetzen. Ich bin sehr froh, daß wir damals – zehn Monate ist es jetzt her – das Holz aus den Truan-Wäldern gekauft haben; wir können das jetzt ausgezeichnet verwenden. Ich glaube, die Schiffe werden alles aushalten – ausgenommen natürlich, sie stranden, Janie.«

»Man sagt, daß du schneller und besser baust als Onkel Coombe.«

»Wirklich, sagt man das?«

»Ganz Plyn spricht davon. Täglich höre ich es. Ich bin ungeheuer stolz auf dich, Thomas.«

»Ach, es geschieht alles nur für dich und für unseren Sohn, Janie, Gott segne sein kleines Herz und sein unschuldiges Gesichtchen. Vielleicht wird er später einmal noch lange, lange Zeit Seite an Seite mit seinem Vater schaffen. Was meinst du dazu, Söhnchen?«

Samuel, in seiner Wiege, strampelte; er wollte nicht schlafen, er begann in den höchsten Tönen zu krähen.

Thomas erhob sich und kniete neben der Wiege nieder.

»Sammy, mein Junge, du mußt doch nicht weinen!«

Dann nahm er die geballte Hand des Kindes und küßte sie. »Still jetzt, Sammy! Du brichst deinem Vater das Herz, wenn du so weiterweinst.«

Aber Samuel schrie unentwegt weiter, und sein Gesicht färbte sich puterrot.

Janet lächelte und schüttelte weise den Kopf. Sie stand auf, nahm das Kind aus der Wiege und schlug ihm sanft auf sein kleines Hinterteil.

»So eine Aufregung«, besänftigte sie ihren Gatten, »und nur, weil der Junge Blähungen hat.«

Thomas seufzte und ließ den Kopf hängen; sie verstand wirklich entschieden mehr von Kindern als er.

3

Onkel Coombe, der sich inzwischen noch einmal aufgerafft hatte und trotz seinem Rheumatismus täglich mühsam an zwei Stöcken in die Werft gehumpelt war, starb mitten im Sommer des darauffolgenden Jahres an einer Erkältung.

Nun gehörte die Werft Thomas allein, und es hing bedingungslos von ihm ab, ob ein gutgehendes und blühendes Unternehmen daraus würde. Es war eine große Verantwortung, die auf einmal auf den Schultern des siebenundzwanzigjährigen jungen Mannes lastete, aber Thomas war geschickt und auch widerstandsfähig genug, um einer solchen Aufgabe gewachsen zu sein.

Es war, als hätte Thomas mit der neuen Bürde auch seine alte Leichtigkeit verloren. Er war nun ein Mann, und von jugendlicher Unbekümmertheit war nichts mehr an ihm zu spüren. Er dachte nur noch in Pfund, Shilling und Pence; und wenn er auch stets erklärte, er arbeite nur für Frau und Kind, merkte man ihm, wenn er das Schild »Thomas Coombe, Schiffsbauer« betrachtete, doch deutlich an, daß er dann nicht nur an seine engsten Angehörigen dachte. Schon innerhalb kurzer Zeit war sein Name in Plyn weit bekannter, als der Name seines Onkels es jemals gewesen war.

Janet hatte die Veränderung, die in Thomas vorging, wohl bemerkt. Aber sie konnte ihn darum nicht tadeln; sie empfand das alles als naturgegeben. Daß an erster Stelle die Arbeit kam, schien ihr ganz richtig; er wäre ihr verächtlich vorgekommen, wenn er das Geschäft sich selbst überlassen und sich lediglich für sie und das Haus interessiert hätte wie noch zu Lebzeiten des alten Onkel Coombe.

Im Frühjahr 1833, vierzehn Tage nach Samuels zweitem Geburtstag, kam seine Schwester zur Welt.

Sie war blond und blauäugig wie Samuel und ähnelte ihm in jeder Beziehung. Auch sie brachte nicht mehr Unruhe ins Haus als er damals.

Das Kind wurde auf den Namen Mary getauft, und Thomas war auf seine Tochter fast ebenso stolz wie seinerzeit auf seinen Sohn Samuel.

Wenn Thomas auch annahm, er habe in allen Dingen das letzte Wort, so war es doch im allgemeinen Janet, die ihren Willen durchsetzte. Sie brauchte ihrem Gatten nur ein Wort an den Kopf zu schleudern, nichts weiter, dann ging er mit dem unbestimmten Gefühl an die Arbeit, daß sie wieder einmal gewonnen hatte. Er nannte das »Janie nachgeben«, doch es war mehr als das; unbewußt erkannte er damit die stärkere Persönlichkeit seiner Frau an.

Niemals hätte er es zugegeben, aber er wurde – um es mit seinen eigenen Worten zu sagen – »nie ganz klug aus Janet«. Sie war seine Frau, er liebte und achtete sie, sie hatten ihr Haus und die beiden Kinder, doch ihre Gedanken blieben ihm ein Rätsel. Es war so merkwürdig, wenn sie plötzlich verstummte und mit verlorenem Blick aus dem Fenster sah, durch das man in der Ferne das Meer erblickte. Schon des öfteren war ihm das aufgefallen, abends etwa, wenn er aufhörte, mit den Kindern zu spielen. Dann saß Janet mit abwesendem Blick in ihrem Stuhl und starrte, die Arbeit im Schoß, selbstvergessen ins Weite.

»Woran denkst du, Janie?« fragte er; aber sie schüttelte nur lächelnd den Kopf und gab keine Antwort. Oder sie machte eine törichte Bemerkung wie: »Wenn es nach mir gegangen wäre, Thomas, wäre ich ein Mann geworden.«

So etwas zu hören, war nicht gerade sehr angenehm. Warum wollte sie unbedingt ein Mann sein? Es gab doch in Plyn kein besseres Haus, keine reizenderen Kinder und im ganzen Ort bestimmt keinen so treuen, liebevollen Gatten wie ihn.

»Manchmal bist du für mich ein Rätsel, Janie«, seufzte er dann. Aber wie ein Blitz aus heiterem Himmel war sie jedesmal aufgesprungen, hatte sich zu ihm und den Kindern auf den Boden gesetzt und mit ihnen gespielt oder ihn ganz vernünftig nach seiner Arbeit in der Werft zu fragen begonnen.

Doch bevor er noch irgend etwas begreifen konnte, fing sie an von Dan Crabb zu reden, der neulich beim Schmuggeln ertappt worden war und jetzt in Sudmin in Untersuchungshaft saß, und bedauerte ihn.

»Aber, Liebes, der Mann ist ein Verbrecher und verdient nicht das geringste Mitleid. Er versucht, die Beamten Seiner Majestät des Königs zu hintergehen, ist ein Gesetzesbrecher und verstößt gegen die guten Sitten!«

»Aber sein Leben ist tapfer und männlich, Thomas.«

»Das nennst du tapfer und männlich – schmuggeln? Ich nenne das Diebstahl und Verbrechen. Um nichts in der Welt würde ich einem von diesen verdammten Schmugglern auch nur die Hand geben. Man könnte mich womöglich noch als ihresgleichen ansehen!«

»Ich glaube, ich würde es doch. Ich würde sogar selber mitmachen. Schon oft habe ich mir das ausgemalt. Stockdunkle Nacht in Lannywhet-Cove, kein Laut, nur die Brandung des Meeres, ein flackerndes Licht in der Finsternis und ganz leise Rufe von weither. Dann ein Pfiff, ganz nah und deutlich, der Schatten der Boote, die sich durch die Wellen zum Schiff draußen durchkämpfen. Man hört gedämpft die Stimmen der Männer, während sie die Ladung übernehmen – dann plötzlich ein gellender Schrei vom Felsen –, und du läufst, um dein kostbares Leben zu retten. Der Wind zerrt dich an den Haaren, und sechs Zöllner sind hinter dir her. Das ist Leben, Thomas! Und Sterben! Alles in einem...«

Sie lachte über sein fassungsloses Gesicht.

»Findest du jetzt, ich sei ein schamloses, ehrvergessenes Weib?«

Und ernst, wie ein Richter im Gerichtssaal, antwortete er:

»Aber Janie, wie kann man sich nur so hinreißen lassen!«

Die beiden Kinder starrten ihre Mutter an. Samuel hielt die Hand seines Vaters fest umklammert, und Mary schmiegte sich eng an ihn. Beide glichen einander wie Zwillinge und sahen dabei ganz wie Thomas aus. Janet lächelte, wenn sie sie so sah, die drei, die ihr gehörten und auch ein Teil von ihr selber waren – vielleicht. Aber ihr anderes Ich schlich sich aus dem warmen, freundlichen Zimmer und floh vor den vertrauten Gesichtern. Wohin, wußte sie nicht. Es trieb über die Hügel, über den Hafen von Plyn, über das Meer – weit weg durch die Lüfte zu den namenlosen Sternen.

4

Es war Weihnachten geworden, und draußen schneite es noch immer. Der Schnee lag auf den Hügeln und Feldern von Plyn und schützte das unter ihm liegende Land mit seiner weichen, weißen Decke. Es war sehr kalt, sogar im Polmeartal war der Fluß zugefroren, die Bäume streckten weh und traurig die dürren Zweige in den winterlichen Himmel. Dann aber kam die Sonne und schmolz den Schnee mit ihren Strahlen weg; nur eine schmutziggraue, dünne Schicht blieb davon zurück, und auch der strenge Frost begann nachzulassen.

Thomas war in die Wälder von Truan gegangen und hatte einen großen Strauß Stechpalmen mit flammend-roten Beeren heimgebracht. Gemeinsam mit Janet verteilte er Stechpalmenzweige und Efeuranken im Haus, jeder Raum wurde geschmückt. Thomas brachte es sogar fertig, aus diesen Zweigen ein rohes Kreuz zu binden, und hängte es über der Terrasse auf.

Janet war indessen eifrig in der Küche beschäftigt, denn sie hatte mit zahlriechen Teebesuchen zu rechnen, und wußte, daß alle lebhaft ihrem Kuchen und ihren Pasteten zusprechen würden und vielleicht auch noch ein Glas heißen Punsch wollten, ehe sie sich wieder in die kalte, finstere Nacht hinauswagten.

Janet richtete sich auf und blieb eine zeitlang ruhig stehen, die Hände auf die Hüften gestützt. Wenn sie sich umgezogen und das Nachtessen gerichtet hatte, würde es sicherlich Zeit sein, Haube und Tuch anzulegen, und während eine freundliche Nachbarin auf Haus und Kinder achtgab, würde sie Seite an Seite mit Thomas den hartgefrorenen Weg zum Mitternachtsgottesdienst in der Lanoc Church gehen.

Irgendwie widerstrebte es ihr, heute nacht in die Kirche zu gehen. Es lag ihr nichts an der Predigt des Pfarrers, nichts am Gesang der Gemeinde, auch nichts am heiligen Abendmahl, das sie vor dem Altar kniend empfangen würde. Viel lieber wäre sie in die Dunkelheit geflohen und hätte vom Felspfad aus das Meer betrachtet. Der Mond würde sich im Wasser spiegeln und eine silberne Brücke bis zum Himmel hinauf bauen. Und sie würde sich dem Frieden viel näher fühlen, als wenn sie gesenkten Hauptes demütig in Lanoc Church kniete. Die ganze Zeit suchte sie einen Grund, um nicht in die Kirche gehen zu müssen. Zu guter Letzt aber hinderte Thomas selber sie am Weggehen.

»Du hast so tiefe Ränder unter den Augen, Janie, du siehst bleich und erschöpft aus, fühlst du dich nicht wohl?«

»Ich glaube, das kommt vom Kochen und Am-Ofen-Stehen. Es war ein bißchen viel; ich habe Kopfschmerzen, und der Rücken tut mir weh. Vielleicht bleibe ich doch lieber daheim und laß dich allein zur Kirche gehen.«

»Ich laß dich gar nicht gern allein, Janie, am ersten Weihnachtsabend, an dem wir endlich einmal füreinander Zeit haben.«

»Ich glaube, du gehst doch besser ohne mich, Lieber. Morgen darf ich auf keinen Fall krank sein; denk nur an all die Besuche, die kommen werden!«

So einigte man sich, daß Thomas, als in der Ferne das Glockenläuten erklang, allein zur Kirche ging, ganz allein mit seiner flackernden Laterne, während Janet ihm von der Terrasse aus nachsah und das heilige Kreuz, unter dem sie stand, im Wind ächzte und knarrte.

Die Nachbarin, deren Anwesenheit jetzt nicht mehr nötig war, wünschte gute Nacht und frohe Weihnachten und ging weg. Janet war nun mit den beiden Kindern allein im Haus. Die Kinder schliefen ruhig oben in ihrem Zimmer. Janet bereitete einen heißen Punsch für ihren Gatten, für den Fall, daß er durchfroren aus der Kirche zurückkehrte.

Sie zog das Tuch über den Schultern zusammen und lehnte sich aus dem weit geöffneten Fenster. Immer noch lag eine dünne Schneeschicht über Stadt und Land.

Der Mond stand hoch am Himmel, man hörte keinen anderen Laut als das Meer, das sich an der Hafenmole brach. Plötzlich wußte sie, daß sie jetzt ihrem Herzen folgen und auf dem Felsen stehen sollte.

Sie steckte den Hausschlüssel in den Ausschnitt ihres Kleides und verließ das Haus. Es schien ihr, als seien ihr

Flügel gewachsen, die sie sanft über die engen Straßen von Plyn hinaustrugen, von ihrem Haus, ihren schlafenden Kindern weg auf die weißen, festgefrorenen Hügel unter dem schweigenden Himmel.

Sie lehnte sich an die Mauern der alten Burg. Zu ihren Füßen lag das Meer, und das volle Mondlicht fiel ihr ins Gesicht. Sie schloß die Augen, und alle wirren Gedanken waren gebannt, der müde Körper schien unter ihr hinwegzugleiten, nur die seltsame Klarheit und die Macht des Mondes schienen noch Gewalt über sie zu besitzen. Wenn sie die Augen öffnete, vermochte sie nichts als Nebel um sich her zu erblicken, wenn sie sie schloß, sah sie die Gestalt eines Mannes, der neben dem Felsen kniete und den Kopf in den Händen verbarg. Sie kannte seine wilde Verzweiflung und wußte, daß seine verlorene Seele Hilfe und Geborgenheit bei ihr suchte.

Sie trat zu ihm und ließ sich neben ihm nieder, nahm seinen Kopf an die Brust und strich ihm zärtlich über das graue Haar.

Und er blickte sie an mit angstvollen braunen Augen; es war, als fürchte er sich vor sich selber.

Sie aber wußte, daß dieser Mann in die Zukunft gehörte, in die Zeit, da sie tot und begraben sein würde; und doch war er ein Stück von ihr, sie spürte es.

»Ruhig, Lieber, ruhig, du mußt keine Angst mehr haben, ich werde immer bei dir sein, immer, niemand wird dir etwas zuleide tun.«

»Warum bist du nicht früher gekommen?« flüsterte er und hielt sie fest umklammert. »Sie wollten mich von dir trennen, die ganze Welt ist schwarz und voller Teufel, es gibt keine Wahrheit, keinen Weg für mich. Du mußt mir helfen. Ich bitte dich inständig. Hilf mir!«

»Wir werden Lieb und Leid gemeinsam tragen«, sagte sie zu ihm, »ich werde deine Schmerzen und Freuden spüren, als seien es meine eigenen. Bald wird dir klar sein, welchen Weg du gehen mußt, bald werden die dunklen Schatten aus deinem Geist verschwinden!«

»Oft schon hab ich dein Flüstern vernommen und deinen

Worten gelauscht, die mir Ruhe und Sicherheit versprachen. Im Schweigen der See und an Bord des Schiffs, das wie ein Stück von dir ist. Warum bist du nicht früher gekommen, um mich so zu halten, damit ich meinen Kopf an dein Herz legen kann?«

»Ich weiß es nicht«, sagte sie. »Ich weiß auch nicht, wo ich herkomme und wie ich zu dir kam. Ich vernahm deine Stimme – und nichts konnte mich halten.«

»Seit du weggingst, ist mir nur noch Böses widerfahren«, sagte er. »Sieh nur, wie alt und grau ich inzwischen geworden bin, du hingegen bist jünger, als ich dich jemals gekannt habe mit deinem blassen Mädchengesicht und deinen zarten, schmalen Händen.«

»Ich weiß nicht, was im Vergangenen begraben liegt noch was die Zukunft verborgen hält«, sagte sie. »Ich weiß nur: hier oben gibt es keine Trennung für uns, nicht Anfang noch Ende. Du und ich – wir werden ewig zusammenbleiben wie zwei Sterne am Himmel.«

Da sagte er: »Sie flüstern stets untereinander, ich sei verrückt, ich hätte den Verstand verloren und in meinen Augen lauerten gefährliche Dinge. Ich spüre, wie langsam in mir das Schwarze hochkriecht, und wenn es mich ganz gepackt hat, werde ich auch dich nicht mehr sehen und spüren können – und nichts wird zurückbleiben als endlose Verzweiflung.«

Er zitterte vor Angst und schauderte zusammen, als der flüchtige Schatten einer Wolke den Mond bedeckte. Janet war es, als habe sie ein hilfloses Kind in ihren Armen zu beruhigen.

»Du mußt keine Angst haben, wenn das Schwarze nach dir greift«, beruhigte sie ihn, »ich werde dich halten, wie jetzt! Wenn du nichts mehr sehen und hören kannst und mit dir selber kämpfst, werde ich dir beistehen und für dich kämpfen.«

»Wirst du mich nie wieder verlassen?« fragte er.

»Nie! Nie wieder!«

Er kniete nieder und küßte ihren Fußstapfen im Schnee.

»Sag mir, gibt es einen Gott?«

Er sah ihr in die Augen und las darin die Wahrheit.

»Gute Nacht, mein Liebster, mein Kind, mein Sohn!«

Dann aber stieg Nebel auf zwischen ihnen und verbarg sie voreinander.

Immer noch stand Janet neben den verfallenen Mauern der alten Burg. Zu ihren Füßen rauschte leise die Brandung, und auf dem Meer lag der Mondschein wie ein silberner Pfad. Nichts hatte sich bewegt, nichts hatte sich geändert, eine Sekunde nur mochte vergangen sein, seit sie hier oben stand.

Und doch hatte sie ein halbes Jahrhundert durchmessen; eine andere, in ferner Zukunft liegende Zeit hatte sich vor ihr aufgetan. Sie empfand weder Furcht noch Staunen. Nur Liebe und unendliche Dankbarkeit erfüllte sie.

5

Zu Beginn des neuen Jahres reisten Thomas und Janet nach Plymouth. Der Bau eines Segelkutters im November hatte sich gut bezahlt gemacht. Thomas freute sich über seine wohlgelungene Arbeit wie auch über das Geld, das er dabei verdient hatte, und meinte, es sei am besten angelegt, wenn er mit seiner Frau eine Vergnügungsreise machte. Es war damals noch eine regelrechte Reise; bis Carne mußten sie die Karren benutzen, die den Warenverkehr mit Plyn unterhielten; in Carne selber mußten sie übernachten und konnten erst am anderen Morgen mit der Postkutsche weiter nach Plymouth fahren, wo sie am Nachmittag ankamen.

Fast fünf Tage blieben sie in Plymouth, dann wurde es wieder Zeit, an die Heimreise zu denken.

Thomas packte ihre beiden Reisebündel, Janet sah unterdessen schweigend aus dem Fenster. Plötzlich brach sie die Stille.

»Es ist wirklich ein Prachtwetter für diese Jahreszeit«, sagte sie leichthin, mehr zu sich selber als zu ihm.

Thomas stimmte zu; er merkte nicht, daß er in eine Falle ging.

»Das Meer ist ruhig wie im Hochsommer«, fuhr sie fort. »Mit einem Schiff könnten wir bei einigermaßen gutem Wind vor Anbruch der Dunkelheit in Plyn sein; wir müßten nicht in Carne übernachten und brauchten nicht auf die Karren zu warten, die morgen vormittag irgendwann einmal fahren.«

»Ja, das ist wirklich dumm! Im Sommer gehen dauernd Schiffe hier ab nach allen Orten der Küste. Aber jetzt, im Winter, verkehrt natürlich kein einziges«, sagte er.

»Da irrst du dich aber«, sagte Janet. »Heute fährt ein Schiff nach Plyn. Während du hier im Gasthaus nutzlos deine Zeit versessen hast, bin ich nämlich am Hafen gewesen und habe mit dem Schiffer gesprochen. Das Boot geht mittags ab, und abends wären wir wieder in Plyn.«

Thomas hatte Bedenken und kratzte sich unentschlossen an der Wange. Janet reckte ihr Kinn herausfordern in die Luft und hatte einen Ausdruck in den Augen, den er nur allzugut kannte.

»Was, wenn es plötzlich Sturm gibt?« fragte er widerstrebend.

»Nun, und wenn? Ich habe keine Angst. Du etwa?«

Er machte einen letzten Versuch, sich ihrem Willen zu widersetzen.

»Sie haben sicherlich keinen Platz für uns, Janie; wir wären bestimmt nur im Weg.«

»O nein! Das läßt sich nicht behaupten, Thomas. Ich habe schon alles mit dem Kapitän abgemacht. Er nimmt uns sehr gern mit.« Bei diesen Worten ergriff sie die beiden Bündel, verabschiedete sich lachend vom Wirt, trat zur Tür hinaus und forderte Thomas über die Schulter auf, ihr zu folgen.

Sie gingen zum Hafen, an die Stelle, wo das Schiff am Kai vertäut lag. Thomas hatte angenommen, Janet würde sich auf dem Weg noch die Auslagen der Geschäfte ansehen. Aber er hatte sich getäuscht. Seine Frau mochte keine Zeit mit dem Ansehen von Bändern und Stoffen verlieren, wenn es sich um die See und den Anblick von Schiffen handelte.

Sie spazierte am Hafen entlang, bewunderte den Wald der

schlanken Mastbäume, die in den Himmel ragten, und überraschte Thomas mit unzähligen Fachausdrücken.

Der Kapitän machte vergeblich den Versuch, Janet behilflich zu sein; sie winkte mit entrüstetem Kopfschütteln ab. Mit einer Hand raffte sie die Röcke, mit der andern ergriff sie das Tau und kletterte leichtfüßig die Strickleiter hinauf. An Deck angelangt, besah sie alles mit größtem Interesse, dabei wäre es doch weit schicklicher gewesen, sie hätte sich in ihre Kabine zurückgezogen. Er selber fand – als Schiffsbauer – eine ganze Menge an dem Schiff auszusetzen, hütete sich jedoch, seine Meinung auszusprechen.

Obgleich der Kapitän wiederholt versicherte, sie würden gleich abfahren, vergingen noch Stunden, ehe das Schiff vom Ufer abstieß. Unterdessen war es fünf Uhr nachmittags geworden.

»Wir werden kaum vor Mitternacht daheim sein«, bemerkte Thomas, »wenn wir überhaupt jemals in Plyn ankommen.« Er schaute zweifelnd nach dem Himmel, wo ihm Südwesten schwarze Wolken aufstiegen.

»Es sieht so aus, als ob das Wetter umschlagen wollte«, sagte er zum Kapitän.

Janet war begeistert, als sie hörte, daß es vielleicht eine stürmische Heimfahrt gäbe; Thomas hingegen dachte an seine zwei Kinder und verwünschte sich und seine Schwachheit.

Doch jetzt war es zu spät, umzukehren; sie waren schon außerhalb der Bucht und hielten auf das offene Meer zu.

»Wenn die Wolken da hinten mehr heraufkommen, werden wir wohl ziemlich zu kämpfen haben, um gegen den Wind anzukommen?« wandte sich Thomas an den Kapitän.

»O nein! Es wird unter Umständen etwas stürmisch werden«, lachte der alte Seebär, »aber bestimmt nicht gefährlich! Wenn wir nicht weiterkommen, können wir immer noch den Hafen von St. Brides anlaufen.«

Thomas hatte jedoch weder das Verlangen, in St. Brides zu übernachten, noch traute er dem Kapitän zu, daß er in der Dunkelheit die schmale Einfahrt in den Hafen finden würde. Denn vor dem Hafen lag eine große Insel, die lediglich eine Meerenge von einer Viertelmeile vom Festland trennte.

Es wurde zeitig dunkel und begann zu regnen. Janet hatte sich endlich überreden lassen, nach unten zu gehen, wo sie sich an dem kleinen Ofen wenigstens etwas wärmen konnte.

Thomas blieb bei ihr, ging aber immer wieder an Deck, um feststellen zu können, wie weit man inzwischen gekommen war.

Das Schiff schlingerte und stampfte heftig, aber niemand wurde seekrank. Alles saß schweigend und horchte auf das Knarren und Ächzen des Mastes, das Heulen des Windes und das Klatschen der Regentropfen.

Janet sah, daß Thomas unruhig war; sie machte sich Vorwürfe, und doch war sie freudig erregt, weil sie an Bord eines Schiffes war und weil das Heulen des Windes Gefahr ankündigte.

Am liebsten wäre sie bei den Männern an Deck gewesen, hätte mit Blasen an den Händen die Segel gerefft oder mit aller Kraft das hin- und hergehende Steuerrad gehalten.

»Warum bin ich nicht als Mann geboren worden?« dachte sie. »Dann würde ich jetzt auch dort oben sein.« Die Tatsache ihres Geschlechtes hing ihr wie ein Bleigewicht an.

Sie sehnte den anderen herbei, wünschte, daß er jetzt bei ihr wäre, der andere mit dem dunklen Haar und den schwarzen Augen, die so sehr den ihren glichen. Der, den sie zwar noch nicht kannte, dessen Antlitz ihr aber aus der Zukunft entgegenschaute, der in ihren Träumen neben ihr ging. Mit ihm zusammen würde sie nicht wie eine Gefangene in der Kajüte sitzen; sie würde lachend neben ihm an Deck stehen, mit windzerzausten, von Meeresgischt feuchten Haaren. Sie sah ihn am Steuer, sah, wie seine Augen von Zeit zu Zeit prüfend die windgeblähten Segel beobachteten – und dann wieder mit zärtlichem Blick ihre Gestalt umfingen. Mit seinen schlanken Beinen und breiten Schultern glich er Thomas, war aber schwerer und kräftiger. Ihr war, als erkenne sie genau den Klang seiner tiefen, tönenden Stimme, als höre sie seine nachlässige Sprechweise; auch die Farbe seiner Haut wußte sie genau, wußte, wie sie sich anfühlen mochte. Janet schloß die Augen.

»Oh, Lieber, komm bald«, bat sie, »es ist so schwer, ist so traurig, warten zu müssen!« Als sie die Augen wieder öffnete, stand ihr Gatte Thomas vor ihr, wie der Schatten oder das Spiegelbild dessen, den sie liebte.

Thomas kniete sich neben sie auf den Boden hin. »Du bist heute abend schöner denn je, Janie«, flüstere er, »gehen dir das Meer und die Schiffe denn über alles andere?«

Sie legte ihm die Hände auf die Schulter und zog ihn näher zu sich heran.

»Zuweilen kommt es über mich«, sagte sie, »so wie in alten Zeiten Frauen plötzlich ihr Heim ihre Lieben und ihr gesichertes Dasein verließen, weil sie spürten, daß sie in ihrem weiteren Leben nur noch Gott dienen könnten, und sie sich in das graue Gemäuer eines Klosters zurückzogen – ebenso überkommt es mich manchmal; dann meine ich, daß ich Plyn, unsere Kinder und dich aufgeben und mit einem Schiff davonfahren müßte, allein mit dem Wind, dem Meer und meinen Träumen.«

Er drückte sie an sich und streichelte sie mit schüchternen, zitternden Händen. »Du bist doch nicht unglücklich, Janie? Oder bereust du unsere Heirat und die wenigen schönen Jahre, die wir bisher zusammen verbracht haben?«

»Nein, lieber Thomas, gewiß nicht!«

»Vielleicht war ich nicht genug mit dir zusammen, vor allem in der letzten Zeit, als ich alle Arbeit auf der Werft alleinmachen mußte. Ich war zu sehr in Anspruch genommen. Aber, Janie, Liebes, du bedeutest alles für mich! Ich liebe dich, mit allen deinen ausgefallenen und merkwürdigen Ideen, so wie du bist.«

Er lehnte den Kopf an ihre Brust, und Janet sah im Geist, wie er sich auch im Tod an sie drängte, gerade so wie jetzt, wie ein schlafendes Kind. Ihre ruhelose Seele aber würde heimatlos umherirren, würde bei den Schiffen sein, im Tosen der Brandung und im Schweigen der dunklen Wälder.

Der Kapitän kam die steile Schiffstreppe herunter und warf einen Blick in die Kajüte.

»Es ist gut, daß Sie sich's hier bequem gemacht haben. Wir werden bei diesem Wind kaum vor morgens zwei Uhr in Plyn sein. Aber Sie müssen keine Angst haben«, wandte er sich an Janet, »Sie können jetzt ruhig schlafen gehen.«

Janet stand auf.

»Laßt uns einen Blick auf das Meer werfen, Thomas, ich sehne mich nach seinem Geruch.«

Gemeinsam kletterten sie an Deck und blickten sich um. Der Wind hatte umgeschlagen, er blies jetzt direkt aus Westen; und der Regen hatte nachgelassen. Es war eine stockdunkle Nacht; nur vereinzelte Sterne glitzerten am Himmel. Ruhig schnitt der Bug des Schiffs durch die Wellen. Nirgends zeigte sich etwas von der Küste; man sah nur das Meer und den Himmel und hörte den Wind im Tauwerk ächzen. Janet stand an der Reling, ihr Mantel blähte sich hinter ihr, und in ihren dunklen Haaren spielte der Wind.

Sie sah aus wie eine der Figuren, die man damals noch am Bug der Schiffe anbrachte.

Als Thomas sich nach ihr umblickte, hielt er den Atem an. Sie bewegte sich mit dem Schwanken des Schiffs, als ob sie selber ein Teil davon wäre. Er trat neben sie und spürte ihre erregende körperliche Nähe.

»Janie«, flüsterte er fast unhörbar, »Janie!«

Hinter ihm, in weiter Ferne, hörte sie über das aufgewühlte Meer hinweg eine Stimme rufen. Laut und triumphierend, wie das Heulen des Windes, glaubte sie deutlich die Worte zu vernehmen:

»Jetzt komm ich zu dir, jetzt!«

Sie streckte die Hand aus und spürte Thomas an ihrer Seite.

»Janie«, flüsterte er, »Janie!«

Sie riß sich vom Anblick des Meeres los und wandte sich ihm zu. Sie zog seine Hand an ihre Lippen und küßte sie.

»Heute will ich dir ganz gehören.«

Sie gingen von Deck; das Schiff stampfte und schlingerte und suchte seinen Weg durch die finstere Nacht, eins mit dem Wind und dem Meer.

6

Im Lauf des Frühlings wurde Cornwall von heftigen Stürmen heimgesucht, viele Schiffe strandeten. Infolgedessen war Thomas Coombe von allen Seiten mit Aufträgen überhäuft. Er mußte zusätzliche Arbeiter einstellen, und es verging fast kein Tag, an dem nicht ein fertiggestelltes Schiff vor der Werft auf den Wellen des Hafens schaukelte.

Der kleine Samuel verbrachte beinahe den ganzen Tag auf dem Bauplatz und sah seinem Vater und den Angestellten bei der Arbeit zu. Man gab ihm etwas zum Spielen, eine alte Säge, ein wenig Holz, ein Messer, und er verstand es, mit geschickten Fingern allerlei Gegenstände daraus zu machen, obgleich er erst fünf Jahre alt war.

Seine Schwester Mary hatte inzwischen ihren zweiten Geburtstag feiern können. Sie lief zu Hause hinter ihrer Mutter her und versuchte sich auf ihre Art nützlich zu machen.

Janet war froh, daß die Kinder so wenig Mühe verursachten; sie fühlte sich manchmal sehr schwach, denn sie erwartete ihr drittes Kind.

Ihre Schwestern hatten unterdessen geheiratet. Drei Wochen nach der Hochzeit der jüngsten Tochter war die alte Mrs. Coombe gestorben.

Janet sagte Thomas nichts davon, wie elend sie sich fühlte. Er freute sich auf den bevorstehenden Familienzuwachs, aber seine Arbeit auf der Werft nahm ihn gänzlich in Anspruch. Er war ständig abwesend und kam nur müde und abgehetzt zu den Abendmahlzeiten nach Hause; anschließend ging er zu Bett und fiel sofort in tiefen Schlaf.

Noch nie – weder als sie Samuel noch als sie Mary erwartete – hatte Janet sich so zerschlagen und müde gefühlt wie jetzt. Sie sorgte sich mehr um das Kind als um sich selbst und hatte Angst, es würde vor der Zeit geboren werden und sterben. Sie spürte nichts von der Ruhe und dem Glück, das sie in Erwartung der beiden anderen Kinder empfunden hatte.

All ihre mühsam unterdrückte Sehnsucht nach dem Meer und der Ferne war plötzlich wieder da. Manchmal glaubte sie, daß sie nur weit, weit weg von allem, was ihr vertraut war, endlich wieder froh und ruhig werden könnte.

Der Sommer verging, und langsam näherte sich der Herbst; frühmorgens war es kühl, Nebelschwaden zogen über die Hügel, schon kam der erste Nachtfrost und kündete den kommenden Winter an. Die Wälder von Truan und die Bäume von Plyn prangten in allen Farben; allmählich fielen die ersten Blätter und bedeckten die Erde mit einer raschelnden, braungelben Schicht.

Die letzte Ernte war eingebracht, die Äpfel waren abgenommen und lagen wohlversorgt in den dunklen Kellergewölben auf Horden.

Kurz nach sechs Uhr setzte bereits die Dämmerung ein; in Plyn schloß man Fenster und Türen, um dem kalten Nebel den Einlaß zu verwehren. Draußen blieb nur die Nacht, die sich an die Häuser lehnte, der weinende Himmel und die Klagerufe der Eulen.

Die letzte Oktoberwoche war beinahe zu Ende.

Da schlug eines Tages das Wetter um; im Südwesten sammelten sich purpurne Wolken, und eine häßliche, scharf gezeichnete Linie ließ den Horizont deutlich hervortreten. Der Sturm kam mit der Flut und warf sich mit aller Gewalt auf die kleine Stadt Plyn.

Die Wellen türmten sich zu Gebirgen, brachen sich an der Mole und erzwangen sich schließlich sogar den Weg in den Hafen. Der Gischt der Brandung schäumte an die Mauern der alten Burg, das Wasser stieg über die Ufermauern und überschwemmte die unteren Stockwerke der kleinen Häuser am Hafen.

Die Männer ließen ihre Frauen in den Wohnungen und rannten hinunter zum Hafen, um nach ihren Schiffen und Fischerbooten zu sehen. Es war Anfang November – einen Tag vor Allerseelen –, an diesem Tag war es Sitte, ein großes Feuer anzuzünden, das mit dem angeschwemmten Holz aus dem Meer genährt wurde. Bis Mitternacht brannte das Feuer, dann zog man in langer Prozession durch die ganze Stadt. Diesmal aber dachte kein Mensch an den alten Brauch, es gab anderes zu tun.

Thomas war in der Werft; beobachtete angespannt das Steigen der Flut und wartete darauf, daß die Ebbe eintrete, denn damit würde das Schlimmste überstanden sein. Janet hatte die beiden Kinder ins Bett gebracht; sie schliefen fest, obwohl das Heulen des Windes immer stärker wurde. Sie hatte den Tisch gedeckt und wartete auf Thomas.

Zu regnen hatte es aufgehört, nur der Sturm und das Meer lärmten um die Wette. An den Bäumen war nicht ein Blatt geblieben, und die geknickten Zweige knarrten und knatterten wie Schiffssegel rund um das Haus. Irgend etwas schlug heftig gegen das Fenster und fiel herab; Janet erschrak und griff sich angstvoll ans Herz. Sie öffnete das Fenster, um nachzusehen, was es war, und sah eine Möwe – tot, mit gebrochenen Flügeln – auf dem Boden liegen.

Der Wind riß an den Vorhängen und blies die unruhig flackernden Kerzen aus. Das Feuer im Kamin zuckte hell auf und erlosch schließlich. – Da merkte Janet, wie es sich in ihr regte; sie spürte, wie das Lebewesen in ihr sich anstrengte, um sich seiner Fesseln zu entledigen und frei zu werden.

Auch sie selber überfiel der Drang nach Freiheit, ein äußerstes, verzweifeltes Bedürfnis, sich aus allen Fesseln zu lösen und den gepeinigten Körper endlich von allen Banden zu befreien.

Sie warf die Hände hoch und schrie, und der wilde Sturm schien spöttisch zu antworten. »Komm zu mir«, rief die Stimme aus der Dunkelheit, »komm, ich warte auf dich!«

Janet nahm das Tuch um – sie spürte nichts anderes mehr als ihre Schmerzen und das Ankämpfen der Seele gegen den Körper. – Sie taumelte dem wilden, feuchten Sturm entgegen und hatte nur noch das Donnern der Brandung in den Ohren.

Unten in der Werft warteten Thomas und seine Leute auf die Ebbe. Endlich war es soweit, langsam, Zoll um Zoll, zog sich das Wasser, wie widerwillig, zurück. Nun wußten sie, es war nichts mehr zu befürchten.

»Das war eine böse Geschichte, Jungens. Was hieltet ihr davon, wenn wir jetzt bei mir etwas Heißes trinken? Meine Frau hat sicherlich etwas vorbereitet und wartet schon.«

Die Männer dankten ihm und gingen geduckt, noch immer heftigen Wind im Rücken, mit ihm den Hügel hinauf.

»Merkwürdig, nirgends brennt Licht. Sie wird doch nicht schon zu Bett gegangen sein?«

Er trat ins Haus, die anderen folgten ihm.

Alles war noch genau, wie Janet es verlassen hatte; das Feuer im Kamin ausgegangen, die Kerzen erloschen.

»Das begreife ich nicht«, murmelte Thomas vor sich hin, »das sieht Janet gar nicht ähnlich, alles sich selber zu überlassen.«

Einer der Männer blickte ihm über die Schulter:

»Es sieht so aus, als hätte Missis Coombe alles in größter Hast stehen- und liegenlassen. Vielleicht ist ihr übel geworden! Sie steht doch kurz vor der Niederkunft. Entschuldigen Sie, Mister Thomas, aber ist es nicht so?«

Thomas überkam eine unbändige Angst.

»Wartet hier«, sagte er, »ich will sehen, wo sie steckt.«

Er stieg die Treppe hinauf zum Schlafzimmer über der Terrasse und öffnete die Tür.

»Janie«, rief er, »Janie, wo bist du?«

Samuel und seine Schwester lagen ruhig in den Betten, das Haus blieb still und stumm. Thomas lief die Treppen hinunter und atmete schwer.

»Sie ist nicht da«, brachte er mühsam heraus, »sie ist nicht oben, nirgends ist sie, sie ist überhaupt nicht im Haus. Sie ist in den Sturm hinausgelaufen«, schrie er verzweifelt, »hinauf auf die Klippen. Sie muß sinnlos vor Schmerzen gewesen sein.«

Dann ergriff er eine Laterne und rannte aus dem Haus. Den andern rief er zu, sie sollten ihm folgen.

Aufgeregt kamen die Nachbarn aus ihren Häusern auf die Straße gestürzt. »Was ist los, was ist passiert?« hörte man von allen Seiten rufen.

»Janet Coombe hat es erwischt, sie ist davongelaufen, wahrscheinlich ist sie auf den Klippen«, tönte es zurück.

Die Männer warfen sich die Mäntel über, ergriffen die erstbeste Lampe und schlossen sich den Suchenden an. Einige Frauen stapften mutig hinter ihnen her, traurig und bedrückt, daß eine von ihnen so leiden mußte. Alle stolperten hinter Thomas her, der weit vorweg lief.

Der Wind trug die zwölf Mitternachtsschläge von Lanoc Church bis auf die Klippen; laut und kräftig vernahm man die letzten Glockentöne.

»Allerseelen«, flüsterte man sich zu, »jetzt steigen die Toten aus den Gräbern, um auf der Erde zu wandern, und die bösen Geister sind losgelassen.«

Die Menschen drängten sich dicht aneinander, riefen Gott um Hilfe an und ängstigten sich um Janet.

Der Sturm warf sie fast nieder, als sie sich auf der Höhe der Felsen um Thomas scharten. Unten tobte und schäumte die Brandung drohend gegen die Klippen.

Überall sah man den blassen Schein der Laternen. »Janie«, rief Thomas verzweifelt, »Janie, antworte doch!« Aber nirgends war eine Stimme zu vernehmen. Jetzt fing es wieder an zu regnen, die Regentropfen machten die Augen der Suchenden blind, und der Gischt der schäumenden Wogen spritzte fast bis zu den Felsen empor.

An den Büschen und Bäumen riß der Wind und stöhnte und jammerte, als wären tausend Teufel losgelassen.

Thomas stieß einen erstickten Schrei aus, er hielt die Laterne hoch über seinen Kopf – ihr Licht fiel auf Janets Gestalt neben den Mauern der alten Burg.

Sie kniete zusammengekrümmt im Gras, die Arme weit ausgestreckt, die Finger verkrampft und den Kopf zurückgeworfen. Ihre Kleider waren von Gischt und Regen feucht, und die langen, schwarzen, zerzausten Haare fielen ihr ins Gesicht.

Auf den Wangen sah er die Spuren der Tränen und des Regens. Ihre Zähne hatten sich fest in die Lippen gegraben, und aus ihrem Mundwinkel rann eine dünne Blutspur. In ihren Augen schimmerte ein wilder Glanz. Sie war nicht anders als das erste Tier, das in der Welt gewesen war, nicht anders als die erste Frau, die Schmerz hatte empfinden müssen.

Thomas kniete neben ihr nieder, nahm sie auf die Arme und trug sie bis nach Plyn, in sein Haus, wo er sie auf ihr Lager bettete.

Die ganze Nacht wütete der Sturm; als er sich endlich legte und die Brandung des Meeres leiser wurde, wurde auch Janet ruhig.

Als Janet den jammernden Sohn mit seinen wilden, dunklen Augen und seinen schwarzen Haaren an die Brust hielt, wußte sie, daß sie mit niemand in der Welt tauschen würde, daß der, auf den sie so lange gewartet hatte, endlich gekommen war.

7

»Joseph, laß deinen Bruder in Ruhe! Wirst du wohl, du kleiner Satan!«

»Nein! Ich denke nicht daran! Er hat mir mein Boot weggenommen; aber er wird's mir schon wiedergeben«, sagte der gescholtene Bub fest entschlossen.

»Ich möchte es bloß ansehen«, jammerte Samuel und wischte sich die Tränen aus dem Gesicht, »ich habe ja gar nichts daran gemacht. Geh weg, Joe, du tust mir weh!«

Die Brüder wälzten sich auf dem Boden, Samuel, der ältere, war entschieden der Unterlegene. Joe fielen die schwarzen, zerzausten Haare ins Gesicht, er hob triumphierend den Kopf und lachte, in seinen Augen glitzerte es böse.

»Gib mir jetzt das Boot, oder ich schlag es dir um den Kopf«, zischte er.

»Das wirst du nicht tun, mein Lieber«, griff Thomas da ein. Er sprang aus seinem bequemen Sessel am Kaminfeuer auf und trennte die beiden Knaben. Samuel sah bleich und verstört aus, Joseph war unbewegt und lachte nur.

»Beträgt man sich so am Tag des Herrn? Habt ihr denn gar nichts in der Kirche gelernt? Ihr solltet euch schämen! Du, Samuel, wirst jetzt ohne Nachtessen zu Bett gehen, und du, Joseph, verdienst eine Tracht Prügel.«

Samuel schlich bedrückt hinauf ins Bett. Er weinte leise vor sich hin und schämte sich. Thomas blieb allein mit seinem Zweitältesten zurück.

Joe war zwar erst sieben Jahre alt, aber groß und kräftig und gab Samuel, der schon elf war, in keiner Beziehung nach. Wie er so dastand, mit seinem dunklen, auf den Vater gerichteten Blick, das Kinn hoch in die Luft gereckt, glich er aufs Haar seiner Mutter. Thomas mußte sich einen Augenblick abwenden; dann versuchte er, streng zu sein.

»Du weißt, daß du ein garstiger Junge bist?«

Der Bub gab keine Antwort.

»Hast du denn deinem Vater gar nichts zu sagen? Sag, daß es dir leid tut!«

»Wenn du mir mein Boot wiedergibst, sag ich schon, daß es mir leid tut, sonst nicht!« erklärte der Knabe ruhig. Er steckte seine kleinen Fäuste in die Hosentaschen und versuchte zu pfeifen.

Seine Gelassenheit befremdete Thomas. Samuel hatte sich nie so benommen, auch Herbert und Philipp, die beiden jüngsten, waren einfacher zu behandeln. Joseph hingegen bestand stets darauf, seinen Kopf durchzusetzen; Irgend etwas an ihm unterschied ihn von den anderen. Er glich in keiner Beziehung seinen Geschwistern, immer war er wild und struppig, hatte beständig Löcher in den Kleidern und dauern zerrissene Schuhe. Zwei- oder dreimal die Woche mußte Thomas ihn in der Schule entschuldigen. Selten war er wirklich krank, meist hatte er sich bei irgendeiner Prügelei eine Verletzung zugezogen. Thomas konnte mit diesem Jungen überhaupt nicht fertig werden; nur Janet besaß Einfluß auf den wilden Joseph. Seit dem Tag seiner Geburt tyrannisierte Joseph das ganze Haus. Man hatte sich um ihn weit mehr als um seine beiden älteren Geschwister kümmern müssen. In den ersten Monaten seines Lebens hallte die ganze Wohnung wider von seinem gellenden Geschrei. Nur wenn die Mutter ihn nahm, ihn an sich drückte und ihm dabei zärtliche Worte ins Ohr flüsterte, wurde er still. Aus dem schreienden Säugling wurde mit der Zeit ein kräftiger, handfester Junge. Der häusliche Friede aber war anscheinend für immer dahin. Überall hörte man nur ihn, sein Lachen und sein lautes Geschrei, und alles schien nur für ihn dazusein.

Thomas stand mit dem Stock in der Hand im Wohnzimmer und blickte streng auf Joseph hinunter. »Komm jetzt her«, sagte er ernst, »und hol dir deine wohlverdienten Prügel ab!«

»Ich will nicht«, sagte der Knabe und verschränkte herausfordernd seine Arme.

Thomas ging auf ihn zu, packte ihn am Kragen, legte ihn über die Knie und zog ihm drei mächtige Streiche über.

Joseph kämpfte verzweifelt, gebärdete sich wie ein kleiner Teufel, und als er seines Vaters Hand zu fassen bekam, biß er wütend hinein, bis Blut kam.

Thomas ließ erschrocken den Stock fallen und schrie auf, nicht weil es ihm weh tat, sondern weil er über das Verhalten seines Sohnes entsetzt war.

Er war totenblaß geworden. Keines von seinen Kindern hatte jemals etwas Ähnliches versucht. »Das wird Gott an dir strafen«, sagte er hart.

Joseph riß sein Schiff vom Tisch und sprang mit Triumphgebrüll aus dem Zimmer.

Thomas horchte auf. Aus dem Garten hörte man Schritte und Stimmen. Es war seine heimkehrende Familie. Janet rauschte ins Zimmer, die Kinder hinter ihr her. Sie waren bei Sarah Collins zum Tee gewesen. Alles lachte und schwatzte durcheinander, jeder schien vom Teebesuch beschwingt.

Janet lächelte Thomas zu, ihre Augen glänzten, und ihre Wangen waren anmutig gerötet.

»Du hast sicherlich schon gedacht, wir kommen überhaupt nicht mehr nach Hause«, meinte sie scherzend. »Die Kinder waren so ausgelassen, sie waren kaum fortzubringen.« Dann erst sah sie die Unordnung im Zimmer, den Stock, den Thomas in die Ecke geworfen hatte, sein todernstes Gesicht und sein verbundenes Handgelenk. Mit einem einzigen Blick nahm sie alles in sich auf.

Sie biß sich auf die Lippen, ihr eben noch so fröhlicher Ausdruck verhärtete sich. Sie reckte ihr Kinn in die Luft – genau wie ihr Sohn Joseph, wenn er zornig war.

»Wo ist Joseph?« fragte sie plötzlich.

Thomas stand auf und riß sich zusammen.

»Wir haben einen etwas unerfreulichen Nachmittag verbracht«, sagte er langsam. »Samuel und Joseph begannen sich wegen Josephs Boot zu schlagen, ich mußte sie mit Gewalt trennen. Ich war ziemlich böse, ausgerechnet am Tag des Herrn fingen sie einen so häßlichen Streit an. Ich habe Samuel zu Bett geschickt und ihm erklärt, er werde kein Nachtessen bekommen; als Joseph nicht sagen wollte, es täte ihm leid, zog ich ihm ein paar mit dem Stock über. Aber meinst du, das hätte ihm etwas ausgemacht? Sieh nur – er hat mich sogar noch ins Handgelenk gebissen.«

»Wo ist Joseph jetzt?« fragte Janet.

»Ich weiß nicht«, erwiderte Thomas bedrückt. Es kränkte ihn, daß sie sein blutendes Handgelenk nicht im mindesten interessierte. »Er sprang aus dem Fenster und wird wohl zum Strand hinuntergelaufen sein.«

Janet verließ das Haus und stieg zwischen den Felsen zum Ufer hinunter, ohne erst den Küstenpfad zu benützen, der sich bergauf, bergab zwischen den Klippen hinschlängelte.

Natürlich war Joseph dort. Er stand im Wasser und versuchte vergeblich, sein abgetriebenes Boot mit einem langen Stecken zu erwischen.

Er schrie begeistert auf, als er sie erblickte, und winkte mit der freien Hand.

»Sieh nur, Mutter«, rief er, »es kann wunderbar segeln.«

Janet mußte bei seinem Anblick lachen.

»Es heißt ›Janie‹, wie du. Mit Marys Federhalter habe ich den Namen an seinem Heck eingekratzt. Sieh nur! Hast du schon je ein so prächtiges Boot gesehen?«

Er zog sie ans Wasser und bespritzte sie dabei mit seinen schlammigen Schuhen.

Im selben Augenblick kam jedoch ein Windstoß, nahm die prächtige ›Janie‹ und entführte sie in tiefere Gewässer.

»He, komm her«, brüllte Joe, so laut er konnte, »wirst du wohl zurückkommen!« Er versuchte, hinter dem Boot herzulaufen, das Wasser spritzte nach allen Seiten; aber das Boot blieb ständig außer Reichweite.

»Joseph! Komm augenblicklich zurück!« rief Janet. Sie wußte, daß das Wasser nach ein paar Metern grundlos wurde, und Joseph konnte nicht schwimmen.

Als der Junge ihre Stimme hörte, machte er folgsam kehrt.

»Mutter, es wird davonschwimmen!« flüsterte er verzweifelt.

Sie nahm den Stock, den er weggeworfen hatte, raffte die Röcke und kletterte auf einen Felsen.

»So, Joe, bleib jetzt dort stehen, ich werde dir das Boot zutreiben!«

Der Knabe gehorchte.

»Tiefer mit dem Stock ins Wasser«, rief er aufgeregt, »dort kommt eine Welle! Jetzt kriegen wir's.«

Das Schiffchen glitt zwischen Josephs ausgestreckte Hände.

»Hurra!« brüllte er. »Ich habe ja gewußt, daß dein Name dich retten würde.«

Janet ließ sich neben dem Felsen nieder und begann, ihr heruntergefallenes Haar aufzustecken.

»Paß auf! Dort kommt jemand«, flüsterte er warnend.

»Großer Gott, wo?« sagte Janet und schaute sich ängstlich um. Aber es war weit und breit kein Mensch zu sehen. Joseph wälzte sich vor Lachen auf dem Boden. Sie griff nach ihm und kitzelte ihn, bis er um Gnade bat. Dann umklammerte er sie mit seinen Armen und biß sie zärtlich in den Nacken.

»Ich bin ein wildes Pferd und werde dich in Stücke reißen«, sagte er.

»Nichts wirst du tun«, sagte Janet streng und stellte den Knaben auf die Füße.

»Hilf jetzt deiner Mutter, damit sie wieder anständig aussieht.«

Da stand er ruhig neben ihr und sah ihr schweigend zu, wie sie ihre zerzauste Frisur und ihre Kleider wieder in Ordnung brachte. Plötzlich kam ihr der eigentliche Grund ihres Kommens in den Sinn. Sie nahm seine beiden Hände und schaute ihm streng in die Augen.

»Du hast dich mit deinem Bruder Samuel geprügelt und hast deinen Vater gebissen.«

Er nickte und schluckte heftig.

»Du hast beide traurig gemacht. Jetzt sind sie böse auf dich. Samuel wollte dich sicher nicht kränken, und dein Vater war nur gerecht. Ich muß dich bestrafen, Joe!«

Er entgegnete kein Wort, begann aber heftig zu atmen.

»Ich werde dir dein Boot wegnehmen! Siehst du das Loch dort oben im Felsen? Dahin werde ich das Boot tun, damit du es nicht erreichen kannst. Wenn das Handgelenk deines Vaters geheilt ist, kannst du das Boot wiederhaben. Ich bin nur gerecht, Joseph, das mußt du doch zugeben?«

Joseph blinzelte mit den Augen. Sein Gesicht lief rot an, und um seine Mundwinkel zuckte es verräterisch.

»Ja«, stieß er hervor.

»Du wirst deinen Vater um Verzeihung bitten und dich mit Samuel aussöhnen! Versprich mir das!«

»Ja.«

Sie verstaute das Boot sorgfältig in der Felsenhöhle, damit ihm der Regen nichts anhaben konnte. Als Joe sein Boot nicht mehr sah, blickte er seine Mutter mit Tränen in den Augen an, vergrub seinen Kopf an ihrer Schulter und suchte nach ihrer Hand.

Sie reichte ihm ihr Taschentuch; er schneuzte sich heftig und hörbar hinein. Janet sah nach der andern Seite und tat, als ob sie nichts von seinen Tränen merkte.

»Wollen wir jetzt heimgehen?« fragte sie.

»Ich hab dich ganz schmutzig gemacht«, sagte er und versuchte, ihr Kleid mit dem Taschentuch zu reinigen. Auf seiner Wange sah man noch die Spuren der Tränen, und aus seinen Nasenlöchern rannen zwei traurige Bächlein.

Da nahm sie ihn und preßte ihn an die Brust.

8

Unten in der Werft spielten die Kinder. Man hatte Samuel eine zerbrochene Säge und ein paar alte Bretter gegeben, um ihn zu beschäftigen.

»Seht nur, da habe ich mit Kreide angezeichnet, wo ich

sägen mußte«, bemerkte Samuel stolz, »und fast auf den Zoll genau hab ich's getroffen.«

Plötzlich hörte man ein gellendes Geschrei – und Joseph tauchte auf.

»Paß doch auf, Joseph, du wirst noch alles kaputtmachen!«

Joseph gab den Brettern einen verächtlichen Tritt.

»Schluß jetzt mit dem dummen Zeug! Hört zu! Ihr kennt doch das Boot vom alten Tim West?«

Die Geschwister nickten bejahend.

»Ich hab's losgebunden und hierher an die Treppe gebracht. Ihr dürft aber nichts sagen! Niemand hat etwas gemerkt. Los jetzt!»

»Ich glaube, wir sollten lieber nicht...«, versuchte Mary einzuwenden. »Was meinst du, Sammie?«

Samuel war unentschlossen. Immerhin war er der Älteste und hatte eine gewisse Verantwortung.

»Ihr habt wohl Angst?« bemerkte Joe mit höhnischem Lächeln.

Das entschied die Angelegenheit.

»Gut, wir machen mit«, sagte Samuel rasch mit puterrotem Kopf.

Gemeinsam ging es die steile Treppe hinab, und bald befanden sich alle zusammen im Boot.

Joe packte die Ruder, ehe Samuel sie ergreifen konnte, und obgleich sie für ihn viel zu lang und zu schwer waren, trieb er das Boot langsam in der Richtung auf die Hafenausfahrt vom Ufer weg. Niemand in der Werft hatte etwas bemerkt. Doch – einer hatte zugesehen. Ein winziges Kerlchen kam hinter einem leeren Faß hervor, hinter dem es gekauert hatte, und schaute dem Boot nach, das eben hinter den Felsen verschwand. Es war Philipp, der Jüngste. Er rannte aus der Werft und stapfte den steilen Weg zum Haus der Eltern hinauf. Auf halber Höhe angelangt, hatte er plötzlich einen Einfall. Neben ihm hinter dem Zaun spielte ein Knabe, der ungefähr gleich alt sein mochte wie er.

»Du weißt, wobei ich dich letzten Sonntag in der Kirche ertappt habe«, sagte er und flüsterte ihm etwas ins Ohr.

»Ich weiß«, seufzte der Kleine betreten.

»Gut! Du wirst jetzt zu mir nach Hause gehen und sagen, daß meine Geschwister im Boot von Tim West davongefahren sind. Wehe dir, wenn du das nicht machst!«

»Ich geh ja schon«, sagte der Kleine verschüchtert.

»Aber du hast sie gesehen! Du darfst auf keinen Fall sagen, daß ich es dir gesagt habe!«

Der Knabe rannte den Hügel hinauf, und Philipp verschwand in der entgegengesetzten Richtung.

Unterdessen waren Joe und die anderen an der Ausfahrt des Hafens angelangt. Das Meer war grau und unruhig, und aus Süden wehte ein heftiger Wind.

Mary hatte Angst und begann zu weinen. Herbert war weiß im Gesicht, er wurde seekrank; Samuel fühlte sich ziemlich unsicher und blickte hilflos seinen Bruder an.

»Ich glaube, es ist besser, wir kehren jetzt um, Joe«, sagte er; er sah die großen Wellen und hatte das unbestimmte Gefühl, das Boot sei nicht ganz seetüchtig.

»Das ist doch ein Kinderspiel«, spottete Joe. Und holte weit aus mit dem Ruder – mit dem Erfolg, daß es zerbrach und er plötzlich auf dem Boden saß, während das Ruder davonschwamm.

»Da hast du's«, rief Samuel. Mary schrie auf und klammerte sich an den ältesten Bruder. Der arme Herbert, der ständig tapfer gegen seinen revoltierenden Magen angekämpft hatte, gab endlich nach, beugte sich über den Bootsrand und übergab sich. Joe blickte sich unruhig um. Er begriff plötzlich, daß die Flut das herrenlose Boot gegen die Felsen treiben würde, an denen sich schäumend die Wellen brachen.

Mary schluchzte bitterlich, und Herbert tröstete sie, wenn ihm die Seekrankheit Zeit dazu ließ.

Samuel wurde blaß und hielt die Hand seiner Schwester fest. Joe pfiff und streckte sein Kinn vor. »Ich habe ihnen das eingebrockt. Jetzt muß ich ihnen auch wieder heraushelfen.« Das waren so ungefähr seine Gedanken.

Die steigende Flut trug das Boot immer näher an die Klippen heran.

Er spürte mit einemmal deutlich, daß es keinen Ausweg

mehr gab. Wenn er sich das Bootstau umschlingen und versuchen würde, zum Hafeneingang zu schwimmen, gelänge es ihm vielleicht, das Boot zu retten. Ein verzweifeltes Wagnis – aber vielleicht das letzte Mittel, das es noch gab. Vor dem Wasser hatte er keine Angst. Schwimmen hatte er im letzten Sommer gelernt. Er riß sich die Kleider vom Leib und band sich das Tau um.

»Laß das, Joe«, sagte Samuel und atmete schwer, »du wirst ertrinken.«

Joe blinzelte und wollte gerade ins Wasser springen, als ihn plötzlich etwas stutzig machte.

Auf den Klippen sah er seine Mutter, die zwischen der abbröckelnden Erde und den fallenden Steinen herunterzuklettern begann. Sie mußte mit der kleinen Lizzie oben auf dem Hügel gewesen sein und das hilflos treibende Boot erblickt haben.

Joe starrte gebannt auf die kleine, dunkle Gestalt, die da herunterkam. Was, wenn sie ausglitt?

Er wartete, jeden Augenblick bereit, sich ins Meer zu stürzen. Schließlich riß er sich das Bootstau ab. Was ging ihn das Boot an? Mochten Samuel, Mary und Herbert ertrinken und an den Felsen zerschmettern! Das einzige, auf das es jetzt ankam, war, daß seine Mutter heil und sicher am Strand ankam.

Er machte keinerlei Anstrengung, ihr etwas zuzurufen. Er wußte genau, daß sie versuchen würde, den Teil der Bucht zu erreichen, wo eines der Krabbenfischerboote im Tiefen an einer Boje schaukelte. Sie würde zum Boot schwimmen und es von der Boje losbinden, um ihnen zu Hilfe zu kommen.

Alles das ahnte er ganz instinktiv. Janet hielt einen Augenblick inne und blickte zu ihrem Sohn über das Wasser; sie sah ihn, wie er sie mit seinen Augen verfolgte, wie er aufrecht hinten im schwankenden Boot stand. Und sie lächelte.

Sie hatte keine Angst, daß sie abstürzen könnte. Auf diesen Klippen war sie als Mädchen immer herumgeklettert. Nur das lange Kleid und die Unterröcke waren ihr ständig im Weg.

Endlich spürte sie festen Boden unter sich. Sie strich sich

das Kleid glatt und schüttelte die Erde von ihren Schuhen. Immer noch stand Joseph regungslos im Boot.

Janet ging langsam ins Wasser und winkte mit der Hand. »Keine Angst, Kinder, ich komme schon.«

Dann schwamm sie zum Boot an der Boje und schwang sich mit einiger Anstrengung hinein. Die feuchten Kleider klebten an ihrem Körper, und das aufgelöste Haar wehte hinter ihr her.

Sie band das Boot los, ergriff die Runder und nahm mit kräftigen Ruderschlägen Kurs in Richtung auf das treibende Boot, das jetzt ganz nahe von den drohenden Klippen schaukelte.

»Halt das Tau bereit«, rief sie Joseph zu; er wartete, das Tauende in der Hand. Hinten im Boot drückten sich die drei anderen eng aneinander.

Als sie nahe genug war, warf er ihr das Tauende zu. Sie ergriff das Tau und machte es an ihrem Boot fest. Dann packte sie wieder die beiden Ruder und brachte sich und das Boot mit den Kindern sicher in den Hafen.

Als sie in der Werft anlangten, erblickte sie Thomas, der mit einem halben Dutzend Männern in einem Rettungsboot saß. Die Männer stiegen aus und kamen auf sie zu. Thomas war aschfahl, sogar seine Lippen waren vollkommen farblos.

»Was, um Gottes willen, ist bloß in dich gefahren«, rief er und zitterte noch immer bei dem Gedanken, ihr oder den Kindern hätte etwas zustoßen können.

»Es ist alles in Ordnung«, sagte Janet ruhig.

»Ich kam gerade aus dem Haus«, rief Thomas, »als der Junge von Harry Tabbs kam und sagte, daß Joseph das Boot von Tim West genommen habe und mit den anderen aus dem Hafen hinausgefahren sei. Ich bin, so schnell ich konnte, hinuntergerannt und wollte gerade mit unserem Boot abstoßen, als Missis Collins mit Lizzie auf den Armen kam. Sie hätte das arme kleine Wesen schreiend bei der Burg gefunden und gefürchtet, ihrer Mutter sei etwas zugestoßen.«

Allmählich begann sich für Thomas alles aufzuklären.

»Schämst du dich denn gar nicht, Joseph?« sagte er böse. »Und ihr anderen, warum habt ihr denn auf ihn gehört?«

»Laß sie jetzt«, sagte Janet einlenkend, »ich glaube, sie sind bestraft genug.«

Oben im Zimmer der Buben kniete Janet am Bett ihres Sohnes Joseph. Er schluchzte verzweifelt in ihren Armen.

»Ich habe solche Angst gehabt, daß du fallen könntest«, stieß er hervor und vergrub sein Gesicht an ihrer Schulter. »Noch nie habe ich solche Angst ausgestanden wie vorhin, als du die Felsen heruntergeklettert kamst. Nie werde ich das vergessen. Nie, nie, bis ich tot bin. Du am Felsen, und rings um dich her die häßlichen, schreienden Möwen.«

Sie küßte seine nassen Augen und strich ihm das Haar aus der Stirn.

»Nie will ich wieder so ungezogen sein – nie, Mutter. Aber manchmal kommt es über mich wie ein Fieber, dann muß ich in ein Boot und fort – ganz gleich, wohin –, ich muß das Meer unter mir spüren und den Wind im Gesicht.«

Er legte seine Arme um ihren Hals.

»Du verstehst mich und weißt, was ich meine. Ich weiß, daß du der einzige Mensch bist, der die schreckliche Unruhe begreifen kann, die mich immer wieder überfällt.«

Im dunklen Zimmer hielten sie sich eng umschlungen.

»Wenn ich groß bin, kommst du mit mir. Nicht wahr?« flüsterte er. »Wir werden unser eigenes Boot haben und werden mit dem Wind segeln, wohin er uns trägt. Weißt du, daß ich ständig nur daran denke?«

»Ja, Joseph, ich weiß«, hauchte sie zurück.

»Mein Schiff wird das schönste Schiff von Plyn sein, und vorn am Bug soll eine Figur sein, die stolz in die Ferne schaut, und die muß so wie du aussehen.«

Janet drückte ihren Jungen fest an sich.

Beide sahen das Schiff mit seinen weißen, schwellenden Segeln vor sich. Joseph stand, den Wind im Gesicht, auf dem Achterdeck, und Janet, die Hände an die Brust gepreßt, stand als Galionsfigur am Bug des Schiffes.

»Wirst du dann stolz auf mich sein?« flüsterte der Knabe.

Sie hob den Kopf und sah ihm in die Augen.

9

Ebenso wie die Kinder mit den Jahren älter und größer wurden, wuchs auch die kleine Stadt Plyn.

Es war nicht mehr das Plyn, wie es Janet als Kind gekannt und auf das sie am Morgen ihrer Hochzeit vom Hügel hinuntergeblickt hatte. Es war nicht mehr das kleine Städtchen, das sich schutzbedürftig an den Fuß des Hügels schmiegte und in dessen kleinem Hafen das Wasser bei Flut fast bis an die Türschwellen der ersten Häuser reichte. Früher war der Hafen meist leer gewesen, bis auf die wenigen Kutter, die den Fischern in Plyn gehörten. Wenn die Männer von ihrer Feldarbeit heimkamen, lehnten sie sich über die Mauer der Coombe-Werft und unterhielten sich gemächlich, die Pfeife im Mundwinkel. Ihre Netze hatten sie zum Trocknen am Hafenkai aufgehängt. Ruhig stieg der Rauch aus den hohen Kaminen der kleinen Häuser in den Abendhimmel. Die Frauen standen unter den Türen und warteten auf die Heimkunft ihrer Männer.

Doch das lag schon lange zurück. Mit der Zeit hatte sich alles geändert. Man entdeckte Porzellanerde in der Umgebung von Plyn, und überall wurden Bergwerke angelegt. Wo der alte Hafen mit der Mündung des Flusses zusammentraf, errichtete man neue Molen und befestigte die Ufer; dort wurde die kostbare Erde verladen.

Unzählige Schiffe liefen jetzt Plyn an, um Porzellanerde zu laden. Oft war der Hafen vollständig ausgefüllt von den wartenden Schonern und Seglern und glich mit den zahlreichen kahlen Masten einem entblätterten Wald.

Überall wurden neue Häuser gebaut. Sie waren viel höher als die alten, hatten große, weite Fenster und weiße Spitzengardinen; ihre Dächer waren mit Schiefer gedeckt und glänzten in der Sonne. Unterdessen hatte Königin Viktoria den Thron Englands bestiegen. Überall in Plyn hing in den Häusern ihr Bild und daneben das des Prinzgemahls.

Thomas zählte jetzt achtundvierzig Jahre. Er hatte sich wenig verändert, doch die Arbeit lastete auf ihm; sein Rükken war nicht mehr so gerade wie früher, und unter den

Augen zeigten sich scharfe Linien. Er hatte nichts anderes als sein Geschäft im Sinn und den Namen, den er sich in Plyn gemacht hatte. Noch immer betete er seine Frau und die Kinder an – aber an allererster Stelle kam sein Geschäft. Noch immer lebte die Familie im efeuumrankten Haus auf dem Hügel. Dort hatte sich in all der Zeit nichts geändert, und die große Küche sah immer noch aus wie am Tag, an dem sie eingezogen waren.

Mary hatte mit ihrer Mutter zusammen neue Vorhänge für das Wohnzimmer genäht. In der einen Ecke des Raums stand jetzt ein Harmonium, auf dem sie inzwischen zu spielen gelernt hatte.

Samuel half nun seinem Vater an der Werft; er war genauso fleißig und tüchtig wie Thomas, und seine Hilfe war für Thomas unentbehrlich geworden. Herbert bemühte sich, es dem älteren Bruder gleichzutun, und befaßte sich nebenher mit Rechnen und Buchhaltung. Bald würde auf dem Schild über dem Eingang zur Werft stehen: »Thomas Coombe & Söhne.« Davon träumten Samuel und Herbert schon lange.

Mary blieb daheim. Bescheiden und gütig, wie sie war, sah sie ihre Lebensaufgabe im Betreuen ihrer Familie.

Philipp zeigte keine besondere Neigung, auf der Werft zu arbeiten, und hatte nichts dafür übrig, mit seinen Brüdern über irgendeinem neuen Schiffsmodell zu brüten. Er ging seine eigenen Wege, hatte seinen eigenen Freundeskreis, sprach wenig mit den anderen und verbrachte seine freie Zeit meist lesend in irgendeinem Winkel des Hauses.

Lizzie war inzwischen ein lebhaftes, etwas zartes Mädchen von zehn Jahren geworden. Sie schien jedermann gern zu haben, war bei allen beliebt und wurde von sämtlichen Familienmitgliedern mehr oder weniger verwöhnt.

Und Joseph? Mit achtzehn Jahren war er bereits größer als der Vater und die Brüder. Er hatte so breite Schultern wie ein erwachsener Mann und einen Brustkorb wie ein Athlet. Neben Lizzie war er der einzige Dunkle in der ganzen Familie. Sein Haar war dicht, lockig und rabenschwarz; schon sproß ein leichter Flaum auf seinen Wangen, und er sah viel älter aus als sein Bruder Samuel, der schon zweiundzwanzig war. Aber von Nachgiebigkeit zeigte er auch jetzt noch keine Spur. Mit jedem in Plyn ließ er sich in hitzige Auseinandersetzungen ein, nur aus Freude am Streit; bei jedem wilden Abenteuer war er der erste. Wenn die Rede auf Joseph Coombe kam, schüttelten die älteren Einwohner von Plyn mißbilligend die Köpfe und meinten, es würde noch einmal ein schlimmes Ende mit ihm nehmen.

Die jungen Mädchen aber erröteten, wenn sie ihn in der Kirche sahen – Joseph hatte die Gewohnheit, regelmäßig zum Gottesdienst zu gehen –, und vor der Kirche bildeten sie kleine Gruppen, kicherten und flüsterten aufgeregt miteinander. »Er hat sich Emmy Tippit gegenüber abscheulich benommen«, meinte eine. »Ja, und jetzt geht er mit Polly Rogers«, wußte eine andere zu berichten. Wer würde wohl das nächste Opfer sein? Eine von ihnen vielleicht? Sie konnten es kaum erwarten.

Es war höchste Zeit, daß Joseph auf ein Schiff kam. Das sollte auch in den nächsten Tagen der Fall sein. An Bord der »Francis Hope«, unter Kapitän Collins, dem Mann von Sarah Collins, würde er in einigen Tagen Plyn für längere Zeit den Rücken kehren.

Joseph spürte, dies war der erste Schritt zu dem Leben, das er immer ersehnt hatte. Er würde auf dem Meer sein – Plyn und alles hinter sich, was ihn ständig beengte –, er würde endlich unabhängig sein. Schlechte Behandlung, ungenügende Nahrung, zu wenig Schlaf – alles das schreckte ihn nicht. Er würde ein richtiges Männerleben führen, frei und ungebunden – endlich.

Janet war stolz, daß Joseph nun Matrose werden sollte, doch sie fürchtete die Trennung von ihm und hatte Angst vor dem Abschied. Sie verachtete sich um dieser Schwäche willen. Janet, die nichts, nicht den Tod fürchtete, zitterte und hatte Angst. Sie war sich selber ein Rätsel. Sie versuchte, sich gut zuzureden und sich auszumalen, wie sie Joseph in Gedanken überallhin folgen würde. Aber das Körperliche war stärker. Auszudenken, daß sie seinem Blick nicht mehr begegnen würde, seine Stimme nicht mehr hören und seine Umarmung nicht mehr spüren könnte, war unerträglich für sie. Mit allen Kräften versuchte sie, ihre Schwäche zu überwinden und gegen sie anzukämpfen.

Vor Joseph verbergen zu wollen, wie es um sie stand, war zwecklos. Sie hatten niemals Geheimnisse voreinander.

Während der letzten Tage hatten beide sich sehr wenig zu sagen. Sie tat, als nähme die Ausstaffierung des angehenden Seemanns sie vollständig in Anspruch. Joseph fand keinen Augenblick Ruhe. Er lief auf den Feldern und Weiden umher – nur um nicht denken zu müssen. Er prügelte sich mit dem Jungen von der Polmear-Farm, fing mit jedem Arbeiter auf der Werft heftige Auseinandersetzungen an, machte drei Mädchen in Plyn gleichzeitig den Hof und vergaß schon im nächsten Augenblick alle drei. Den Vater und die Brüder, die mit dem Modell eines neuen Schiffs beschäftigt waren, störte er bei ihren schwierigen Berechnungen; er verdarb Marys Kuchen, den sie gerade in den Backofen schieben wollte, beförderte Lizzies Puppe mit einem Fußtritt hinter das Harmonium, wo sie für die kleine Schwester unerreichbar blieb, und warf Philipps Bücher wütend in den alten, ausgetrockneten Brunnenschacht im Garten.

Noch nie war er so außer Rand und Band gewesen – und man war wirklich allerlei von ihm gewohnt. Manchmal sang er schallend, in den höchsten Fisteltönen; plötzlich zerschmetterte er wieder einen Stuhl an der Wohnzimmerwand, und das ganze Haus lief zusammen bei dem Lärm, den er vollführte.

»Ehe du nicht endlich fort bis, werden wir keine ruhige Minute mehr im Haus haben« rief Mary empört.

»Hurra, hurra – nur noch einen Tag, und ihr seid mich los«, brüllte Joseph und knallte die letzten Rest des Stuhles an die Wand. Seine Augen funkelten böse, und die schwarzen Locken fielen ihm unordentlich ins Gesicht.

Nur Janet ahnte, warum er sich so benahm. Alles das diente nur dazu, vor seinen Angehörigen die Tränen in den Augen zu verbergen. Nur selten fing sie den wilden, verzweiflungsvollen Blick seiner Augen auf. Sie schienen zu sagen: »Ich liebe dich – ich liebe dich – ich will dich nicht verlassen.«

Er aber sah, wie sie den Kopf tiefer über ihre Arbeit senkte, wie aus ihrem Gesicht alle Farbe wich und wie sie blaß und wie verloren vor sich hinstarrte. Sie krampfte die Hände ineinander und blickte ins Feuer. »Gib acht, da kommt Mary mit den heißen Tellern«, warnte sie ihn, und ihre Stimme klang unbewegt.

Da hielt er es nicht länger aus. Er lief aus dem Zimmer, stob aus dem Haus und stürmte wie ein Irrsinniger den steilen Weg zum Hügel hinan. Die Tränen rannen ihm über die Wangen, und er verfluchte Gott und alles, was ihm heilig war. Die Bäume bogen sich im Wind, die Hecken schwankten und zitterten, auf den Weiden schrien kläglich die Schafe. Er aber gewahrte nichts von dem aufziehenden Sturm. Er sah nur Janet, die ihn mit ihren dunklen Augen anblickte. Er vermeinte ihre kühlen Hände auf seiner Stirn zu spüren und ihre tiefe Stimme zu hören, die nach ihm rief. Er glaubte, ihre Schritte zu vernehmen, das Rascheln ihrer Kleider, das ihre Gegenwart ankündigte.

Daheim saß Janet am oberen Ende des Tisches, um den sich die ganze Familie zum Nachtessen versammelt hatte.

Thomas blickte sich um und bemerkte mißbilligend:

»Wo steckt denn Joseph? Er ist völlig außer Rand und Band, weil er morgen abfahren soll.«

»Laß ihn nur«, versuchte ihn Janet zu besänftigen. »Er ist sicher oben im Zimmer noch mit Packen beschäftigt.«

Dabei wußte sie genau, daß er davongelaufen war und sich fluchend und verzweifelt in der Gegend der alten Burg herumtrieb.

»O nein! In seinem Zimmer ist er ganz bestimmt nicht«, fühlte sich Philipp bemüßigt zu bemerken. »Ich habe gesehen, wie er, so schnell er konnte, auf den Hügel hinaufgerannt ist. Sicher trifft er dort eines seiner Mädchen, um ihr einen Abschiedskuß zu geben.«

»Höchste Zeit, daß er aufs Meer kommt«, murmelte Thomas nachdenklich vor sich hin.

Janet warf ihrem jüngsten Sohn einen Blick zu. Sie konnte nicht klug aus ihm werden. Warum mußte er das sagen? Er war das einzige Kind, das ihr stets fremd blieb. Er war klüger und aufgeweckter als die anderen, aber irgend etwas an ihm wollte ihr nicht gefallen. Heute war Philipp sicher noch harmlos, aber niemand konnte ahnen, wie er sich entwickeln würde.

Während sie noch überlegte, trat Joseph ins Zimmer. Seine Kleider starrten vor Schmutz, und auf einer seiner Wangen war ein häßlicher roter Streifen.

Janet kannte dieses Zeichen. Er hatte geweint.

Alle am Tisch sahen ihn an. Vielleicht hatte er die ersten Stufen der Treppe oben auf dem Hügel in der Dunkelheit nicht gesehen und war gestürzt?

Nur Philipp grinste boshaft. »Hat sie dich gekratzt, Joe?« fragte er tückisch.

»Das geht dich gar nichts an, Philipp«, sagte Janet scharf und reichte Joseph seinen Teller.

Joseph entgegnete kein, Wort, setzte sich und blieb die ganze Zeit über stumm. Niemand kümmerte sich um ihn. Man war seine Launen gewohnt.

Als der Tisch abgeräumt war, schob jeder – wie immer – seinen Stuhl ans Feuer. Janet und Mary nahmen ihre Handarbeit vor, und Lizzie bemühte sich, den neuen Stich auszuprobieren, den ihr die Schwester heute gezeigt hatte. Sie war die einzige, die den trostlosen Ausdruck in den Augen von Joseph und der Mutter bemerkte. Plötzlich erhob sie sich von ihrem Stuhl, ging zu ihrem Bruder und drückte ihm die Hand. Joseph sah erstaunt auf und bemerkte zum erstenmal, wie sehr sie der Mutter glich. Er fuhr ihr sanft in die Locken und lächelte. »Ich werde dir eine neue Puppe mitbringen, wenn ich wiederkomme – darauf kannst du dich verlassen«, sagte er.

Thomas saß seiner Frau gegenüber im Lehnstuhl und hielt ein Buch in den Händen. Angestrengt versuchte er die kleingedruckten Buchstaben zu entziffern, schließlich griff er nach seiner Brille. Wie anders war er doch als der Thomas, der sie vor zwanzig Jahren auf dem Hügel droben geküßt hatte, mußte Janet denken. Er selber allerdings hatte bisher noch keine Veränderung an sich feststellen können.

Herbert und Samuel waren in einer Ecke des Raumes mit

dem Reinigen von Sammies Gewehr beschäftigt, Philipp zählte wieder einmal gewissenhaft die Münzen in seiner Börse. Er hatte gewöhnlich viel mehr Geld als seine Geschwister. Joseph stand, die Hände in den Hosentaschen, am Fenster und ließ nur seinen Rücken sehen.

Die alte Uhr an der Wand tickte und keuchte mühsam, das Feuer im Kamin brannte nur noch spärlich.

Thomas bog eine Ecke in seinem Buch um, legte den Kopf an die Lehne des Stuhles zurück und nahm seine Brille ab. Er blinzelte müde mit den Augen, seufzte und gähnte mit weitgeöffnetem Mund.

»Ich muß morgen früh aufstehen«, wandte er sich an Janet.

»Ja, Thomas, es ist höchste Zeit für dich, ins Bett zu gehen«, sagte sie. »Für dich übrigens auch, Lizzie!«

Leichtfüßig hüpfte Lizzie die Treppen hinauf, langsam stampfte Thomas hinter ihr her.

Irgendwo im Haus knarrte das Gebälk. Nach kurzer Zeit sagten auch die anderen gute Nacht und gingen zu Bett. Janet und Joseph blieben allein zurück.

Janet legte ihre Handarbeit auf die Seite und stocherte abwesend im verglimmenden Kaminfeuer. Es fing an, kühl und zugig im Wohnzimmer zu werden. Joseph löschte die Lampe und blies die Kerzen auf dem Tisch aus. Er öffnete die Vorhänge; der Mond bildete ein verzogenes Viereck auf dem Teppich. Joseph kam zu Janet und kniete neben ihr in der Dunkelheit nieder.

»Weißt du auch, wie sehr ich dich liebhabe?« flüsterte er.

»Ja, Joseph, das weiß ich.«

Er versuchte ihre Finger zu fassen und küßte die Grübchen auf ihrer Hand.

»Ich glaube, ich bin mir noch gar nicht darüber im klaren, was das heißt, dich zu verlassen.«

Sie legte den Kopf auf seine Schulter und meinte:

»Du wirst mich ja nicht verlassen, Joseph! Du wirst ein paar Monate lang fort sein. Du wirst Gelegenheit haben, dich selber kennenzulernen, und wirst das Leben führen, das zu dir paßt.«

»Aber ohne dich wird es kein Leben sein. Was du Leben nennst, wird nur aus Unglück und Sehnsucht bestehen. Und wenn ich wieder da sein werde, bin ich nur noch wie ein Stück Holz an deiner Seite.«

»Schäm dich, Joseph, so etwas sagt man nicht! Für Menschen wie dich und mich sollte es so ein Wort wie ›Abschied‹ gar nicht geben.«

Er grub seine Fingernägel in ihre Hand.

»Meinst du etwa, ich hätte Angst?«

»Ja! Wir haben beide Angst. Wenn ich mich auch schäme, mir das einzugestehen.«

Er tastete mit der Hand nach ihrem Kinn.

»Ich wußte, es würde nicht stolz erhoben sein«, lächelte er traurig. »Es hat keinen Zweck! Müssen wir denn in den wenigen Stunden, die uns bleiben, so tun, als ob wir tapfer wären? Tapferkeit erscheint mir in diesem Augenblick wirklich unangebracht. Am liebsten würde ich hier zu deinen Füßen die ganze Nacht weinen und dich anbeten wie eine Göttin.«

Er senkte den Kopf. Sie aber lachte leise in die Dunkelheit und küßte seinen gebeugten Nacken.

»Wirst du denn nie aufhören, dich so kindisch aufzuführen?«

»Ich werde immer so sein – oder vielleicht nie mehr –, ich weiß es nicht.«

»Du wirst niemals allein sein, Joseph. Versprich mir, daß du dich niemals einsam fühlen wirst!«

»Ja, ich verspreche es.«

»Aber wer wird dir deine Socken stopfen und nach deinen Kleidern sehen? Man wird dir nichts Rechtes zu essen geben! Oh! Jetzt erst denke ich an all das. Du gehst fort – und keiner wird sich mehr um dich kümmern!«

»Liebste Mutter – das ist doch wirklich das wenigste. Sieh nur – jetzt muß ich sogar noch den Tapferen spielen. Du zitterst wie ein erschrecktes Lamm auf der Weide.« Er nahm sie in seine Arme und wiegte sie wie ein kleines Kind hin und her.

»Wo ist jetzt all dein Stolz geblieben?«

»Es ist wirklich eine Schande! Aber so bin ich immer gewesen«, flüsterte sie. »Begreifst du das?«

Sie lachte und weinte gleichzeitig.

»Bitte hör jetzt auf, Mutter!« bat er. »Ich werde dir etwas sagen: Jede Nacht um diese Zeit werde ich am Himmel einen Stern suchen, der über Plyn steht; dann werde ich die Augen schließen und dir gute Nacht sagen – wo auch immer ich sein werde und was ich auch gerade tun mag.«

»Wie kommst du darauf, Joseph?«

»Ach, das habe ich mir ausgedacht, als ich heute abend oben bei der Burgruine war. Zur selben Zeit wie ich – mag ich auch noch so weit fort sein, draußen auf dem Meer – kannst auch du nach dem Stern Ausschau halten. Wenn du dich dann aus deinem Fenster lehnst, wirst du wissen, daß der Stern über dir der ist, nach dem ich schaue.«

»Jede Nacht, Joseph, werde ich daran denken. Aber wirst du es auch nie vergessen?«

»Niemals!«

Sie nahm seinen Kopf in die Hände und lächelte. Der Mond warf einen Schatten über seine Augen, als sie sagte: »Lieber, lieber Joseph.«

Die Asche im Kamin fiel zusammen; an der Wand tickte feierlich und langsam die alte Uhr.

Der nächste Tag war ein Sonntag; da aber ein guter Nordwind wehte, beschloß Kapitän Collins, trotzdem am Abend, wenn die Flut einsetzte, in See zu stechen. Joseph hatte seine Sachen schon aufs Schiff gebracht und in dem Kasten neben seiner Hängematte verstaut. Die gesamte Familie hatte sich im Hafen versammelt, um von Joseph Abschied zu nehmen. Thomas schüttelte ihm immer wieder die Hand, und eine Träne stahl sich in seine Augen.

Er war sehr stolz auf seinen bildhübschen Jungen – hatte ihm dieser zuweilen auch reichlich Kummer bereitet. Samuel und Herbert klopften ihrem Bruder auf die Schulter, und Joseph lachte und scherzte mit ihnen bis zum letzten Augenblick. Mary stopfte ihm ein paar Safrankuchen in die Tasche, und Lizzie drückte ihm einen Zweig weißes Heidekraut in die Hand, das sie oben auf dem Hügel gefunden hatte. Janet stand abseits und unterhielt sich mit Bekannten. Joseph sah zu ihr hin und machte inzwischen ein paar gleichgültige Bemerkungen über das Wetter.

Die letzten Minuten vergingen wie im Flug. Joseph trat an Janets Seite – unten im Boot, das sie zum Schiff bringen sollte, warteten schon die Kameraden.

Er packte stürmisch ihre Hände und drückte einen flüchtigen Kuß hinter ihr Ohr. »Ich weiß gar nicht mehr, was ich dir noch alles sagen wollte«, stammelte er, »und dabei war's doch so viel. Ich kann mich an nichts mehr erinnern – mein Kopf ist ganz leer.« Er schluckte heftig. Janet schaute über ihn hinweg. Alles Gefühl war heute von ihr gewichen. Ihre Glieder schienen aus Blei zu sein, und ihre Zunge war wie gelähmt. Marys Haube saß ganz schief, stellte sie fest, sie sah aus wie betrunken – zumindest sah sie äußerst verwegen aus –, sie mußte sie darauf aufmerksam machen.

»Ja«, sagte sie. Das war alles.

»Erkälte dich nicht! Denk daran, daß es jetzt abends immer kühl wird«, mahnte er sie verzweifelt.

»Nein, nein«, antwortete Janet, zu ihrer eigenen Überraschung mit kühler, unbewegter Stimme.

»Auf Wiedersehen!« Sie blickte ihm angstvoll ins Gesicht und zerrte mit sinnlosen Handbewegungen an ihrem Umhang. »Mußt du denn jetzt schon fort?«

Er wandte sich um und sprang in das Boot unten an der Treppe. »Wir müssen uns beeilen!«

Das Boot suchte seinen Weg zwischen den vielen Schiffen im Hafen und verschwand. Da setzte auf einmal das Abendgeläut der Glocken von Lanoc Church ein.

Immer war dieses Geläut sanft und beruhigend gewesen, aber heute klangen die Glocken auf einmal schrill und laut. Sie gellten in Janets Ohren – unaufhörlich, eintönig, als ob sie nie wieder aufhören wollten.

Thomas trat zu Janet und ergriff sie beim Arm.

»Ist dir nicht gut, Liebes?« fragte er freundlich. »Du mußt dir wegen des Jungen keine Sorgen machen. Er wird sich schon durchsetzen.«

Sie schüttelte stumm den Kopf. Sprechen konnte sie jetzt nicht. Sie hielt die Hände an die Ohren.

»Oh, diese Glocken!« schrie sie plötzlich. »Werden sie denn nie wieder aufhören zu läuten?«

Die Kinder sahen sie mit großen Augen an.

»Wir sollten in die Kirche gehen, Mutter«, meinte Mary, »und für eine glückliche Heimkehr Josephs beten.«

Thomas zog die Uhr aus der Tasche.

»Wir müssen aufbrechen«, sagte er. »Es ist sehr spät geworden.«

Vor dem Kirchtor blickten sich alle um und spähten nach dem Schiff. Die »Francis Hope« hatte alle Segel gesetzt und war nur noch als schwacher Schatten in der Dämmerung am Horizont erkennbar.

»Da fährt nun Joseph davon«, seufzte Thomas.

Wie eine plötzlich untertauchende Möwe verschwand das Schiff. Die Glocken verstummten. Janet schritt durch das weitgeöffnete Kirchenportal, der Gatte und die Kinder folgten ihr. Sie setzte sich und blieb den ganzen Gottesdienst über stumm und teilnahmslos.

Im letzten Licht der untergehenden Sonne leuchteten die Fenster golden auf. Sie wußte, die gleichen Sonnenstrahlen bildeten wohl auch vor dem Schiff eine leuchtende Bahn. Die kleine Kirche strahlte Ruhe und Zufriedenheit aus. Eines Tages würden auch die, die heute ehrfurchtsvoll neben Janet auf dem Boden knieten, draußen auf dem Friedhof zur letzten Ruhe gebettet werden.

Man hörte nur noch das Murmeln der betenden Stimmen. Auch Joseph auf seinem Schiff vermeinte deutlich das Gemurmel zu hören. Deutlich sah er das blasse Gesicht seiner Mutter vor sich.

Am Bug der »Francis Hope« schäumten die Wellen. Der Wind spannte die Segel des Dreimasters. Manchmal ging es wie ein Zittern durch das ganze Schiff, und langsam schwankte es in der Dünung auf und ab.

In Lanoc Church rauschte die Orgel, und die Gemeinde sang andächtig:

»Einst in meiner letzten Not
Laß mich nicht versinken!
Soll ich von dem bittern Tod
Well' auf Welle trinken:
Reiche mir dann liebentbrannt,
Herr, deine Glaubenshand!
Christ in der Höh', komm zu uns auf See!«

Janet sang wie die anderen – aber sie sah nur die Sterne am Himmel und die Lichter eines einsamen Schiffes, mitten auf dem Meer.

10

Auf die erste Trennung folgten viele andere.

Die Kindheit lag für Joseph schon weit zurück. Den einmal eingeschlagenen Weg nun noch zu verlassen, war es zu spät. Nicht daß er ein anderes Leben hätte führen wollen – nur auf einem Schiff und auf dem Meer fühlte er sich wirklich daheim – aber Joseph spürte doch, wie Janet unter seiner ständigen Abwesenheit litt; er sah ihre eingefallenen Wangen und die tiefen Schatten unter ihren Augen, die sich jedesmal, wenn er heimkehrte, deutlicher abzeichneten.

Könnte er sie doch mitnehmen! Wenn er eifrig lernte und sich sehr Mühe gab, würde er bald so weit sein, daß er Janet sein Kapitänspatent in die Hände legen und sie an Bord seines eigenen Schiffes begrüßen konnte.

Sooft er für ein paar Tage in Plyn war, erzählte er Janet von seinen Plänen. Sie blickte ihm in die Augen und glaubte ihm. Sie wußte, er würde eines Tages halten, was er versprach.

Sie redeten von dem Schiff, das er ihr bauen wollte, den starken und biegsamen Rippen, die aus dem besten Holz, von Bäumen aus den Wäldern von Truan sein würden, vom Schiff der Coombes, das der Familie gemeinsam gehören sollte. Vorläufig war es zwar noch nicht soweit – aber in sechs bis zehn Jahren würden der Vater und die Brüder dieses Schiff bauen; Janet sollte sein guter Geist sein und Joseph sein Herr und Meister. Gemeinsam brüteten sie über Plänen und Zeichnungen, berechneten die Größe und Tragfähigkeit des Schiffes und die Form seiner Segel. Thomas und die Brüder waren in den Plan eingeweiht. Alle waren entzückt von dem Gedanken eines Schiffs, das ausschließlicher Besitz der Coombes sein und mit einem Coombe als Kapitän der ganzen Familie Reichtum und Ansehen bringen würde – nicht in Plyn allein, sondern auf der ganzen Welt. Thomas fertigte ein Modell an und zeigte es voller Stolz den Seinen. Ein Teil des Vermögens, das er auf die Seite gelegt hatte, sollte zum Bau des Schiffs verwendet werden. So wurde es eines Sonntags in Gegenwart Janets und sämtlicher Kinder beschlossen. Thomas bekräftigte die feierliche Handlung durch ein Gebet zu Gott, dem Allmächtigen. Das Schiff solle den Namen seiner Frau, der Mutter seiner Kinder, tragen, setzte er sodann hinzu.

Er nahm das Modell und kratzte mit einem Messer den Namen »Janet Coombe« auf dessen dünne Planken.

Darauf schneuzte er sich heftig, küßte seine Frau und die beiden Töchter auf die Wange und drückte den Söhnen erregt die Hand.

»Wir werden nach besten Kräften an unserem Schiff bauen«, sagte er mit belegter Stimme, »Samuel, Herbert und ich. Wir wollen hoffen, daß Joseph sein erster Kapitän wird und daß er es stets sicher und unversehrt wieder heimbringen kann. Philipp wird unsere Interessen bei der Firma Hogg & Williams wahrnehmen. So werden wir alle gemeinsam an dem Schiff beteiligt sein, das in hoffentlich nicht zu ferner Zeit im Hafen von Plyn liegen wird.«

Thomas hatte sich mit dieser Rede sichtlich übernommen. Er ließ sich schwer atmend am Kamin auf einen Stuhl fallen und wischte sich die Stirn mit dem Taschentuch.

Doch ein bisher nur verschwommener Gedanke hatte feste Form angenommen. Man sprach vom Schiff, als ob es schon vorhanden wäre, obgleich die Bäume, aus denen es gebaut werden sollte, noch immer aufrecht in den Wäldern von

Truan standen und lediglich das kleine Modell im Wohnzimmer an seine feierliche Geburtsstunde erinnerte.

Ein Jahr nach dem anderen ging dahin, und nur selten wurde das einförmige Gleichmaß der Tage unterbrochen. Samuel verheiratete sich mit der hübschen Posy Trehurst, und das junge Paar bezog eine Wohnung, nur wenige Schritte vom Hause der Coombes entfernt. Die Hochzeit fand in Lanoc Church statt, wo auch damals – vor vielen Jahren – Thomas und Janet getraut worden waren. Janet blickte auf ihren großen blonden Jungen, der neben seiner Braut vor dem Altar stand. Ein Zittern durchlief sie, und sie seufzte leise, als sie daran dachte, daß sie einstmals neben Thomas dort am gleichen Platz gestanden hatte.

Unterdessen waren auch die anderen Kinder herangewachsen, mit Ausnahme von Lizzie, die immer noch ein Kind war.

Mary lebte im Haus der Eltern und dachte nicht ans Heiraten. Herbert, angeregt durch Samuels Beispiel, machte Posys Kusine, Elsie Hoskett, den Hof. Doch man beschloß, mit der Heirat bis zum Jahr 1858 zu warten, wenn Herbert einundzwanzig Jahre alt sein würde.

Philipp hatte seine Stellung verbessert; er war jetzt nicht mehr der jüngste Angestellte, sondern besaß den verantwortungsvollen Posten eines Schreibers in der Firma Hogg & Williams. Er war immer ruhig und zurückhaltend, ein pflichtgetreuer Angestellter, dem niemand die Achtung versagen konnte, wenn er auch bei seinen Arbeitskollegen nicht eben sonderlich beliebt war.

Nach einiger Zeit bekamen Samuel und Posy Zwillinge, zwei Mädchen. Die stolzen Eltern tauften sie auf die Namen Mary und Martha. Es war ein seltsames, ganz neues Gefühl für Janet, ihre ersten Enkel in den Armen zu halten und sich zu überlegen, wie deren ferneres Leben wohl verlaufen würde. Würde sich Plyn während ihres Lebens sehr verändern? Würden sie viel Kummer und Sorgen haben? Irgend etwas in ihr suchte sie zu überzeugen, daß beide ein stilles, zurückgezogenes Leben führen würden, glücklich und zufrieden.

In Janets dunklen Zöpfen zeigte sich noch immer kein einziges weißen Haar, kein Fältchen wurde an ihren Augenwinkeln sichtbar, aber die ständige Trennung von Joseph war doch nicht ohne Folgen geblieben. Obgleich sie noch keine fünfzig Jahre zählte, machten sich die ersten Anzeichen eines geschwächten Herzens bemerkbar, ohne daß Janet anfangs sonderlich darauf achtete. Wenn sie den Hügel hinaufging, überkam sie unvermittelt ein Schwindel; plötzlich mußte sie angestrengt atmen, sie wußte selber nicht, warum. Jeder Arzt hätte nach einer Untersuchung sorgenvoll den Kopf geschüttelt, ein Mittel zur Beruhigung des Herzens verschrieben und gleichwohl gewußt, daß eine Heilung nicht mehr möglich war. Aber Janet hatte kein Vertrauen zu Ärzten und Rezepten, und so merkte sie nicht, wie sie allmählich immer schwächer wurde und ihr Herz immer unregelmäßiger schlug. Jede Aufregung – sei es durch übermäßige Freude oder übergroßen Schmerz – wäre ihr Tod gewesen.

Sehnsüchtig wartete Janet auf den Stapellauf des Schiffes, das ihren Namen tragen sollte, und auf den Tag, an dem Joseph sein Kapitänspatent erhalten würde. Wenn Joseph in Plyn war, verbrachte er jede freie Minute an ihrer Seite, aber er hatte jedesmal nur sehr wenig Zeit. Auf der »Francis Hope« hatte er als zweiter Steuermann gedient und war dann, nachdem er die notwendigen Prüfungen bestanden hatte, auf ihrem Schwesterschiff, der »Emily Stevens«, erster Steuermann geworden. Der Tag der letzten Prüfung rückte näher. Er schrieb liebevolle und begeisterte Briefe an Janet und bat sie, dem Vater und den Brüdern zu sagen, daß es Zeit sei, mit dem Bau des Schiffes zu beginnen. Aber Thomas und seine Söhne waren mit Arbeit überlastet und wollten doch, wenn es soweit wäre, ihre ganze Arbeitszeit und ihr ganzes Können auf den Bau ihres eigenen Schiffes verwenden.

So hatte man vorläufig mit dem Bau der »Janet Coombe« noch nicht begonnen.

Herbert war der nächste der Brüder, der heiratete, der tüchtige, gewissenhafte Herbert, der Samuel so sehr glich und es in allem seinem Bruder nachzutun versuchte. Da jetzt die Kinder ihr eigenes Leben führten und für sich selber sorgen konnten, begann die emsige Schaffenskraft von Janets Händen nachzulassen. Mary übernahm nur allzu gerne die Haushaltspflichten und sorgte für das Wohlbefinden von Thomas; nach und nach überließ Janet die ganze Verantwortung ihrer tüchtigen Tochter.

Mehr als je sehnte sie sich nach Joseph; sie wünschte, sie könnte ihn immer bei sich haben und müßte ihn nie mehr missen. Sie war jetzt beinahe fünfzig Jahre alt und hatte noch nichts von der Welt gesehen. Ihr alter, ungebundener Geist war immer noch unverändert und verlangte nach seinem rechtmäßigen Platz an Josephs Seite. Sie waren geboren, um Freude und Gefahr miteinander zu teilen. Auf dem Meer, dem er so sehr verfallen war, war auch ihre Heimat. Wenn sie auch eine Frau war und fast schon die Höhe des Lebens überschritten hatte, träumte sie doch nicht von einem bequemen Sessel neben dem knisternden Kaminfeuer, sondern von nichts anderem als dem schwankenden Deck eines Schiffs und schaukelnden Masten inmitten des grauen Ozeans. Ohne Joseph hatte das Leben in Plyn keinen Inhalt für sie.

Jedesmal, wenn er sie verließ, nahm er ein Stück von ihr mit sich hinweg. Joseph hatte nur einen Wunsch: sein Kapitänspatent. Dann könnte ihn nichts mehr daran hindern, Janet mitzunehmen.

»Du hast doch Vertrauen zu mir?« sagte er zu ihr. »Bald werde ich soweit sein! Nichts kann jetzt mehr dazwischenkommen! Ich kann mir vorstellen, wie dem Vater damals zumute gewesen ist, als er dich in das Haus führte, das er für dich eingerichtet hatte. Aber glaub mir, der Stolz meines Vaters wird sich überhaupt nicht vergleichen lassen mit der Freude, die ich empfinden werde, wenn du neben mir auf meinem Schiff stehst.«

»Joseph, Lieber«, sagte sie, »wenn es einmal soweit ist, wird es nur eine Möwe sein, die dich begleitet, und nicht ein menschliches Wesen.«

»Das Schiff wird dein Schiff sein und seine Wege deine Wege«, entgegnete er. »Du wirst ihm befehlen, und ich werde nur deinen Wünschen gehorchen, der Wind wird wehen, weil du es so willst, und die Wogen werden überschäumen vor Freude, wenn sie dich neben mir auf dem Achterdeck stehen sehen; wie ein Schleier wird dein Haar hinter dir herwehen, und die Sterne am Himmel werden neidisch sein, wenn sie sehen, wie deine Augen glänzen.«

»Aber, Joseph, ich bin alt, ich bin schon fast fünfzig. Warum redest du von Dingen, aus denen doch nichts mehr wird?«

»Du und alt!« Er lachte und umarmte sie. »Ich will dir jetzt nicht alles erzählen, was ich mir ausgedacht habe; später einmal – wenn wir zusammen auf dem Schiff sind und Plyn wie ein vergessener Traum hinter uns liegt, werde ich dich an deine Worte erinnern.«

11

Schließlich wurde das Schiff doch gebaut. Der Traum wurde Wirklichkeit. Das kleine Modell in der Halle von Janets Haus gewann unten in der Werft Gestalt und Form. An der Stelle des Spielzeugs entstand ein großes Schiff, das rauhen Stürmen gewachsen war und das Menschen und Lasten sicher von einem Hafen zum anderen zu bringen vermochte. Joseph war daheim und Janet an seiner Seite, als man die ersten Holzproben aus den Wäldern von Truan brachte. Riesige Bäume wurden gefällt, die junge Bäumchen gewesen waren zu der Zeit, da noch nicht einmal Janets Vater gelebt hatte.

Zwei volle Jahre baute man an dem neuen Schiff. Thomas und seine Söhne Samuel und Herbert gaben ihr Bestes. Tagtäglich hörte Janet das Hämmern und Kreischen der Sägen bis zu ihrem Haus herauf.

Die Kinder lebten jetzt alle ihr eigenes Leben. Samuel und Herbert hatten ihre eigenen Familien. Mary hatte Janet im Haushalt abgelöst. Philipp war, trotz seiner dreiundzwanzig Jahre, schon Kassierer und Buchhalter bei Hogg & Williams geworden. Lizzie, mit ihren zwanzig Jahren, würde wohl bald heiraten. Janet wurde bewußt, daß sie selbst inzwischen schon fünfzig geworden war.

Sie war nur noch von dem einen Gedanken erfüllt, daß das Schiff mit dem Namen »Janet Coombe« vom Stapel laufen und daß Joseph bald sein Kapitänspatent in Händen halten möge.

Fast täglich kam sie in die Werft und sah nach, welche Fortschritte der Schiffsbau gemacht hatte. Langsam nahm das anfangs etwas unheimliche Gerippe Formen an.

Thomas hatte errechnet, daß das Schiff hundertsechzig Tonnen fassen werde. Es würde ein Zweimaster werden.

Janets Anwesenheit auf der Werft schien die Arbeiter zu doppeltem Fleiß anzuspornen. Sie hatte eine Art, mit ihnen zu reden, daß sie sich schämten, wenn sie nachlässig waren, und sich stets doppelt anstrengten, wenn sie dagewesen war.

Aber sie merkte nicht, wie ihr Herz von Tag zu Tag schwächer wurde. Je mehr das Schiff Fortschritte machte, um so matter wurde ihr Körper. Janet achtete nicht darauf; sie empfand es als selbstverständlich, daß ihre Kräfte mit fünfzig Jahren allmählich nachließen.

Es würde nur noch kurze Zeit dauern, bis das Schiff vom Stapel gelassen werden konnte. Joseph sollte sein erster Kapitän sein!

Als Joseph im Frühjahr 1863 heimkehrte, erschrak er über Janets Aussehen. Ihr Haar war zwar immer noch schwarz, ohne die kleinste graue Strähne, und ihr Gesicht faltenlos, aber sie war unsäglich zart und hinfällig geworden; das Gehen schien ihr Mühe zu machen, ihre Wangen waren wächsern, und an den Schläfen schimmerten bläulich die Adern. Joseph war entsetzt, als er seine Mutter so vor sich sah. Den Gedanken, sie bald verlieren zu müssen, stieß er als böse Phantasie weit von sich. Er blieb beständig in ihrer Nähe. Doch seine Gegenwart beruhigte sie nicht, sie wirkte eher wie eine verhängnisvolle Droge. Janet fühlte sich frisch, gesund und zufrieden, wenn er bei ihr war. Aber wenn er sie verlassen mußte, war sie schwächer als zuvor und konnte sich kaum noch aus ihrem Sessel erheben.

Joseph blieb nun für längere Zeit daheim. Er mußte seinen Prüfungstermin in Plymouth abwarten und umgab Janet in der Zwischenzeit mit all seiner Liebe. Als er nach Plymouth abgereist war, konnte Janet seine Abwesenheit kaum ertragen; fieberhaft wartete sie auf seine Rückkehr und auf das Ergebnis der Prüfungen.

Eines Tages traf ein wichtig aussehender Brief ein. Joseph stand an Janets Seite, um mit ihr gemeinsam den Inhalt zu lesen. Auf dem steifen Pergament war das rote Siegel des Handelsamtes.

> Da Sie sich über Ihre Kenntnisse genügend ausgewiesen haben und Ihre Fähigkeiten, ein Schiff zu führen, von berufener Seite anerkannt worden sind, verleihen wir Ihnen hiermit gemäß dem Gesetz für Handelsschiffe vom Jahre 1854 das Recht, den Titel eines Kapitäns zu führen.
> Gegeben am 9. August 1863.
> Ministerium für Handel und Verkehr

Die Unterschrift, die folgte, konnten beide nicht entziffern. Doch das spielte ja auch keine Rolle. Janet stieß einen Schrei aus und umarmte Joseph. Er hatte bestanden. Joseph, ihr Sohn, war jetzt Kapitän, bekleidete den gleichen Rang wie der alte Kapitän Collins, obwohl er noch nicht einmal neunundzwanzig Jahre alt war.

In Janets Haus wurde ein großes Fest gefeiert. Joseph saß an der rechten Seite seiner Mutter, alle erwachsenen Söhne und Töchter waren versammelt; die Enkelkinder, Samuels Töchter und Herberts kleiner Sohn, saßen unten an der langen Tafel. Das nächste Familienfest sollte der Stapellauf des Schiffes sein. Später, im Verlauf des Abends, besprach Thomas mit seinen Söhnen – diesmal ohne daß Janet dabei war – die wichtige Frage der Galionsfigur am Bug des Schiffes.

Man war sich einig, daß die Figur Janet darstellen müsse. Aber wer in Plyn konnte die schwierige Aufgabe bewältigen? Endlich beschloß man, die Arbeit einem Meister in Bristol anzuvertrauen. Er war ein bekannter und berühmter Holzschnitzer. Thomas schickte ihm ein Bild Janets, das sie als junge Frau zeigte.

Janet sollte bis zum Stapellauf nichts davon wissen. Jeder der Anwesenden schwor, das Geheimnis zu bewahren.

Es war Ende August, die letzten Nägel wurden in die Planken des Schiffes geschlagen. Die »Janet Coombe« war bereit, vom Stapel gelassen zu werden, und der dunkle Schiffsrumpf schien nur noch auf die erste Umarmung des Meeres zu waren, aus dessen Umschlingung er sich nie wieder lösen würde.

Am ersten Septembertag, kurz vor Sonnenuntergang, wenn die Flut am höchsten war, sollte das große Ereignis stattfinden. Ganz Plyn war in fieberhafter Aufregung, wie immer vor dem Stapellauf eines neuen Schiffes. Dieses Mal aber sollte das Schiff gar den Namen »Coombe« tragen!

Am Vorabend – es war ein Sonntag – hatte sich die ganze Familie Coombe im Wohnzimmer des Elternhauses versammelt. Es war ein schöner, warmer Sommerabend, aber Janet, überanstrengt von all den Vorbereitungen, hatte fast keine Kraft mehr, an den kommenden Tag zu denken. Müde saß sie in ihrem Sessel am Fenster, die leichte Brise spielte in ihren Haaren. Wenn sie sich kräftig genug gefühlt hätte, wäre sie den Hügel hinaufgewandert bis zu den Ruinen der alten Burg, aber sie fühlte sich zu schwach dazu. So saß sie in ihrem Lehnstuhl, blickte auf den Hafen und ließ ihre Gedanken wandern.

Dies war der Augenblick, auf den sie ihr ganzes Leben gewartet hatte. Nur zweimal hatte sie bisher ähnliches empfunden: das erste Mal, als sie nachts auf dem Schiff von Plymouth heimkehrte, das zweite Mal, als man ihr den schreienden kleinen Joseph in die Arme legte. Morgen würde das Schiff, das ihren Namen trug, im Hafen von Plyn liegen, sie würde an Deck stehen und ihm Glück zu seiner Jungfernfahrt wünschen.

Langsam hüllte die Dämmerung Plyn in graue Schatten. Hinter der Stadt lagen die Hügel und Täler, die sie so liebte. Janet fühlte sich glücklich und zufrieden, als sie an Thomas und ihre Kinder – und vor allem an Joseph – dachte.

Wie immer am Sonntagabend versammelten sich alle Familienmitglieder um Mary am Harmonium. Wie immer vereinigten sich alle Stimmen zu gemeinsamem Gesang. Die ersten Sterne glitzerten am Abendhimmel, aus dem Wohnzimmer vernahm Janet den Gesang ihrer Lieben. Über allen Stimmen schwebte Josephs klarer Tenor: »Bleib bei mir, Herr...«

Es war kurz vor Sonnenuntergang. Die Flut hatte den höchsten Stand erreicht. Der letzte Schein der Sonne glänzte golden auf den Dächern der Stadt und verweilte nur kurz auf dem Wasser im Hafen. Ganz Plyn hatte sich in der Werft versammelt, um dem Stapellauf beizuwohnen. Überall wehten Flaggen, Fahnen und Girlanden, der Hafenplatz konnte die Menge der Neugierigen kaum noch fassen. Janet saß in dem Stuhl, den man für sie aufgestellt hatte, und hielt Josephs Hand fest umklammert. Ihre Augen hingen wie gebannt an der Figur am Bug des Schiffes. Dies war die alte, wilde Janet mit ihren dunklen Haaren, ihren strahlenden Augen und dem festen, stolzen Kinn.

Ihr Herz klopfte heftig, und sie begann zu zittern. Das war sie, Janet, am Bug des Schiffes, das ihren Namen trug. Janet spürte nicht mehr, was rings um sie vorging. Vor ihren Augen lag es wie weißer Nebel. Sie sah nichts mehr von der Stadt Plyn, die Menschen, die sie umgaben, waren wie ausgelöscht – sie sah nur noch das Schiff, das von jetzt an dem Meer gehören würde.

Man rief »Hoch« und »Hurra«, aber Janet hörte nur das sanfte Flüstern des Windes und das lockende Rufen der Wellen. Wie ein feuerroter Ball ging die Sonne hinter den Hügeln unter. »Da geht sie«, hörte man es von allen Seiten rufen. Mit heftigem Rauschen glitt das Schiff ins Wasser und lag leise schwankend und zitternd auf den Wellen. Janet öffnete weit die Arme und schauderte. In ihre Augen kam es wie ein großes Leuchten; sie glänzten wie das Licht eines einsamen Sterns. Sie hauchte den letzten Atem aus, und ihre Seele glitt in das neugeborene Schiff. Janet Coombe war tot.

ZWEITES BUCH

Joseph Coombe

1863–1900

1

Nach dem Tod von Janet Coombe suchte Thomas Coombe bei seiner ältesten Tochter Ruhe und Trost. Mary bemühte sich nach besten Kräften, ihm alles recht zu machen. Mit der Zeit schloß sich Thomas immer enger an seine älteste Tochter an. Samuel und Herbert schalteten und walteten nach ihrem Gutdünken in der Werft und hatten wenig Zeit, sich um den verlassenen Vater zu kümmern. Philipp hatte unten in der Stadt, in der Nähe der Firma Hogg & Williams, eine Wohnung gemietet und lebte dort völlig unabhängig von der Familie.

Lizzie spürte den Verlust ihrer Mutter vielleicht am stärksten. Sie kränkelte längere Zeit und erholte sich nur langsam. Erst die Bekanntschaft mit Nicholas Stevens gab ihr die Gesundheit völlig zurück. Nicholas war Farmer hinter den Truan-Wäldern und fünfzehn Jahre älter als Lizzie. In ihm fand sie, nachdem sie die Mutter verloren hatte, einen treuen und anhänglichen Gatten.

Nur Joseph konnte, anders als seine Geschwister, den Tod der Mutter nicht verschmerzen. Seine Brüder und Schwestern mußten von nun an ohne Mutter leben, sein Vater ohne Frau, aber mit dem Tod von Janet war etwas von Josephs Lebensmut verschwunden. Er wußte, daß das Leben von nun an keinen Sinn mehr für ihn hatte; wohin er auch gehen würde – er würde unweigerlich allein sein. Sie, die er liebte, die immer Rettung bedeutet hatte, war ausgelöscht.

In den Wochen, die folgten, arbeitete Joseph hart, niemals gestattete er sich, einen Augenblick auszuruhen.

Janet wurde an einem milden Septembernachmittag begraben, die Sonne schien auf die Kirchenfenster, das hohe Gras auf dem Kirchhof schwankte leise in der sanften Westbrise. Der Tag war heiter und friedlich, auf dem obersten Ast einer Ulme sang eine Amsel, aus den Feldern tönten die munteren Rufe der spielenden Schulkinder. Die Männer gingen ihrer gewohnten Arbeit nach, ein Schiff verließ mit stolz geblähten Segeln den Hafen. Am Kai bewegten sich, wie winzige

Pünktchen, Menschen hin und her, aus den Kaminen von Plyn stieg Rauch wie immer, und fern am Horizont standen die Silhouetten der Fischerboote.

Von nun an würde »Janet Coombe« nur noch ein Name auf einem grauen Grabstein sein, bis Regen und Wind eines Tages auch diesen unkenntlich machten. Vergessen würde sie sein wie das raschelnde Laub vom vorigen Jahr und der Schnee vom letzten Winter.

Die Familie war vollzählig am offenen Grab versammelt. Thomas stand zwischen Samuel und Mary, die anderen weinend neben ihnen.

Ohne Tränen und unbewegt beobachtete Joseph die Zeremonie. Er sah, wie sich der weiße Überwurf des Priesters im Wind blähte, sah die Wolken, die am blauen Himmel hinzogen, und hörte die Stimmen der Knaben, die auf den angrenzenden Feldern spielten.

»Staub bist du gewesen, zu Staub sollst du werden.« Wenn es wirklich nur das war, schien ihm das Leben sinnlos. Ein kurzer Augenblick zwischen Geburt und Tod, ein leichtes Kräuseln des Wasserspiegels und dann wieder Stille. Janet hatte geliebt und gelitten, sie hatte Schönheit und Schmerz gekannt. Jetzt war sie dahingegangen, die Erde deckte sie zu, und nichts blieb zurück als ein paar Buchstaben auf einem Stein.

Die Erdschollen fielen auf den Sarg und verbargen ihn vor seinen Augen; darüber lagen jetzt farbenprächtige Herbstblumen.

Als die kleine Schar sich langsam zerstreute, blickte sich Joseph um, warf seinen Kopf in den Nacken und lachte laut. Empört sahen einige nach ihm.

Erst als die »Janet Coombe« ihre Jungfernreise antrat, wurde Joseph endlich wieder etwas ruhiger. Plyn, das ohne Janet verlassen wirkte, lag wie ein böser Traum hinter ihm; hier war wieder die Ruhe und Einsamkeit des Meeres, dem er sich schon immer eng verbunden gefühlt hatte. Das Meer barg Gefahr, Schönheit und die unbekannte Zukunft in seinen grauen Wellen; hier würde er vielleicht vergessen können und neuen Lebensmut finden. Das Schiff trug ihren

Namen, in ihm war ihr Lebenstraum Wirklichkeit geworden. Joseph und Janet hatten es gemeinsam geplant und erdacht, es sollte sie in ein freies und ungebundenes Leben führen. Und nun war Janet tot. Das Schiff aber lebte, es glitt über die See wie eine sorglose Möwe, und Plyn war nur noch ein dunkler Streifen fern am Horizont. Janet aber war tot.

Janet lag auf dem Friedhof von Lanoc Church. Sie sah nichts, sie hörte nichts und fühlte nichts; alles, was sie versprochen hatte, war im Winde verweht.

»Ich werde dich niemals verlassen.« Hatte sie das wirklich gesagt? Wenn in der Schönheit Wahrheit war und in der Liebe Macht, müßte sie jetzt hier an seiner Seite sein, er hätte ihr Flüstern neben sich vernommen und den leisen Druck von Geisterfingern auf seiner Hand gespürt. Aber er war allein, hörte nur das Ticken seiner Uhr, und das einzige menschliche Wesen in seiner Nähe war der Mann am Steuerrad.

Janet hatte unrecht gehabt; es gab keine Macht, die stärker war als der Tod; die Unsterblichkeit war nur ein Märchen, das man Kindern erzählte, die sich fürchteten, allein im Dunkeln zu gehen. Er war allein mit dem Schiff, das ihren Namen trug und das er wie ein Vermächtnis von ihr empfangen hatte.

2

Die erste Reise der »Janet Coombe« nahm mehrere Monate in Anspruch. Sie segelten zuerst mit Porzellanerde von Plyn nach St. John's auf Neufundland. Von dort brachten sie eine Ladung Fisch ins Mittelmeer. Sie kamen gerade zur Fastenzeit zurecht. Aus den Mittelmeerhäfen brachten sie Früchte nach London. Es war ein regelrechtes Wettsegeln mit anderen Schiffen und Schonern. Denn natürlich wollte jeder mit seiner kostbaren, leicht verderblichen Fracht der erste sein. Die »Janet Coombe« war das erste Schiff, das ankam. Sie signalisierte nach einem Lotsen für die Themse, als die anderen Schiffe noch weit hinten im Kanal steckten.

Newcastle, Madeira, St. Michaels und Hamburg waren die

nächsten Häfen, die sie anlief. Schon war fast ein Jahr vergangen, seit die »Janet Coombe« aus Plyn ausgelaufen war. Aber was bedeutete nun noch ein Jahr für Joseph?

Nur wenn er wieder die schwankenden Planken seines Schiffes unter sich spürte, atmete er eine gewisse Ruhe und Zufriedenheit, und die Leere und Einsamkeit, die ihn zuweilen überfielen, waren vergessen.

Joseph ließ die Segel zur Fahrt nach Hamburg setzen. Dort lebten die reichsten Kaufleute neben den Ärmsten der Armen, dort drängte sich im Hafen ein Schiff dicht ans andere, und in den dunklen Gassen der Stadt lauerte das Abenteuer.

Nichts war erregender als die Einfahrt in einen neuen, unbekannten Hafen. Zuerst tauchte die fremde Küste am Horizont auf, dann hörte man die zunächst schwachen, später lauten Rufe des Lotsen. Eine weite Flußmündung öffnete sich, und irgendwo dahinter lag der Hafen.

Wenn es dunkel war, sah man die Silhouetten anderer vor Anker liegender Schiffe, hörte Stimmen, die sich in unbekannter Sprache etwas zuriefen; plötzlich tauchten glitzernde Lichter auf, Gebäude und Kräne wurden allmählich sichtbar. Man hörte das Trampeln schwerer Schuhe, scharfe Befehle des Lotsen, das Rasseln der Ankerketten – und die »Janet Coombe« lag vor Anker, in fremder, nie zuvor gesehener Umgebung.

Endlich an Land, blickte sich Joseph um. Er sah die funkelnden Lichter in den Gassen, in denen Gefahr und abenteuerliche Romantik wohnten. Er sah die dunklen Schatten der Häuser, die Armut und Leiden, Liebe und Tod verbargen.

Joseph atmete die Luft des fremden Landes. Der Geruch der Schiffe, des Teers und des Wassers, vermischt mit dem Duft von Speisen, Getränken und Tabak, schwitzenden Männern und dem billigen Parfüm der Frauen stieg auf. Das war Hamburg. Die Gestalt Janet Coombes schwebte stolz und unnahbar über der fremden Umgebung.

Einen ganzen Monat lang lag das Schiff im Hamburger Hafen.

An seinem letzten Abend in Hamburg – das Schiff sollte

am nächsten Morgen mit dem Ziel Dublin in See gehen – verabschiedete sich Joseph auf seiner Agentur und schlenderte gemächlich durch die Straßen und Gäßchen an den Platz, wo die »Janet Coombe« lag. Um sechs Uhr früh sollte der Lotse an Bord kommen, und viele Stunden und Tage auf See lagen wieder vor ihm. Es wäre sicher das Vernünftigste gewesen, sich direkt aufs Schiff zu begeben und die wenigen Stunden vor der Ausfahrt zum Schlafen zu benutzen.

Aber Joseph hätte jetzt doch keine Ruhe finden können. Aus den offenen Türen der Kneipen fiel Licht auf die Straße, an den Ecken lungerten düstere Gestalten, dicht neben sich hörte er das lockende Flüstern einer Frau und spürte fast körperlich ihren Atem. Unter ihm lagen die Docks und der Hafen mit seinen vielen Schiffen. Es war, als ob etwas in der Luft läge, als ob ein lange gehütetes Geheimnis sich endlich entschleiern sollte. Joseph lächelte, jagte seine vernünftigen Überlegungen zum Teufel und bog in die heller erleuchteten Straßen ab, auf der Suche nach dem Abenteuer, das vielleicht einen Augenblick höchster Spannung, einen Augenblick des Vergessens brachte – und das doch immer nur das gleiche war.

Joseph stand zwischen den anderen neugierigen Zuschauern in der Tür einer Kneipe und schaute wie sie in einen Raum voller Menschen.

In der einen Ecke befand sich eine kleine Bühne, auf der ein Negermädchen tanzte; dicht gedrängt an den Wänden standen Tische, an denen die Männer saßen. In der Mitte des Saales war ein Platz zum Tanzen frei gelassen, aber im Augenblick spazierten Frauen und Mädchen dort auf und ab, sich wie Tiere in einem Zirkus zur Schau stellend. Joseph drängte sich durch die Menge und ließ sich an einem der kleinen Tische nieder; hinter ihm stand ein unfreundlicher Kellner und wartete auf seine Bestellung. Joseph trank nachdenklich sein Bier und beobachtete die Frauen in der Mitte des Raumes. Zwei Portugiesen saßen am Nebentisch. Der eine von ihnen hatte ein bleiches, fast weißes Gesicht mit vorstehenden Augen, umrahmt von einem mächtigen, unordentlichen Bart. Er sprach aufgeregt auf seinen Kumpan ein und griff von Zeit zu Zeit mit plumpen, unsicheren Händen nach dem Glas vor sich. Joseph sah ihm zu, wie er sein Bier trank, und empfand einen ausgesprochenen Widerwillen gegen ihn.

Joseph stieß sein Glas zur Seite. Über die Schulter eines Mannes hinweg starrte ihn das Gesicht eines Mädchens an. Das Gesicht eines Mädchens mit dunklem Haar, dunklen Augen und einer herausfordernden Stupsnase. Sie bewegte sich mit einer gewissen Grazie, und Joseph meinte die schlanken Linien ihres Körpers unter ihrem Kleid sehen zu können. Plötzlich zuckte sie mit den Achseln, lachte und rief einem Mädchen, das an ihr vorbeitanzte, auf deutsch etwas zu. Für den Bruchteil einer Sekunde erinnerte sie ihn an irgend jemanden – an irgend etwas; es war wie ein Schlüssel zu einem verborgenen Geheimnis und im nächsten Augenblick schon wieder vergangen. Er sah nur noch das Mieder, das ihre vollen Brüste eng umschloß.

Da wußte Joseph, daß er diese Frau begehrte. Sie kam mit ihrem Tänzer an den Tisch neben ihn, und er sah, daß der Mann an ihrer Seite der Portugiese war.

Joseph stand auf und legte seine Hand auf den Arm der jungen Frau. Der Portugiese stieß einen Fluch aus und griff nach dem Messer. Joseph schlug ihn mit einem Faustschlag nieder und lachte. Der Portugiese krümmte sich mit blutverschmiertem Gesicht auf dem Fußboden. »Nur zu!« höhnte Joseph. »Hast du noch nicht genug?« Er wollte Händel. Es reizte ihn, Tische und Stühle zu zerschmettern, Angreifern Arme und Beine zu brechen und die Leiber der Gestürzten unter seinen Füßen zu spüren. Das Mädchen legte die Hand auf seinen Arm und lächelte ihm zu. Die Männer sammelten sich und näherten sich drohend. Mit Püffen und Fausthieben bahnte Joseph für sich und das Mädchen einen Weg zur Straße. Dort stand er unsicher an eine Hauswand gelehnt und blickte ihr in die Augen.

Es war fünf Uhr morgens. Das Mädchen zündete eine Gasflamme an, die mit ihrem trüben, gelblichen Licht den Raum notdürftig erhellte. Sie beleuchtete den schäbigen Teppich, die halbblinden Fensterscheiben und das Gesicht des Mädchens, das sich langsam hin und her bewegte. Sie goß Wasser in eine Schüssel. Joseph saß auf einer Stuhlkante, den Kopf in seinen Händen vergraben. Er griff nach seinem Mantel und suchte in den Taschen. Er wühlte seine Pfeife, seinen Tabaksbeutel und eine Handvoll Kleingeld hervor. Er legte das Geld neben die Fotografie eines Kindes, die auf dem Kaminsims stand. Das Mädchen wandte ihm den Rücken zu, er sah nur eine gebeugte Gestalt, in ein häßliches, steifes Korsett gepreßt, die sich lange, schwarzseidene Strümpfe auszog. Joseph steckte seine Pfeife in Brand und ging zur Tür.

Er tastete sich die schmale Treppe hinunter, öffnete das Haustor und stand auf der Straße.

Joseph fühlte heftige Sehnsucht nach Plyn in sich aufsteigen. Er wollte wieder das ruhige Wasser seines Heimathafens sehen und die kleinen Häuser, die ringsum auf den Hügeln zerstreut lagen und aus deren schiefen Kaminen bläulicher Rauch stieg. Er wollte wieder das ausgetretene Pflaster von Plyn unter seinen Füßen spüren und durch die Straße am Kai gehen, wo überall Netze zum Trocknen in der Sonne hingen und blaugekleidete Fischer an den Mauern lehnten. Er sehnte sich nach dem Tosen der Wellen, die sich an den Felsen unter der Burgruine brachen, nach dem Ächzen der sich unter dem Wind biegenden Bäume in den Wäldern von Truan, nach den Schafherden und den Rindern auf den Weiden, dem Rascheln eines flüchtenden Kaninchens in den Büschen und Hecken am Wegrand. Er verspürte ein großes Verlangen nach vertrauten Gesichtern, nach dem Geschrei der Möwen und dem Läuten der Glocken von Lanoc Church.

Joseph stand am Kai und blickte auf die schwarze Silhouette seines Schiffes, dessen Masten scharf gegen den Himmel abstachen. Er hob seine Laterne und ließ das Licht auf die Galionsfigur am Bug fallen. Der Lichtstrahl fiel auf das Gesicht der unbeweglichen Gestalt; ihr weißes Gewand und ihre über der Brust gefalteten Hände blieben im Schatten.

Und wie er so stand, glaubte Joseph zu bemerken, daß sie ihm zulächelte und leise flüsterte: »Meinst du denn, ich hätte dich vergessen? Hast du vielleicht gedacht, ich läge zu Staub zerfallen im Grab auf dem Friedhof in Plyn? Mein Sohn, mein Lieber, ich bin immer neben dir gewesen – immer, als ein Teil des Schiffes, als ein Teil deiner selbst. Aber du hast es nicht begreifen wollen. Hör auf mich, Joseph! Es gibt keine Furcht, keine Verwesung, keinen Tod – nur das helle Leuchten des Mutes, der Schönheit und der Wahrheit. Ich bin nun frei und lebe – ich liebe dich, wie eh und je. Joseph... Joseph...«

Warm stieg es in seinem Herzen auf, und er fühlte sich wieder stark und aufs neue von Mut beseelt. Das graue Gespenst der Einsamkeit zerfloß im Morgennebel.

3

»Du hast dich trotz all deiner Reisen nicht viel verändert, Joe. Wir sind froh, dich wieder einmal hier bei uns zu haben«, sagte Samuel und lächelte seinem Bruder zu. Mary stocherte im Kaminfeuer, bis es wieder aufflammte. Thomas saß, mit der unvermeidlichen Bibel auf den Knien, auf seinem Platz im Lehnstuhl. Die anderen Familienmitglieder saßen im Kreis um das Feuer und blickten stolz auf den weitgereisten Seemann in ihrer Mitte.

Die Vorhänge vor den Fenstern waren zugezogen, das Essen abgeräumt, gemeinsam hatte man einen Choral gesungen, und die alte Uhr an der Wand tickte langsam und gleichmäßig wie immer.

Joseph streckte seine Beine aus und gähnte zufrieden. Es tat gut, wieder daheim zu sein. Er schaute in die vertrauten Gesichter rings um sich und fragte nach den letzten Neuigkeiten.

»Sammies Zwillingstöchter strotzen vor Gesundheit«, berichtete Mary begeistert, obgleich sie insgeheim ein bißchen eifersüchtig auf ihre Schwägerin Posy war. »Sie werden demnächst zehn Jahre alt und kommen in der Schule sehr gut voran. Sie sind ihrem Vater wie aus dem Gesicht geschnitten; es ist fast nicht zu glauben.«

Samuel errötete stolz.

»Und der kleine Tom ist zwar etwas zart, aber ein herziger Junge; und stell dir nur vor, sein Bruder Dick ist heute schon größer als er.«

Es war schwer vorstellbar, daß der gute Samuel bereits Vater von vier Kindern war und daß Herbert, der neben seiner Frau am Harmonium saß, auch schon drei Söhne und zwei Mädchen hatte; dabei sah es ganz so aus, als ob Elsie, seine Frau, wieder ein Kind unter dem Herzen trug.

Auch Philipp war erschienen, um Joseph zu begrüßen; außerdem wollte er mit ihm die Rechnungen der »Janet Coombe« durchgehen. Philipp war jetzt zweiter Buchhalter bei der Firma Hogg & Williams, und alle finanziellen und geschäftlichen Angelegenheiten des Coombeschen Schiffs lagen beinahe ausschließlich in seinen Händen. Seinen Brüdern und Schwestern war er recht fremd geworden, und er hatte eine merkwürdig überhebliche Art zu reden angenommen. Wenn sie unter sich waren, sagten sie: »Der Philipp, ach, der ist so vornehm!«

Nicholas Stevens machte Lizzie immer noch den Hof. Der große, vierschrötige Farmerssohn mit den blauen Augen und dem herzhaften Händedruck gefiel Joseph vom ersten Augenblick ihrer Bekanntschaft an besonders gut.

»Die Mädchen von Plyn sind völlig außer Rand und Band, seitdem du wieder im Land bist«, lachte Mary. »Sie werden dir keinen Augenblick Ruhe gönnen, wenn du dich nicht in acht nimmst.«

»Ich glaube, Joe wäre ganz zufrieden, wenn sich die Frauen nicht allzusehr um ihn bemühen würden«, bemerkte Philipp trocken. »Nebenbei bemerkt, fürchte ich, wird er sie – im Vergleich zu den Damen des Kontinents – nicht übermäßig anziehend finden.«

Joseph warf dem aschblonden Bruder mit den tiefliegenden Augen einen flüchtigen Blick zu. Er war ein merkwürdiger Kauz mit seinem ständigen Spott. Nichts an ihm ließ darauf schließen, daß auch er ein Sohn Janets war.

»Warum willst du eigentlich dein abenteuerliches Leben nicht endlich aufgeben?« meinte Samuel. »Du bist doch jetzt schließlich alt genug, um einen Haushalt zu gründen. Etwas mehr Ruhe würde dir wahrscheinlich auch nicht schaden. Ich an deiner Stelle würde mir eine nette Frau suchen und mich in Plyn niederlassen. Nimm dir ein Beispiel an Herbie und mir. Es würde dir sicher auch ganz guttun, wenn du Frau und Kinder hättest.«

»Du mußt ja das Meer nicht völlig aufgeben«, warf Mary ein, die immer vermitteln wollte. »Du kannst ja Kapitän der ›Janet Coombe‹ bleiben und trotzdem heiraten. Eine Frau und ein eigenes hübsches Heim würden dich sicher ruhiger und froher machen.«

Joseph lächelte und schüttelte den Kopf. »Ich glaube, ich eigne mich nicht zum Heiraten«, sagte er abweisend. Doch der Gedanke blieb ihm im Sinn und ließ ihn nicht mehr los. War eigentlich irgend etwas dagegen einzuwenden? Sein Herz und seine Seele gehörten Janet – Janet und dem Schiff. Konnte er denn keine Zuneigung und keine Zärtlichkeit empfinden für einen Menschen – einen Menschen, der abends im erleuchteten Haus auf ihn wartete? Der ihm Vertrauen und Liebe entgegenbrachte und der ihm Heimat bedeutete? Es müßte wunderbar sein, Söhne neben sich aufwachsen zu sehen. Seine eigenen Söhne – Janets Enkel – würden es sein. Er sollte diesem Gedanken vielleicht doch etwas mehr nachgeben.

Joseph fühlte sich sehr allein. Noch nie hatte er ein solches Bedürfnis nach Liebe, Verständnis und Zuneigung gehabt wie jetzt.

Würde er das alles in einer Ehe finden? Natürlich würde er keines dieser hübschen, lachenden Mädchen heiraten, die ihm einen schnellen Blick unter gesenkten Augenlidern zuwarfen und erröteten, wenn er an ihnen vorüberging, ihm dann aber noch lange nachsahen. Was er wollte, war eine tüchtige Frau, die ihn aufrichtig liebte, die ihn zur Vernunft bringen konnte, ihm ein Heim bot und nicht nur eine vorübergehende Behausung. So eine Frau könnte er achten und gern haben. So stellte er sich die Mutter seiner Söhne vor. Das waren Josephs Gedanken, als er vom Garten seines Elternhauses auf den Hafen hinabschaute, in dem gerade die

»Francis Hope« vor Anker ging. In Hamburg hatte er Kapitän Collins verfehlt; jetzt würde er ihn endlich treffen, und sie würden ausgiebig von den alten Zeiten reden können.

Joseph ging ins Haus, nahm seinen Hut und machte sich auf den Weg zum Haus der Familie Collins. Sarah, die Frau des Kapitäns – Janets alte Freundin –, war anscheinend krank und lag im Bett. Das erfuhr er von dem kleinen Jungen, der ihm die Tür öffnete. »Großvater ist oben bei Großmama, Käpten Joe«, sagte der Junge, »aber Tante Susan ist im Wohnzimmer und wird Ihnen gern eine Tasse Tee anbieten. Großvater wird sicher bald herunterkommen. Er wird sich sehr freuen, Sie zu sehen.«

Joseph trat ein und strich sich die Schuhe auf der Matte ab. Er erinnerte sich, wie er als Kind von seiner Mutter hierher zum Tee mitgenommen worden war und mit den Collins-Buben gespielt hatte. Jetzt waren sie alle schon erwachsen und fuhren wie er zur See; der Knabe, der ihm geöffnet hatte, mußte der Sohn eines früheren Spielkameraden sein. An Susan hatte er nur eine ganz schwache Erinnerung. Sie war die älteste Tochter des Hauses, drei Jahre älter als sein eigener Bruder Samuel, und war in ihre Spiele damals nie einbezogen worden. Sie mußte jetzt ungefähr fünfunddreißig Jahre alt sein. Merkwürdig, wie schnell die Zeit verging!

»Kommen Sie nur herein, Käpten Joe«, rief eine Stimme aus dem Wohnzimmer, »das Wasser im Kessel kocht, und ich denke, etwas Warmes wird Ihnen bei der Kälte guttun. Den ganzen Monat haben wir abscheuliches Wetter gehabt. Und jetzt, da Vater heimgekommen ist, muß er zu alldem auch noch die arme Mutter krank im Bett oben finden. Setzen Sie sich nur und machen Sie sich's bequem.«

So, das war also Susan! Eine freundliche, mütterliche Frau mit haselnußbraunen Augen. Mit geschickten Händen stellte Susan die Tassen und Teller auf dem Teetisch zurecht.

»Sie sind ja schön naß geworden«, meinte sie und zeigte auf seine tropfenden Schuhe. »Ziehen Sie sie nur gleich aus, damit sie in der Küche trocknen können. Auch Ihrer Jacke würde das nicht schaden. So, jetzt ist's Ihnen sicher schon etwas wohler! Finden Sie nicht auch? Ach, es gibt doch nichts

Törichteres und Unbekümmerteres auf der Welt als Männer!«

Er mußte über sie lachen und folgte ihr mit den Augen, wie sie im Zimmer auf und ab ging. Susan hatte eine gute Figur, die jedoch eher zur Fülle neigte; ihre Mundwinkel waren stets zum Lachen bereit nach oben gerichtet, und unter ihrer weißen Haube schauten lustige braune Löckchen hervor. Joseph streckte die Füße ans Feuer und trank seinen Tee. Er fühlte sich wohlig und zufrieden; die junge Frau, die an dem rauhen Seebären in Hemdsärmeln und ohne Schuhe nichts Außergewöhnliches fand, war ihm sympathisch.

Susan war sicherlich keine Schönheit, auch war sie nicht mehr jung; irgend etwas an ihr gefiel ihm jedoch, und sie hatte eine sanfte, tiefe Stimme. Ihre Gegenwart hatte etwas Beruhigendes für ihn. Er schaute ihr gern zu, wenn sie sich über das Feuer im Kamin neigte, mit ruhigen Bewegungen einen neuen Klotz auf die Glut legte, oder wenn sie mit geschickter Hand den Tee eingoß. Sie quittierte seine Bemerkungen mit einem Lachen und strich sich hastig die Haare aus der Stirn.

Sie erinnerte ihn an irgend jemanden, an irgend etwas. Er wußte eigentlich selber nicht, woran. Es war wohl nur Einbildung.

Nach einiger Zeit kam Kapitän Collins herunter, und zwei von seinen Söhnen kehrten von der Arbeit heim; das Wohnzimmer füllte sich. Als Joseph sich schließlich erhob, brachte Susan Collins ihn bis an die Haustür und half ihm in seine jetzt wieder trockene Jacke. »So, jetzt seien Sie etwas vorsichtiger! Daß Sie keinen Schnupfen bekommen!«, mahnte sie ihn lachend.

»Ich weiß schon, an wen ich mich wenden muß, wenn ich doch einen bekommen sollte«, gab er zur Antwort und freute sich, als er die Röte auf ihren Wangen sah und ein Grübchen an ihrem linken Mundwinkel bemerkbar wurde. »Guten Abend«, sagte sie und war zum erstenmal in ihrem Leben ein wenig verlegen.

Eines Tages erschien er, wie gewöhnlich, am Hintereingang. Er klopfte ans Fenster. »Wo sind Sie, Susan?«

»Sie müssen sich selbst öffnen, Joe«, rief sie, »ich bin beim Backen, und meine Hände sind klebrig von Teig und Mehl.« Als er in die Küche trat, wandte sie ihm ihr von der Ofenhitze gerötetes Gesicht zu; in unordentlichen Strähnen hing ihr das Haar in die Stirn. Sie hatte die Ärmel aufgekrempelt, und er sah zum erstenmal ihre vollen, weißen Arme mit den Grübchen an den Ellenbogen.

»Sie haben sich gerade den geeignetsten Augenblick für einen Besuch ausgesucht!« tadelte sie ihn vorwurfsvoll. »Ausgerechnet dann müssen Sie kommen, wenn ich so aussehe! Warum sind Sie nicht mit einem netten Mädchen spazierengegangen? Statt dessen lachen Sie mich jetzt aus, stehen untätig herum und lenken mich von der Arbeit ab!«

Sie knetete mit kräftigen, geschickten Händen den Brotteig.

»In zwei Tagen wird Mutter wieder aufstehen können«, erzählte sie weiter, »ich werde mit all der Arbeit hier fertig sein, bevor sie überhaupt merkt, wie nötig sie mich braucht.«

»Hm, wenn sie das Gefühl hat, daß sie jemand nötig hätte, könnte ihr ja auch noch Cathie behilflich sein«, sagte Joseph und beobachtete sie genau.

»Aber ich tue es doch gern«, erklärte Susan und strich sich mit dem Handrücken einen Teigspritzer vom Kinn. »Ich bin nicht mehr in dem Alter, daß ich Sehnsucht nach einem Verehrer haben müßte. Hier, bei meiner Arbeit, bin ich glücklich und zufrieden.«

»Sie können diese Arbeit ja ruhig bis an Ihr Lebensende weitermachen, wenn Sie wollen«, sagte Joseph und starrte gebannt auf ihre Arme, »aber muß es denn ausgerechnet hier in diesem Haus sein?«

»Wo denn sonst?« erwiderte Susan kurz angebunden und strich sich den Teig von den Fingern.

»In Ihrer eigenen Küche! Denn Sie werden mich heiraten!« sagte Joseph. Er stand auf, nahm sie in die Arme und küßte ihre mehligen Lippen.

»Um Gottes willen«, entgegnete Susan und versuchte,

sich zu befreien. »Heiraten? Sie – mich? Wie geht das zusammen, Sie wilder, lockerer Geselle?«

»Ganz und gar richtig«, lachte Joseph, »und jetzt laß ich dich nicht eher los, als bis du mir versprochen hast, daß du meine Frau wirst. Aber schnell, wenn ich bitten darf, denn ich möchte doch mindestens acht Tage verheiratet sein, ehe ich wieder an Bord gehe.«

So kam es, daß Joseph Coombe und Susan Collins sich im Jahr 1865 verlobten.

Wie im Flug vergingen die letzten Tage. Am siebzehnten März wurden Joseph und Susan in der kleinen grauen Methodistenkapelle getraut; denn der alte Kapitän Collins war überzeugter Wesleyaner und hätte niemals zugelassen, daß seine Tochter in der Kirche getraut würde.

Eine Woche lang widmete sich Joseph ganz der Aufgabe, seine Frau froh und glücklich zu machen. Er war stolz auf sie und sein Heim. Es war ein merkwürdiges Gefühl, plötzlich ein verheirateter Mann zu sein, mit eigenem Haus und all den Pflichten, die das mit sich brachte. Er beugte sich über Susan, die ruhig in seinem Arm schlummerte.

»Susan«, sagte er zärtlich, »Susan!«

Sie bewegte sich an seiner Seite und öffnete die Augen. »Immer noch wach, Joe?« murmelte sie schlaftrunken. »Versuch doch, zu schlafen, Lieber; du hast von morgen ab eine lange Fahrt vor dir.« Sie streckte sich und legte sich wieder in seinen Armen zurecht. »Denk nur, ich habe geträumt, ich hätte den guten Sonntagskuchen zu Kohle verbrennen lassen, und der Pfarrer hatte sich zum Tee angesagt...«

Joseph lag wach, bis der Morgen graute. Unten im Hafen wartete die Galionsfigur von Janet, die Augen zum Horizont gerichtet, und das Schiff riß an den Tauen, die es am Ufer festhielten.

4

Als er wieder an Bord seines Schiffs war, verflüchtigte sich das Interesse an seiner kleinen Welt daheim. Sie verblaßte wie das hinter ihm im Nebel liegende Plyn.

Eine Frau und ein eigenes Heim – das waren doch nur die Phantasiegebilde von einem, der seiner selbst nicht sicher war und sich diese Dinge geschaffen hatte als Schutz und Zuflucht, um sich selber zu entgehen. Man konnte dergleichen eine Zeitlang lieben und schätzen; das wahre Leben aber war hier an Bord, weitab von den Klagen und Kümmernissen der Menschen. Hier zwischen den rauhen, einfachen Männern, die seinen Befehlen gehorchten und die Gefahr mit ihm teilten, beseelte Joseph ein seltsames Freiheitsgefühl. Auf der »Janet Coombe« verlief alles ähnlich wie auf der ersten Reise. Nach wenigen Tagen war sie in St. Michaels und brachte von dort eine Ladung Früchte nach London; und wieder war Joseph das Glück gewogen. Er konnte als erster seine Ladung an Bord nehmen und als erster im Londoner Hafen einlaufen. Von London ging es mit Kohle nach Madeira, anschließend wieder nach St. Michaels und schließlich nach Dublin. Eine neue Fracht war nach St. Michaels bestimmt. Bei seiner Rückkehr nach Plyn blieben Joseph nur drei Tage, die fast gänzlich von der Frachtübernahme, den Versicherungsformalitäten, den verschiedenen Auszahlungen und dem Anheuern von Matrosen in Anspruch genommen waren. Alles Geschäftliche wurde durch Philipp in der Firma Hogg & Williams erledigt. Philipp sollte, obgleich er noch nicht einmal dreißig Jahre zählte, demnächst erster Buchhalter werden. Mr. Hogg war bereits ein älterer Herr, hatte keine Söhne, und fast das ganze Geschäft lag in den Händen seines ersten Angestellten, der demnächst aus Gesundheitsgründen seinen Posten aufgeben würde; in die Fußstapfen dieses Mannes sollte Philipp treten. Williams, der andere Teilhaber der Firma, besaß einen angenehmen, umgänglichen Charakter, und Philipp hatte von dieser Seite keine Schwierigkeiten zu erwarten. Er sparte und legte sein Geld gewinnbringend an, denn er trug sich mit der Absicht, nach dem Tod des alten Hogg die Teilhaberschaft zu erwerben. Niemand in seiner Familie wußte etwas von seinen Plänen. Er behielt seine Angelegenheiten für sich, und keiner hatte eine Ahnung von seinem Vermögen, das sich von Jahr zu Jahr vergrößerte. Er lebte sehr zurückgezogen, fast wie ein Geizhals, und seine Ausgaben waren nicht der Rede wert. Das einzige, was auf sein – im Augenblick allerdings noch bescheidenes – Vermögen schließen ließ, war die Tatsache, daß die meisten Anteilscheine der »Janet Coombe« jetzt ihm gehörten. Ihm und Joseph gehörten insgesamt vier Fünftel der Anteile, der Rest war fast ausschließlich im Besitz von Samuel und Herbert, die ihr Geld vorwiegend in der Werft investiert hatten. Auch Mary und Lizzie besaßen natürlich ein paar Anteile am Familienschiff.

Philipp wartete nur auf den Augenblick, da er den Warenverkehr in Plyn zum größten Teil selber kontrollieren würde; dann würde endlich auch sein Bruder Joseph ihm Achtung zollen.

Joseph ahnte nichts von der geheimen Abneigung seines jüngsten Bruders. Er hatte ihn nie besonders gemocht, aber sich weiter keine Gedanken darüber gemacht. Philipp führte sein eigenes Leben; es war nicht sehr wahrscheinlich, daß sie sich einmal in die Quere kommen würden.

Nur Janet hatte vorausgesehen, daß es mit Philipp Streit geben würde. Oft hatte es in Philipps Augen merkwürdig aufgezuckt.

Inzwischen war die »Janet Coombe« abgesegelt und ging erst Anfang Oktober wieder im Hafen von Plyn vor Anker.

Joseph fieberte vor Ungeduld, heimzukehren, denn Susan war schon im siebten Monat, und er wußte, daß sie ihn, wenn es soweit war, bei sich haben wollte.

Die Wochen dehnten sich endlos. Er konnte seine Ungeduld kaum noch verbergen und fluchte bei jeder Kleinigkeit.

Das Baby wurde für die Weihnachtswoche erwartet, und die »Janet Coombe« sollte in den ersten Januartagen schon wieder nach St. John's auf Neufundland in See gehen. Die Weihnachtsfeiertage kamen und gingen wieder. Am Neujahrstag stand Joseph, den Spaten in der Hand, in dem kleinen Garten hinterm Haus und wollte den Boden umgraben; er überlegte sich gerade, ob er nicht die Arbeit sein lassen und in die Küche gehen sollte, um Susan um einen heißen Tee zu bitten, als er vom Schlafzimmerfenster her einen leisen Flüsterruf vernahm. Am Fenster lehnte Susan und winkte ihm mit der Hand.

Er warf den Spaten weg und lief zu ihr.

»Was ist los? Ist es soweit?« Ihr Gesicht war vor Schmerz verzerrt; dennoch brachte sie es fertig, ihn anzulächeln.

Im nächsten Augenblick war er auch schon davongestürmt und rannte den Hügel hinauf. Kurze Zeit später kehrte er mit dem Doktor zurück.

Ärgerlicherweise wurde er nun auch noch aus dem Schlafzimmer verbannt, und man empfahl ihm, einstweilen spazierenzugehen.

Zornig und unentschlossen begab sich Joseph zur »Janet Coombe«; während er die Statue seiner Mutter am Bug des Schiffes betrachtete, überkam ihn eine gewisse Ruhe. Janets Augen lächelten ihm zu und ließen ihn Angst und Sorge vergessen. Sie verstand, was dieser Augenblick in seinem Leben bedeutete. Sie wußte, wie wichtig ihm die Geburt dieses Kindes war, das sie beide noch näher zusammenbringen würde. Es wurde Abend, und noch immer stand Joseph an seinem Schiff und ließ sich von Janets Gegenwart bezaubern. Dann wandte er, getröstet und gestärkt, dem Hafen den Rücken zu und ging am Kai entlang nach Hause. Der Doktor stand auf der Türschwelle.

»Sie haben einen prächtigen kleinen Jungen bekommen«, sagte er, »und Ihre Frau hat es überraschend gut überstanden. Sie können jetzt hinaufgehen und die beiden sehen, aber nur für eine Minute!«

Mit einem Lächeln auf den Lippen stürmte Joseph ins Schlafzimmer. So war ihm zumute gewesen, als er nach seiner ersten Reise zu Janet zurückkehrte und sie ihn mit weit geöffneten Armen empfing. Die gleiche Erregung hatte ihn erfüllt in einer wilden Nacht auf dem Meer, als das Schiff viele Stunden mit Wind und Wellen gekämpft hatte und durch sein mutiges Verhalten schließlich in Sicherheit gebracht worden war. Die gleiche Spannung überkam ihn, wenn das Schiff in fremden Gewässern vor Anker ging und er zum erstenmal das neue Land sah und die Lichter der Stadt geheimnisvoll und vielversprechend wirkten.

Ein neues Abenteuer...

Er beugte sich über das Bett, in dem Susan bleich und schwach in den Kissen lag. Dann wandte er sich, ohne ein Wort zu sagen, weg und starrte auf die Wiege hinab, in der das Kind schlummerte.

»Wir wollen ihn Christopher nennen, da er in dieser heiligen Zeit zu uns gekommen ist. Was meinst du, Joe?« fragte Susan.

»Ja«, sagte Joseph langsam und betrachtete zum erstenmal seinen Sohn. Er hatte ein winziges rotes Gesichtchen, und sein Kopf war mit weichem, blondem Flaum bedeckt.

»Er schlägt seiner Mutter nach, nicht wahr?« rief Mrs. Joliff.

Joseph wartete, bis das Kind mit den Lidern zuckte und einen Augenblick die Augen weit öffnete.

Die Farben und Gesichtszüge waren die von Susan, gewiß, aber die Augen waren Janets Augen.

5

Nachdem Susan zwei weiteren Söhnen das Leben geschenkt hatte, wurde 1871 Josephs Tochter Katherine geboren.

Susan wurde bei der Geburt dieses Kindes schwer krank, und der Doktor ermahnte sie, in Zukunft vorsichtig zu sein, denn um ihre Gesundheit sei es nicht zum besten bestellt. Da er annahm, daß sie ihrem Gatten nichts sagen würde, nahm er sich vor, mit Joseph selbst zu sprechen, sobald dieser zurück sei.

Drei Wochen später kam Joseph wieder nach Plyn. Er wunderte sich, daß der Arzt immer noch ständig in seinem Haus ein und aus ging.

»Sie wird doch hoffentlich bald wieder gesund werden? Darf sie immer noch nicht aufstehen?« wandte sich Joseph an den alten Hausarzt. »Es ist sehr ungemütlich daheim, wenn bloß eine Aufwärterin da ist, die gerade knapp das Nötigste verrichtet und nebenbei auch noch ein Auge auf die Kinder haben soll. Meine Frau ist doch kräftig und gesund?«

»Susan ist jetzt über vierzig, Joe«, entgegnete der Arzt ernst. »Sie hat vier Kinder zur Welt gebracht, und die Geburt des letzten hätte sie fast das Leben gekostet. Wenn sie von jetzt an nicht ganz vorsichtig ist und sich nicht schont, stehe ich für nichts ein.«

»Ich danke Ihnen, Herr Doktor«, sagte Joseph langsam und trat ins Haus. Sicherlich hatte er selbstsüchtig und unverantwortlich gehandelt. Aber lag wirklich alle Schuld nur bei ihm? Nie hatte Susan geklagt, nie hatte sie ihm etwas von ihrer angegriffenen Gesundheit gesagt. Wie hätte er etwas bemerken sollen, er, der acht Monate im Jahr fort war, auf See? – Was, wenn Susan etwas zustieß? Dann wäre er allein mit den kleinen Kindern. Was in der Welt sollte er dann anfangen? Den Gedanken, daß etwa Lizzie dann zu ihm ziehen und mit ihnen leben würde, mußte er von vornherein aufgeben, sie war ja selbst verheiratet.

Susan würde in Zukunft immer kränkeln und schwächlich sein. Was für traurige Aussichten! Sie würde nur noch seine Haushälterin sein und die Erziehung der Kinder besorgen. Sonst nichts mehr!

Er begann, sich mehr mit Christopher abzugeben, nahm ihn mit auf seine Spaziergänge und ließ Albert und den kleinen Charles unterdessen allein im Garten spielen. Er füllte die Taschen des Jungen mit Früchten und Geldstücken, kaufte ihm Spielzeug und Süßigkeiten. Bald verlor der Knabe die Furcht vor dem Vater. Er merkte rasch, daß jeder Wunsch, den er aussprach, erfüllt wurde.

Joseph glaubte, er könne damit den Grundstein zu der späteren Kameradschaft mit seinem Sohn legen, von der er immer geträumt hatte. Christopher würde ihn so verstehen, wie einst Janet ihn verstanden hatte.

Der Knabe lief ihm strahlend entgegen, wenn er ihn sah, und teilte ihm alle seine kindlichen Nöte und Wünsche mit. Joseph war glücklich.

Einmal bellte sie ein Hund auf der Straße heftig an. Mit einem Schrei klammerte Christopher sich furchtsam an seinen Vater und verbarg das Gesicht an dessen Hose.

»Aber, Chris, Vater ist ja bei dir. Er wird schon dafür sorgen, daß dir nichts geschieht«, sagte Joseph und fuhr mit der Hand durch die Locken seines Sohnes, nahm ihn hoch und küßte ihn. »Mein Junge muß doch keine Angst vor Hunden haben! Wenn du jetzt aufhörst zu weinen, gehen wir in den Laden dort und kaufen Schokolade und Süßigkeiten. Ja?«

Sofort hörte das Weinen auf.

»Können Sie denn nicht besser auf Ihren Hund aufpassen?« herrschte Joseph den Hundebesitzer zornig an. »Mein Junge ist schüchtern und zart, und das verwünschte Gebell hat ihn ganz verängstigt.«

Der Knabe vergrub den Kopf an der Schulter des Vaters.

»Ich möchte Pfefferminz«, flüsterte er.

»Natürlich! Sollst du haben. Den ganzen Laden, wenn du willst«, antwortete Joseph.

Joseph war selig, nur weil der Junge bei ihm war und ihn um etwas bat.

Als Joseph Plyn verließ, wußte er, daß es jetzt wieder einen Menschen gab, der ihm etwas bedeutete, einen, für den es sich lohnte zu leben, der ihn bei seiner Rückkehr freudig begrüßen würde. Neben dem Schiff und dem Meer bildete von nun an Christopher seinen Lebensinhalt.

Als Christopher zwölf Jahre alt war, geschah etwas, das sein Vater als einen schweren Schlag empfand. Obgleich Joseph es immer wieder überdachte und schließlich beschloß das Ganze als kindischen Unsinn abzutun, blieb doch eine gewisse Bitterkeit davon zurück; im Innersten seines Herzens war er enttäuscht und traurig.

Im Frühling jenes Jahres nämlich machte die »Janet Coombe« die schnellste Überfahrt von St. Michaels nach Bristol. Dort lag das Schiff ein paar Tage vor Anker, um die Fracht zu löschen, und anschließend sollte es nach Plyn zurückkehren.

Susans Schwester Cathie hatte einen Ladenbesitzer in Bristol geheiratet, und Joseph hatte sich bei seinen Verwandten in Bristol zu Besuch angesagt. Cathie hatte soeben einige Wochen bei Susan in Plyn verbracht. Darum hatte Joseph vorgeschlagen, Christopher möge zusammen mit seiner Tante nach Bristol kommen, von wo er mit der »Janet Coombe« nach Plyn zurückfahren könne. Christopher und die Tante waren zum Hafen gekommen, um Joseph zu begrüßen. Josephs Herz klopfte hörbar, als ihm sein Sohn freudestrahlend entgegenlief.

Während ihres gemeinsamen Aufenthalts in Bristol stellte Joseph jedoch zu seiner Verwunderung fest, daß Christopher für die Schiffe und das Leben und Treiben im Hafen nicht viel Interesse zeigte. Hätte er in seiner Jugend Gelegenheit gehabt, jemals nach Bristol zu kommen, nichts hätte ihn vom Hafen mit seinen Schiffen und Werften, seinen Kränen und Booten wegbringen können. Sicher wäre er lieber hungrig ins Bett gegangen, als daß er die Einfahrt eines Schoners oder die Ausfahrt eines vollbeladenen Frachters versäumt hätte.

Christopher bewies stets herzliche Zuneigung, wenn er seinen Vater bei den Mahlzeiten sah; aber er schien restlos zufrieden, wenn er mit seiner Tante die Auslagen in den Läden der Stadt bewundern konnte und dabei ihren Einkaufskorb tragen durfte. Niemals wäre es ihm in den Sinn gekommen, Tante Cathie zu bitten, mit ihm an den Hafen zu gehen.

Das Schönste für ihn war, hinter dem Ladentisch zu stehen und die Kunden bedienen zu helfen.

Schließlich mußte der Knabe von Onkel und Tante Abschied nehmen. Zusammen mit seinem Vater begab er sich also an Bord. Die »Janet Coombe« lag ruhig am Pier, ihre Ladebäume knarrten und rasselten. Es war lustig, an Deck hin und her zu laufen und mit den Matrosen zu schwatzen; es war ein herrlicher Morgen. Am nächsten Tag gefiel ihm das Schiff schon nicht mehr so gut. Es hatte angefangen zu regnen, und Christopher verzog sich in die Kajüte. Der Raum war klein und stickig. Daß er mit seinem Vater zusammen in einem ganz schmalen Bett schlafen mußte, behagte ihm gar nicht.

Für das Essen auf dem Schiff konnte er auch keine sonderliche Begeisterung aufbringen, wenngleich er viel zu höflich war, das zu äußern. Joseph erschien für einen Augenblick in der Tür und mußte über Christophers schmales, blaß gewordenes Gesicht lachen.

»Spürst du, wie das Schiff stampft und schlingert? Es ist nicht gerade eine schöne Nacht. Aber du mußt keine Angst haben, die Seemannsbeine werden dir schon noch wachsen. Leg dich ins Bett und versuch, nicht daran zu denken. Ich bin allerdings, als ich das erste Mal seekrank wurde, an Deck besser gefahren. Wenn du frische Luft brauchst – ich bin oben. Du wirst mich schon finden.«

Christopher verspürte keine Neigung, an Deck zu gehen. Ächzend und stöhnend lag er in seiner schmalen Koje, jede Bewegung des Schiffes tat ihm körperlich weh. Ohne Ladung stampfte und schlingerte die »Janet Coombe« natürlich weit mehr, als wenn sie beladen gewesen wäre; jetzt hatte sie die Stelle erreicht, an der sich der Bristol-Kanal mit dem offenen Meer vereinigt. Die Wellen wurden größer und länger, das Schiff schwankte immer heftiger. Die schwere See hielt die ganze Nacht hindurch an – unten in der Kabine lag der arme Christopher. Warum hatte ihn der Vater auf diese schreckliche Fahrt mitgenommen?

In den ersten Morgenstunden hatte das Schiff Land's End passiert, es machte jetzt eine flotte Fahrt den Kanal hinauf und stampfte nur noch im Südwestwind. Kap Lizard lag voraus.

Joseph wollte seinen Jungen neben sich haben und seine Begeisterung spüren. Er stieg die Treppe hinab und rief nach seinem Sohn.

»Komm, Christopher, und sieh dir einmal die Finsternis draußen an. Jetzt wirst du das Schlingern des Schiffes nicht mehr merken. Komm!«

Der Knabe lag zitternd im Bett. Die Seekrankheit war zwar vergangen, aber um nichts in der Welt hätte er die Wärme der Kabine mit der kalten, unfreundlichen Nacht an Deck vertauschen mögen. Wenn er doch daheim in seinem Bett wäre oder bei Onkel und Tante in Bristol im Laden!

Aber er war gewohnt, zu gehorchen. Mühsam kletterte er von seinem Lager und kämpfte sich die Treppe hinauf. Die

Nacht war stockdunkel. Der Wind heulte in der Takelage, zerrte an seinen Beinen und schlug ihm wie ein feuchtes Handtuch ins Gesicht; der Regen machte seine Augen blind.

»Vater! Vater!« rief er angstvoll. Joseph bückte sich zu ihm hinunter und hielt ihn fest. Joseph lächelte und schüttelte mit einer Bewegung die Tropfen von seinem Mantel. Sein Bart war wild und zerzaust und sein Gesicht rauh und hart vom Salzwasser. Dem Jungen kam es wild und brutal vor – der Vater würde sie in den sicheren Tod steuern.

»Schau«, rief Joseph und wies nach hinten, »ist das nicht großartig? Sag mir, daß du ein richtiger Seemann bist und stolz auf unser Schiff, das Schiff, das uns beiden gehört!«

Der Knabe warf einen Blick über den Arm seines Vaters. Eine schwarze Woge stieg wie ein riesiges Gebirge hinter ihnen auf und drohte das Schiff zu verschlingen.

Sie würden ertrinken – bestimmt würden sie ertrinken!

»Nimm es weg«, schrie er, »nimm es weg – ich hasse das, ich hasse das Meer. Immer schon. Ich habe Angst – oh, ich habe solche Angst!«

»Christopher!« rief Joseph entsetzt. »Was sagst du da? Was soll das heißen?«

»Ich will nicht Seemann werden«, schluchzte der Knabe. »Ich hasse das Meer. Ich will nie wieder auf einem Schiff fahren. Oh, Vater, ich habe solche Angst – Vater, Vater!« Der Knabe riß sich los, kletterte eilends die steile Schiffstreppe hinab, schrie und zitterte am ganzen Leib vor Furcht.

Stumm, wie ein geprügelter Hund, sah Joseph ihm nach. Mit zitternden Händen suchte er Halt. Er war unfähig zu denken.

Die »Janet Coombe« aber zog ihre Bahn durch die hochgehenden Wogen, eins mit dem Wind und der See.

6

Im September 1882 legte Joseph Coombe mit seinem Schiff im Hafen von Plyn an, nachdem die Ladung in London gelöscht worden war. Der Gedanke, ein paar Wochen daheim zu verbringen, hatte etwas Beruhigendes für ihn. Lange genug war er dort gewesen. Als er die Matrosen bei ihren letzten Handgriffen beaufsichtigte und dabei einen Blick über die Reling warf, bemerkte er in einem Boot, das auf das Schiff zuhielt, seinen Bruder Herbert und seinen Sohn Christopher. Das war noch nie vorgekommen. Da mußte irgend etwas nicht in Ordnung sein. Gott sei Dank, Christopher wenigstens war nichts zugestoßen – war Josephs erster Gedanke. Er sah das bleiche, unglückliche Gesicht des Jungen und Herberts ernste Miene.

Kurz darauf standen beide neben ihm auf Deck.

»Lieber Joe, mach dich auf etwas sehr Trauriges gefaßt«, begann Herbert, und seine Augen füllten sich mit Tränen. »Es tut mir leid, daß ich dich so empfangen muß.«

»Was ist geschehen? Sag's schnell!« bat Joseph ungeduldig.

»Deine liebe Frau, Susan, hat uns gestern verlassen«, sagte Herbert sanft. Christopher brach in Tränen aus und wandte sich ab. »Nach dem Tee hatte sie einen Anfall, die Kinder liefen sofort zum Doktor. Er konnte allerdings nicht mehr helfen – gegen sechs Uhr ist deine liebe Frau entschlafen. Ach, Joe, was ist das für eine traurige Heimkehr für dich!«

Joseph rang wortlos die Hände. Dann kletterte er das Fallreep zum Boot hinunter; die anderen folgten ihm.

Als er das Gesicht seiner Frau sah, deren Mund für immer verstummt war, bedauerte Joseph, daß sie ihre Kinder so plötzlich hatte verlassen müssen. Er selbst blieb unbewegt.

Er hatte sie nie wirklich geliebt; er hatte sie gebraucht, um seiner Einsamkeit zu entfliehen. Arme Susan, siebzehn Jahre lang hatte sie ihn mit ihrer Liebe und Fürsorge umgeben, und nun war alles vorbei. Sie hatte ihm Christopher geschenkt. Er wandte sich ab; und als er die Treppen hinunterging, überlegte er sich, was nun ohne sie aus dem Haus und den Kindern werden sollte. Die Jungen würden schon bald für sich selber sorgen können, aber Kathie war noch so klein.

Seine beiden Nichten, die Zwillinge Mary und Martha, zwei schlanke, aber kräftige junge Frauen von sechsundzwanzig Jahren, machten seinen Sorgen ein Ende. Sie schlugen vor, ihm von nun an den Haushalt zu führen. So fand auch dieses Problem eine Lösung.

Doch etwas anderes noch hatte sich während Josephs Abwesenheit ereignet. Als er am Nachmittag seines Ankunftstages zur Firma Hogg & Williams ging, fand er seinen Bruder Philipp hinter dem großen Schreibtisch sitzend, an dem sonst der Seniorchef saß.

»Aber, Philipp«, rief Joseph erstaunt, »was in drei Teufels Namen machst du denn hier?«

»Was soll ich machen? Ich sitze in meinem Zimmer an meinem Schreibtisch«, antwortete Philipp. »Mein herzliches Beileid zum Tod seiner Frau; es ist sicher ein schrecklicher Verlust für dich. Aber du weißt ja, die Zeit heilt alle Wunden – hm...« Er tat, als suche er etwas unter seinen Papieren.

»Aber, Philipp, ich verstehe nicht ganz«, entgegnete Joseph und runzelte die Brauen, »was ist denn mit Mister Hogg geschehen?«

»Der alte Knabe ist vor vier Wochen gestorben, und ich habe seinen Anteil aufgekauft.« Philipp lehnte sich in seinem Sessel zurück und betrachtete mit schlecht verhohlener Genugtuung seinen erstaunten Bruder. »Siehst du, Joe, während ihr – Samuel, Herbert und du – die Zeit mit Kinderaufziehen verbracht habt, brauchte ich nur für mich selbst zu sorgen und bin jetzt, mit zweiundvierzig Jahren, Teilhaber der Firma, bin in bescheidenem Maße vermögend und mein eigener Herr. Samuel und Herbert sind nicht mehr die Jüngsten, und du kannst deinen Unterhalt wohl gerade mit unserem Familienschiff bestreiten. Oder –?«

»Dein verächtlicher Ton ist völlig überflüssig, Philipp«, sagte Joseph ruhig. »Ich brauche mich meines Berufs nicht zu schämen. Es ist sicher einer der schönsten Berufe der Welt, und was mehr heißen will: er erfordert einen ganzen Mann.

Von mir aus kannst du ruhig den ›Herrn‹ in unserer Familie spielen, wenn dich das glücklich macht.«

»Danke«, sagte Philipp mit überlegenem Lächeln. »Übrigens, ich nehme an, du weißt, daß die anderen ihren Anteil verkauft haben? Du und ich, wir sind jetzt die alleinigen Besitzer.«

»Aber das ist doch vollkommen gegen die ursprüngliche Vereinbarung«, schrie Joseph und schlug mit der Faust auf den Tisch. »Alle sollten gleichmäßig daran beteiligt sein.«

»Das ist schon möglich, aber da die anderen Bargeld brauchten, haben sie nur allzugern ihre Rechte an mich abgetreten. Hast du was dagegen?«

Joseph wußte darauf keine Antwort. Sicher war alles in völliger Übereinstimmung mit den Gesetzen vor sich gegangen – aber er traute Philipp nicht.

»Nein«, sagte er kurz.

»Übrigens, wie macht sich dein ältester Sohn?« fragte Philipp scheinbar gleichgültig. »Er sollte doch jetzt alt genug sein, die Seemannslaufbahn zu beginnen – denke ich.«

Joseph erhob sich und griff nach seinem Hut. Am liebsten hätte er seinem Bruder ins Gesicht geschlagen, der mit höhnischer Miene vor ihm saß und Anspielungen auf Christopher machte. »Wenn ich finde, daß es soweit ist, wird mein Junge an Bord gehen, aber keinen Tag früher«, meinte er und ging zur Tür.

»Nun, Joe«, rief Philipp und schoß seinen letzten Pfeil ab, »ich nehme an, du bist mit deiner Familie glücklich. Ich selbst bin allerdings froh, daß ich die besten Jahre meines Lebens frei und unabhängig geblieben bin, ohne alle Fesseln. Jetzt, da ich eine angesehene Stellung einnehme, habe ich auch Zeit, mich nach einer Frau umzusehen, und kann mir das schönste Mädchen von Plyn aussuchen. Du weißt ja, ich bin noch verhältnismäßig jung. Auf Wiedersehen!«

Joseph lachte vor sich hin, als er aus der Tür trat. Darum also hatte Philipp die ganze Zeit über so zurückgezogen gelebt. Wenn er weiter Schiffsanteile aufkaufte, würde er bald überall im Seefahrtsgewerbe die Hände im Spiel haben. Aber was ging das ihn schließlich an?

Während der nächsten Wochen verbrachte Joseph meist seine Zeit auf der Farm von Nicholas Stevens. Seine Schwester Lizzie freute sich stets, wenn er kam und wenn sie ihn zum Essen dabehalten konnte. In der freundlichen, frohen Umgebung dort fühlte er sich wohl, und das Verständnis, das Lizzie und ihr Gatte ihm entgegenbrachten, taten ihm gut. Sie lebten jetzt zu fünft auf der Farm, denn Lizzie hatte unterdessen drei Kindern das Leben geschenkt, zwei Mädchen und einem Knaben. Joseph hatte zu dem aufgeweckten Buben große Zuneigung gefaßt. Mit seinen schlagfertigen Antworten und mit seiner Art, bei jeder Gelegenheit das Kinn herausfordernd in die Luft zu recken, erinnerte ihn der zwölfjährige Fred an Janet.

Josephs Herz schlug immer noch schneller, wenn er sich dem Elternhaus näherte. Manchmal stellte er sich vor, er sei wieder der Junge, der im Garten spielte und dem seine Mutter etwas aus dem Fenster zurief, oder er kehre als Jüngling von einer Seereise zurück und werde von Janet unter der Tür erwartet. Beinahe dreißig Jahre war es jetzt her, daß er eines Morgens von seiner ersten Fahrt auf der »Francis Hope« heimgekommen war, wo Janet mit langen Jungmädchenzöpfen auf ihn gewartet hatte. – Eines Nachmittags öffnete ihm Mary mit bedrückter Miene die Tür.

»Vater geht es schlecht«, sagte sie zu ihm. »Er liegt oben in seinem Bett und ist sehr schwach. Ich weiß nicht, ob es nur Müdigkeit ist oder ob ich den Doktor holen lassen soll. Komm bitte und sag mir, was du dazu meinst.«

Er fand seinen Vater mit weißem und eingefallenem Gesicht aufrecht im Bett sitzend, von zahlreichen Kissen gestützt. Die Augen starrten ausdruckslos nach dem offenen Fenster, und die mageren Hände zupften unaufhörlich am Leintuch. An den Schläfen traten die Adern hervor, und die Lippen waren bläulich.

»Bist du es, Sammie?« murmelte er.

Joseph sah sofort, daß sein Vater im Sterben lag.

»Hol den Doktor«, sagte er leise zu Mary, die erschrocken und niedergeschlagen fortging.

»Ich bin's, Vater, Joe«, sagte er sanft, näherte sich dem Bett und nahm die Hand seines Vaters. »Kann ich etwas für dich tun?«

»Von der Reise zurück, mein Junge, he?« Thomas Coombe versuchte, seinen Sohn anzusehen. »Ich kann ohne Brille nicht recht sehen, aber ich glaube, du siehst wohl und gesund aus und bist froh, daß du wieder daheim bist, wie? Sag Kapitän Collins eine freundliche Empfehlung von mir, er ist ein prächtiger Mensch.«

Joseph spürte, wie ihm die Tränen in die Augen stiegen. Sie rannen ihm über die Wangen in den Bart.

Das Tageslicht nahm allmählich ab, und am Himmel schwebten rote und goldene Wölkchen. Sie spiegelten sich im stillen Wasser des Hafens. Aus der Werft tönte beständiges Klopfen und Hämmern; irgendein neues Schiff bekam die Planken aufgenagelt. Da kehrte Mary zurück. Der alte Doktor war gestorben, der neue, ein jüngerer Mann, war noch fremd in Plyn. Er nahm Thomas' Handgelenk und fühlte den Puls.

»Ich kann nichts mehr für ihn tun«, sagte er leise. »Ich fürchte, seine Stunde hat geschlagen. Das Herz klopft nur noch ganz schwach, und ich nehme an, es wird noch heute abend mit ihm zu Ende gehen. Schmerzen wird er keine haben. Ob er wohl den Priester sehen will?«

Mary nahm die Schürze vors Gesicht und schluchzte lautlos hinein. Joseph hatte das Gefühl, es wäre besser für sie, wenn sie jetzt etwas zu tun hätte.

»Geh zur Werft und sag Sam und Herbie, sie möchten sofort kommen. Hol auch Philipp, wenn du ihn im Geschäft antriffst!«

Als sie fort war, nahm er wieder seinen Platz neben dem Bett des Sterbenden ein. Ab und zu flüsterte der Greis etwas vor sich hin; aber es war unmöglich, ihn zu verstehen. Allmählich erlosch das goldene Leuchten am Abendhimmel. Dunkle Schatten krochen über den Boden. Das Geräusch der Hämmer unten auf der Werft verstummte plötzlich. Da wußte Joseph, Mary hatte jetzt mit den Brüdern gesprochen.

In die Stille tönten klare, deutliche Worte:

»Für heute haben sie Feierabend gemacht«, sagte der alte Coombe. »Die Jungens werden jetzt zum Essen nach Haus kommen.«

»Ja, Vater.«

»Ich glaube, bis morgen bleibt alles ruhig; was meinst du, Joseph?«

»Natürlich, Vater.«

Einige Minuten blieb Thomas still. Dann fing er von neuem an zu reden.

»Ich glaube, ich werde heute nicht in der Bibel lesen, jedenfalls jetzt noch nicht. Meine Augen sind in letzter Zeit so schlecht geworden. Ich möchte lieber noch eine Weile ruhig liegenbleiben. Vielleicht kann Mary später etwas vorlesen, wenn ich mich etwas ausgeruht habe.«

»Wie du willst, Vater.«

Im Haus war es ganz still. Unten tickte die alte Uhr an der Wand. Joseph hörte sie durch den dünnen Fußboden hindurch.

Leise traten die Brüder ins Zimmer. Mary folgte ihnen. Philipp war nicht zu finden gewesen, und Lizzie wohnte zu weit weg. Über Herberts Wangen rannen Tränen. Samuel kniete neben dem Bett und flüsterte: »Möchtest du irgend etwas haben, Vater?«

Thomas tastete in der Dämmerung nach dem Kopf des Sprechenden.

»Bist du es, Sammie? Ich bin froh, daß du gekommen bist. Wenn du fleißig übst, wirst du bald ganz hübsch mit der Säge umgehen können, Sam; du mußt nur immer auf mich hören.«

Seine Stimme zitterte, und er versuchte, sich in den Kissen aufzurichten. »Wie zeitig es jetzt abends dunkel wird! Wir werden von jetzt ab immer Licht machen müssen zum Nachtessen. Ich kann mich noch erinnern, wie schön es früher war, wenn die Dämmerung über Plyn kam. Ich war damals noch ein flotter, junger Bursche und holte euere Mutter abends gern zu einem Spaziergang nach der Burgruine ab.«

Erschöpft lehnte er sich zurück und schloß die Augen. Seine Atemzüge kamen langsam und stoßweise. Die drei Männer standen am Bett ihres Vaters, Mary am Fenster. Eine

Zeitlang sagte er nichts mehr; im Zimmer war es inzwischen dunkel geworden. Keiner dachte daran, eine Kerze anzuzünden.

Dann sprach er noch einmal; seine Stimme war unsagbar müde und klang, als käme sie von weit her.

»Janie«, flüsterte er, »Janie, wo bist du?«

Joseph beugte sich über das Bett und sah seinem Vater in die Augen. Sie öffneten sich weit und blickten ihn an.

»Du wirst mich nicht verlassen. Wir werden noch lange Zeit zusammenbleiben. Weißt du auch, wie sehr ich dich liebhabe, Janie, wenn du es mir auch manchmal sehr schwer machst?« Dann seufzte er leise und schlief ein.

Thomas Coombe wurde auf dem Friedhof von Lanoc Church neben Janet, seiner Frau, beigesetzt, dicht an der Weißdornhecke, unter der alten Ulme. Heute noch ragt der Grabstein aus dem wuchernden Gras, und Efeuranken bedecken die Namen. Darunter steht in kaum noch lesbaren Buchstaben: »Ruhet in Frieden!«

Im Vorfrühling blühen hier die ersten Primeln, und ein einsamer Apfelbaum streut seine Blütenblätter auf die Gräber.

7

Joseph war jetzt fünfzig, aber das Schiff und das Meer hatten seine Kräfte noch keineswegs verbraucht. Er war immer noch so ausdauernd und stark wie in seiner Jugend, und nur vereinzelte graue Strähnen zeigten sich in seinem schwarzen Haar. Nie war er auch nur einen einzigen Tag krank gewesen. Lediglich die Augen machten ihm von Zeit zu Zeit zu schaffen. Manchmal begann sein rechtes Auge zu schmerzen und wurde rot und blutunterlaufen. Zeitweise wurde die Pupille ganz groß, und er sah dann nichts mehr auf diesem Auge. Dann schien alles wie in einen Schleier gehüllt zu sein. Aber mit einemmal wurde sein Blick wieder klar, und der stechende Schmerz, der ihn dann jedesmal plagte, ließ wieder nach. Joseph erzählte keinem Menschen davon und weigerte sich hartnäckig, darin die Vorboten einer ernsthaften Erkrankung zu sehen. Er verhielt sich genau wie Janet, als sie ihre ersten Herzbeschwerden fühlte. Nur zwei Dinge in seinem Leben zählten: Die »Janet Coombe« mußte ihren Ruf als schnellster Schoner auf dem Atlantik behalten, und sein Sohn Christopher mußte so bald wie möglich ein Mann werden.

Kurz vor der Sommersonnenwende 1885 kehrte Joseph nach einer ungewöhnlich langen Fahrt nach Plyn zurück. Er hoffte auf eine friedliche, ruhige Zeit daheim, bevor er wieder abfahren mußte. Christopher kam mit einem Boot zur »Janet Coombe«, als sie vor Anker ging. Joseph freute sich, als er im Gewirr des Hafens seinen Sohn entdeckte. Überall im Hafen waren Boote, und in der Bucht unter der alten Burg badeten Kinder. Es war ein herrlicher Sommerabend. Wie wäre es, dachte Joseph, wenn er ein paar Tage mit Christopher fischen ginge?

»Nun, Chris«, sagte er, »es tut gut, wieder einmal daheim und an Land zu sein. Ich glaube, ihr Landratten könnt das gar nicht richtig genießen.«

Christopher errötete und biß sich auf die Lippen. Joseph bemerkte es sofort und verwünschte sich wegen seiner Taktlosigkeit.

»Was gibt es Neues, Chris?«

»Kathie geht es gut, und Charlie schreibt ganz zufrieden aus dem Militärdienst. Die Tanten sind gesund und freuen sich, dich wieder einmal daheim zu haben. Auf der Werft ist viel zu tun; Vetter Tom, James und ich arbeiten vom frühen Morgen bis zum späten Abend an einem neuen Schiff. Und ich fürchte, ich werde gar nicht so viel Zeit für dich haben, Vater.«

»Macht nichts, Chris, ich freue mich, wenn du tüchtig arbeitest und wenn Onkel Sam und Onkel Herbie mit dir zufrieden sind.«

»Man erzählt, Onkel Philipp wolle heiraten, aber ich weiß nicht, wen.«

»Philipp – heiraten?« Joseph warf den Kopf in den Nacken und brach in schallendes Gelächter aus. »Der gute Philipp ist ja verrückt. Er weiß doch gar nicht, wie man mit einer Frau umgeht. Wenn sich wirklich einmal ein Mädchen mit ihm eingelassen hat, so ist sicher nur sein Geld daran schuld gewesen, keinesfalls er selbst.«

Auf dem Weg zur Firma Hogg & Williams mußte Joseph immer noch lachen bei dem Gedanken, sein jüngster Bruder könnte verliebt sein.

Philipp empfing ihn mit dem überlegenen Lächeln, das er sich angewöhnt hatte, und bot ihm einen Stuhl an. Joseph machte keine langen einleitenden Floskeln, sondern fing sofort an zu fragen. »Du willst dich jetzt also auch unter den Pantoffel begeben?« fragte er fröhlich und streckte die Hand aus.

Philipp wurde dunkelrot.

»Ich wollte dich nicht verletzen. Im Gegenteil – ich freue mich, daß du auch ein Heim gründen willst und endlich anfängst, menschlich zu werden. Deine zukünftige Frau ist sicher zu beneiden!«

»Es stimmt, ich werde vielleicht bald heiraten, Joe«, sagte er, »und ich gedenke noch viele glückliche Jahre an der Seite einer jungen Frau zu verbringen. Ich bin schließlich in der Lage, einer Frau alles zu bieten, was sie verlangt: ein großes Haus, Dienstboten, einen angesehenen Namen. Warum heiratest du eigentlich nicht noch einmal? Eine gute, tüchtige Frau in deinem Alter sollte sich doch finden lassen. Du bist jetzt ungefähr fünfzig, oder täusche ich mich? Einmal mußt du dich ja schließlich zur Ruhe setzen und deine Stelle einem Jüngeren überlassen. Auf Wiedersehen!«

»Du böser Zwerg!« murmelte Joseph vor sich hin, als er gegangen war. »Ich würde gern sehen, wer von uns der Jüngere ist, wenn es darauf ankäme. Er ist doch überhaupt kein Mann. Das einzige Plus, das er für sich buchen kann, ist seine wohlgesetzte Rede. Aber das ist wirklich alles!«

Trotzdem ging Joseph der letzte Satz seines Bruders nicht aus dem Kopf. Er stieg zur Burgruine hinauf und dachte darüber nach. Ja, es stimmte, in gewisser Beziehung hatte Philipp recht. Er war jetzt fünfzig Jahre alt – ein Mann in den besten Jahren, wie man so schön sagt –, aber daran hatte er noch nie gedacht.

Seine Söhne waren fast erwachsen, doch er fühlte sich nicht älter als sie. Philipp war ein Narr. Ein Mann ist so alt, wie er sich fühlt; und Joseph kam sich vor wie dreißig, manchmal sogar noch jünger. Schade, daß ihn Katherine noch nicht auf seinen Ausflügen begleiten konnte; sie war immer noch in der Schule. Katherine war in jeder Beziehung ein merkwürdiges kleines Wesen, manchmal erinnerte sie ihn an seine Schwester Lizzie. Morgen würde er Lizzie besuchen. Wie mochte sich wohl ihr Junge entwickelt haben, den er schon immer so gern gehabt hatte?

Von seinem Platz aus konnte er die »Janet Coombe« sehen, die langsam an ihrer Boje auf und ab schwankte. Wie schön das Schiff war, Janets Schiff – stellte er immer wieder fest. Er seufzte und schloß die Augen. Er sehnte sich nach Janet.

Vom Kirchturm von Lanoc Church schlug die Uhr die volle Stunde. Es war Zeit, heimzugehen; vorher wollte er seinen Brüdern auf der Werft noch einen Besuch machen. Joseph klopfte seine Pfeife aus, stand auf und streckte sich gähnend. Wo mochte wohl Christopher stecken?

Plötzlich weckte ein schwacher Schrei seine Aufmerksamkeit.

Joseph blickte sich um. Neben dem Gatter am Felsenweg lag eine zusammengesunkene Gestalt und stöhnte. Er ging zu ihr hin. Das Mädchen, das am Wegrand kauerte und weinte, umklammerte seinen Fuß. Neben ihr stand ein Korb voller Schlüsselblumen.

»Was ist geschehen?« fragte er teilnahmsvoll, kniete neben ihr nieder und befühlte ihren Knöchel.

Das Mädchen hörte auf zu schluchzen und blickte unter ihrem großen Hut zu ihm auf. Joseph sah ein paar große, verwirrte, nußbraune Augen und rotgoldene Locken, die über die Ohren herabhingen.

»Ich muß mir das Bein verletzt haben, wie ich über den Zaun sprang«, meinte sie schüchtern, »als ich zu gehen versuchte, tat es gräßlich weh.«

»Ach!« meinte Joseph und konnte den Blick nicht losreißen

von den goldenen Locken, die ihr ins Gesicht fielen. »Das ist schlimm. Wir wollen sehen, hoffentlich ist der Fuß nicht verstaucht.«

Er betastete mit der Hand Fuß und Knöchel, was dem Mädchen keine großen Schmerzen zu bereiten schien.

»Ich glaube, es ist keine Verstauchung, wahrscheinlich nur eine kleine Sehnenzerrung«, sagte er und wünschte, sie würde ihn wieder ansehen.

»Ich wäre froh, wenn es nur das ist.« Sie lächelte ihn an. »Wenn ich eine Zeitlang still sitzen bleibe, werde ich schon wieder heimlaufen können.«

»Auf keinen Fall«, sagte Joseph ruhig und hob sie hoch, als ob sie ein kleines Kind wäre. Sie errötete – stellte Joseph insgeheim fest. Er bemerkte auch, daß sie lange goldene Wimpern hatte, die, wenn sie die Augen schloß, wie Seide auf ihren Wangen lagen. Er packte sie fester, und das Mädchen lehnte den Kopf an seine Schulter.

»Darf ich fragen, wie Sie heißen?« sagte er.

»Ich heiße Annie Tabb, Käpten Coombe.«

»Wieso wissen Sie, wer ich bin?« fragte er neugierig.

»Aber in Plyn kennt Sie doch jeder«, meinte Annie und lächelte.

»Sind Sie die Tochter von Reuben Tabb?«

»Jawohl, die zweitälteste. Wir sind acht.«

Das war also Reuben Tabbs Tochter? Mit Reuben war er zur Schule gegangen, aber das war schon lange her. Ach, zum Teufel, er war wirklich nicht mehr der Jüngste – Philipp hatte doch recht. Er war so alt wie der Vater dieses Mädchens...

»Wie alt sind Sie, Miß Annie, wenn ich das fragen darf?«

»Eben erst neunzehn geworden, Käpten Coombe, aber alle behaupten immer, ich sähe viel jünger aus; das ärgert mich schrecklich.«

Joseph warf einen Blick auf ihre entrüstet herabgezogenen Mundwinkel und lachte.

»Wo wohnen Sie?« fragte er, nachdem er sie eine Weile getragen hatte.

»Gerade um die Ecke. Im dritten Haus dort drüben – in dem mit den gelben Vorhängen. Bitte, lassen Sie mich jetzt herunter. Ich möchte nicht, daß man uns so sieht. Ich kann jetzt ganz gut wieder auftreten. Der Fuß tut nicht mehr weh.«

»Darf ich Sie nicht noch ein Stückchen tragen – bis zum Tor?«

»Nein, nein, auf keinen Fall!«

Joseph ließ sie herunter.

»Können Sie wirklich gehen?« fragte er.

»Ganz bestimmt, Käpten Coombe. Es fehlt mir ja gar nichts! Zu dumm, daß ich mich so angestellt habe.«

Sie streckte die Hand aus, um sich zu verabschieden.

»Sie haben da eine Menge Schlüsselblumen«, sagte er, nach einem Vorwand suchend, sie noch ein wenig aufhalten zu können. »Die schönsten wachsen gar nicht droben auf den Weiden. Unten im Polmeartal gibt es viel schönere. Aber da kommen Sie nicht heran, da wachsen viel zu viele Brennnesseln und Heckenrosen und anderes Gestrüpp. Wenn Sie wollen, komme ich mit Ihnen und passe auf, daß Ihre hübschen kleinen Hände keine Kratzer bekommen.«

»Aber, Käpten Coombe! Ich würde doch niemals wagen...«, begann Annie Tabb, schlug die Augen nieder und ließ den Kopf hängen. Ob sie wohl das Anerbieten annehmen konnte? fragte sie sich, und ihr Herz begann heftig zu pochen.

»Schade! Aber dann ist es nicht zu ändern, und die Blumen müssen ungepflückt verwelken.«

»Warten Sie – warten Sie eine Sekunde, Käpten Coombe. Wenn morgen abend schönes Wetter ist, könnte ich vielleicht doch...«

Sie sagte atemlos etwas Unverständliches und wurde über und über rot dabei. Joseph sah ihr auf die Füße und ließ dann den Blick aufwärts gleiten, bis er in ihre Augen schaute.

»Ich habe das Gefühl, morgen kommt kein Regen, und es wird sehr angenehm sein in dem schattigen Tal«, sagte er sanft. Dann wandte er sich ab und schlenderte davon. Sie folgte ihm mit den Augen, bis seine hohe Gestalt um die Ecke verschwand.

Als am Nachmittag des folgenden Tages die Uhr von Lanoc Church fünf schlug, klopfte er seine Pfeife aus, strich sich die Krawatte glatt und blickte erwartungsvoll in die Richtung, aus der sie kommen mußte. Verdammt nochmal! – Wenn sie jetzt doch nicht kam? Zwanzig Minuten nach fünf sah er eine Gestalt mit einem Korb am Arm über die Felder auf sich zukommen. Er zog eine Zeitung aus der Tasche und tat, als ob er völlig von ihrem Inhalt in Anspruch genommen sei.

Als Annie bei ihm angelangt war, gab er sich den Anschein, als ob er sie gar nicht bemerkt hätte. Das Mädchen berührte ihn schüchtern mit der Hand am Ärmel.

»Käpten Coombe«, redete sie ihn scheu an.

Joseph spielte den Überraschten und ließ seine Zeitung fallen. »Großer Gott«, sagte er, »so sind Sie also doch gekommen. Ich habe Sie wirklich nicht mehr erwartet.«

Annie schmollte und zog ihre Hand zurück. »Wenn Ihnen an meiner Gesellschaft nichts liegt, will ich Sie nicht länger belästigen«, antwortete sie verletzt und wollte weitergehen. Aber Joseph nahm ihren Korb und hob sie ohne ein weiteres Wort über den Zaun. Als er sie wieder auf die Füße stellte, meinte sie entrüstet und errötend:

»Sie haben ziemlich grobe Manieren, Käpten Coombe.«

»So sind wir Seeleute«, gab er trocken zur Antwort und konnte kaum noch das Lachen verbeißen. Er schritt an ihrer Seite in Richtung des Polmeartals.

Seinetwegen konnte die Welt jetzt zum Teufel gehen.

Am anderen Ufer des Flusses sah Annie wilde Iris blühen. »Oh, die muß ich unbedingt haben«, rief sie. Joseph stapfte gehorsam durch das Wasser und machte sich die Schuhe naß. Dann stellte er sich dumm und meinte, sie müsse mit ihm kommen, er wisse ja nicht, welche Blumen sie gerade haben wolle.

»Nein! Das geht auf keinen Fall! Das Wasser ist so schmutzig, und ich will mir doch mein bestes Kleid nicht verderben.«

»Ach, ist das Ihr bestes Kleid?« meinte er. »Ich fühle mich sehr geehrt, daß Sie Ihr Sonntagskleid bei einem Ausflug ins Tal aufs Spiel setzen, nur weil Sie ein Seemann um Ihre Begleitung gebeten hat.«

Annie beteuerte, daß sie sich wirklich nicht für ihn schön gemacht habe. Aber Joseph wußte, was er davon zu halten hatte, und fragte nur, ob sie jetzt mit ihm ans andere Ufer kommen wolle oder nicht.

»Nein, ich will mir die Füße nicht naß machen.« Sie schüttelte den Kopf.

Ohne viel Federlesen hob er sie hoch und trug sie ans andere Flußufer. »Handeln ist besser als Verhandeln«, flüsterte er ihr ins Ohr und tat, als ob er unter ihrem Gewicht zusammenbrechen müsse. Er atmete heftig und beklagte sich, daß sie eigentlich viel zu schwer für ihn sei.

Annie bemerkte nur, daß sie noch nie jemand schwer gefunden hätte, worauf Joseph schwor, daß er jedem anderen, der sie tragen würde, die Zähne einschlagen werde. Beide lachten und ließen sich auf der Sandbank nieder, auf der die Iris wuchsen. Joseph breitete für Annie seinen Mantel aus, setzte sich selbst auf eine Ecke und nahm ihre Hand. Er betrachtete sie eingehend und meinte, sie hätte sich an einem Dorn verletzt.

»Das ist nicht wahr, Käpten Coombe«, entgegnete Annie, »das ist nur ein Kratzer, den ich mir gestern abend an meiner Brosche zugezogen habe; ich war so aufgeregt.«

»Hm. Zuerst muß ich mir einmal die Brosche ansehen«, meinte Joseph zweifelnd. »Ist sie das?« Und er beugte sich über das Schmuckstück, das den Spitzenkragen an ihrem Halsausschnitt zusammenhielt.

»Ja«, hauchte sie. »Nein, Sie dürfen sie nicht anfassen!« Er versuchte, die Brosche zu öffnen, und war ihr jetzt ganz nahe. Das schickt sich eigentlich nicht, dachte Annie einen Augenblick lang, und doch sehnte sie sich nach seiner Berührung.

Sie lag auf dem Mantel und war eigentlich enttäuscht, daß er keinen Versuch gemacht hatte, sie zu küssen. Genau das war es, was Joseph beabsichtigt hatte. Als er ihr einen Blick zuwarf und den Ausdruck ihrer Augen sah, lächelte er in sich hinein. Er wußte, was er wissen wollte.

Der Abend ging ohne schmachtende Liebeserklärungen vorbei; schon waren sie wieder auf dem Heimweg. Beide wußten, daß vier Zäune zu übersteigen waren, und beide waren sie froh, daß es keinen anderen Weg zurück nach Plyn gab.

Wie es sich gehörte, brachte Joseph Annie bis ans Gartentor und meinte, sie müßten wieder einmal zusammen spazierengehen. Als sich kein Grund mehr finden wollte, länger zu schwatzen, verabschiedete sich Joseph und ging die steile Straße hinab. Noch lange blickte ihm Annie aus ihrem Fenster nach. Er aber sah nicht die Häuser, nicht die Menschen und nicht einmal die Schiffe im Hafen, überhörte Christopher, der ihm bei der Werft etwas zurief, und sah nichts als ein Mädchen vor sich. Ein Mädchen, das noch nie einen Mann geküßt hatte.

8

Joseph war verliebt. Er liebte, wie er noch nie im Leben geliebt hatte. Er konnte sich nicht erinnern, daß er je so nach einem Menschen verlangt hatte wie jetzt nach Annie Tabb. Annie Tabb, die erst neunzehn Jahre alt war, nur fünf Jahre älter als seine eigene Tochter. Aber spielte das Alter dabei überhaupt eine Rolle?

Als er Susan heiratete, hatte er sich nach einem Menschen gesehnt, der ihn verstand, bei dem er seine Einsamkeit vergessen konnte. Sie hatte ihn nicht verstanden. Manchmal hatte er geglaubt, er liebe sie. Aber in den letzten elf Jahren war sie nur noch seine Haushälterin gewesen, und er hatte für seine Familie gesorgt. Jetzt war mit einemmal Annie Tabb in sein Leben getreten. Er konnte seine Gedanken nicht mehr von ihr losreißen. Früher hatten ihm Frauen nie viel bedeutet. Aber plötzlich war alles anders.

Während Christopher rastlos und unzufrieden unten in der Werft herumbastelte und sich nach Freiheit sehnte, war Joseph, sein Vater, fast den ganzen Tag an einem gewissen Gartentor anzutreffen. Bald fühlte Joseph sich in den Himmel versetzt, bald in die tiefsten Tiefen der Hölle verstoßen.

Es war ja auch wirklich kaum ein hinreichender Grund dafür vorhanden, daß ein so hübsches, blutjunges Ding wie Annie Tabb seine Leidenschaft erwidern sollte, sagte er sich finster, wenn sie ihn wieder einmal warten ließ. Wenn sie aber dann, mit geröteten Wangen und leuchtenden Augen, doch kam, war seine trübe Laune sofort wie weggeweht. Sie gingen jetzt fast jeden Abend zusammen ins Polmeartal. Daheim gab sie vor, sie träfe sich mit einer Bekannten, da ihre Freundschaft mit Joseph Coombe von ihren Eltern sicherlich kaum gebilligt worden wäre.

Josephs gehobene Stimmung war auch seinen Angehörigen nicht entgangen, aber den Grund wußte keiner zu erraten. Christopher fühlte sich erlöst, weil ihn der Vater nicht mehr beständig fragte, wann er nun endlich mit ihm auf das Meer hinauskäme. Mary und Martha fanden ihren Onkel diesmal viel umgänglicher – es schien plötzlich gar nicht mehr so schwer, mit ihm auszukommen. Sogar Katherine vergaß ihre Scheu und entdeckte an ihrem Vater liebenswerte Seiten.

In einer Woche war Sommersonnenwende und Feiertag; das war der letzte Termin, den sich Joseph gesetzt hatte.

Am Samstagmorgen vor Johannis hatte er mit seinem Bruder Philipp eine Versicherungsangelegenheit zu besprechen; als er das Gebäude der Firma Hogg & Williams, deren Name unverändert geblieben war, betrat, kam im gleichen Augenblick zu seiner Überraschung Annie Tabb die Treppe herunter. Sie errötete und wäre geflohen, wenn er ihr nicht den Weg versperrt hätte.

»Was, in aller Welt, haben Sie denn hier zu suchen?« fragte er scherzend. »Tragen Sie sich vielleicht mit der Absicht, Schiffseigentümerin zu werden?«

»Nein, Käpten Joe«, sagte sie. »Sie lassen aber auch wirklich keine Gelegenheit vorbeigehen, ohne die unmöglichsten Fragen zu stellen. Ich mußte nur Mister Coombe von meiner Mutter etwas ausrichten.«

Joseph gab sich damit zufrieden. »So, Sie kennen also meinen Bruder Philipp. Und wie finden Sie ihn?«

Annie zerknüllte verlegen ihr Taschentuch. »Ich finde ihn

nett. Er ist immer sehr höflich und weiß, was sich einem jungen Mädchen gegenüber schickt. Sehen Sie nur, das Armband hat er mir zum Geburtstag geschenkt!«

Joseph runzelte unwillig die Brauen und geriet etwas aus der Fassung. »Seit wann kennen Sie ihn denn schon?« fragte er ziemlich grob.

»Aber das weiß ich doch wirklich nicht mehr.« Annie lachte ein wenig gekünstelt. »Er kommt sehr oft zum Tee zu uns. Aber das habe ich Ihnen doch schon erzählt, Käpten Joe.«

»Nein, davon haben Sie mir noch nie etwas gesagt, Miß Annie, ich könnte es beschwören.«

»Schließlich ist es ja auch nicht so schrecklich wichtig. Plyn ist eine Kleinstadt, und jeder kennt mehr oder weniger jeden. Aber ich muß jetzt heim!«

»Vergessen Sie nicht, daß Sie am Montag mit mir verabredet sind!« verabschiedete er sich lachend.

Als er die Tür zum Zimmer seines Bruders öffnete, lächelte er immer noch vor sich hin. Philipp saß hinter seinem Schreibtisch und schien unbeschäftigt zu sein; er hatte die Hände hinter dem Kopf verschränkt und starrte verloren ins Weite. Auch er lächelte, aber keiner der beiden bemerkte den Zustand des anderen.

»Wie geht's, Joe?« fragte der eine.

»Danke, gut, Philipp«, antwortete der andere.

»Schönes Wetter heute. Hoffentlich bleibt es so.«

»Ja, es wäre wirklich schade, wenn es am Johannistag regnen würde.«

Beide Brüder hofften, ihre Unterredung so schnell wie möglich beenden zu können, denn in Gegenwart des anderen war keinem von ihnen wohl.

»Hm, das wäre erledigt«, meinte Joseph, drückte das Löschpapier auf seine Unterschrift und wischte sich seine tintenbeschmierten Finger mit dem Taschentuch ab. Schreiben und Unterschreiben waren Sachen, die er gründlich verabscheute.

Philipp prüfte die Schriftstücke sorgfältig, ehe er sie schließlich in eine Schublade legte.

Er warf einen Blick auf seinen Bruder und mußte sich grollend eingestehen, daß Joseph noch nie besser ausgesehen hatte als jetzt.

»Wie vertreibst du dir deine Ferien, Joe?« fragte er mit einer gewissen Neugier. »Plyn muß dir doch neben all den großen Städten, die du kennst, schrecklich langweilig vorkommen.«

»So schlimm ist es nun auch wieder nicht«, lächelte Joseph. »Ich bin ganz zufrieden und glücklich hier. Aber du bist wirklich komisch, Philipp, ich begreife dich nicht. Nirgends läßt du dich nach Geschäftsschluß blicken. Liest du denn immer noch soviel wie früher?«

»Ja, ziemlich. In der letzten Zeit habe ich mich allerdings mit anderen Sachen abgegeben. Ich bin schließlich noch nicht so alt, um für immer ein Einsiedlerleben führen zu müssen. Im Vergleich zu dir bin ich eigentlich immer noch ein junger Mann.«

Joseph fühlte sich herausgefordert. Er erinnerte sich, gehört zu haben, daß Philipp irgendeiner Schönen den Hof machte.

»Ich nehme an, daß du uns eines Tages mit deiner Hochzeit überraschen wirst, Philipp?« Er war halb belustigt, halb neugierig.

»Vielleicht, Joe, vielleicht. Es wäre schon möglich, daß ich bald den ersten Schritt zu meiner Vermählung tun werde.«

»Hoffentlich ist die junge Dame einverstanden«, versuchte Joseph ihn zu necken.

»Vorausgesetzt natürlich, daß sie einverstanden ist. Aber ich glaube nicht, daß ich in dieser Beziehung irgendwelche Befürchtungen haben muß. Was eine Frau will, sind drei Dinge: eine gewisse Stellung im Leben, ein großes Haus und möglichst viele Dienstboten. Kann ihr ein Mann das alles bieten, wird sie nur allzugern die Seine.«

»Glaubst du, Philipp? Ich bin nicht ganz deiner Ansicht. Auch die schönsten Möbel vermögen nicht für einen kalten Bettgenossen zu entschädigen. Na, du wirst es schon richtig anfangen. Aber ein paar Ratschläge von einem, der schon allerlei erlebt hat, können dir sicher nicht schaden.«

»Du hast wirklich eine unmögliche Art, dich auszudrükken, Joe«, meinte Philipp. »Ich muß zugeben, daß ihre Jugend einen gewissen Reiz für mich hat. Ihre äußeren Vorzüge sind recht beachtlich. Ich bin überzeugt, es bedarf nur eines Wortes, und sie willigt ein, meine Frau zu werden. Nebenbei bemerkt, bin ich nicht ganz ohne Einfluß in ihrer Familie.«

»Wann, glaubst du, wird es endlich soweit sein?« fragte Joseph.

»So genau habe ich mir das noch gar nicht überlegt«, antwortete Philipp kühl, »eigentlich wollte ich mich erst am Johannistag erklären.«

Joseph versuchte sich die Szene vorzustellen: Philipp steif und förmlich im Wohnzimmer stehend, die junge Dame wohlerzogen und kerzengerade in einem Stuhl sitzend. Was für ein Theater! Zur selben Zeit würde er wahrscheinlich Karussell fahren, sein Mädchen auf einem Holzpferd neben sich, und sich nachher mit ihr auf die Klippen verziehen. Wie meinte Philipp?

»...bin ich also ziemlich sicher, daß sie mir keinen Korb geben wird. Jedes Mädchen wird versuchen, seine gesellschaftliche Stellung zu verbessern. Sie wäre schön dumm, wenn sie meine Werbung ablehnte. Da, Joe, habe ich ihr Bild. Ich habe es ihrer Mutter stibitzt und bewahre es hier in meinem Schreibtisch auf. Sie könnte beinahe deine Tochter sein...«

Joseph warf einen raschen Blick auf das Bild und sah in das Gesicht von – Annie Tabb.

»Großer Gott –«

»Nicht wahr?! Sie ist wirklich eine ausgesprochene Schönheit. Das Bild wird ihr zwar nicht ganz gerecht. Aber – was in aller Welt...« Philipp sprang auf und lief zur Tür. Aber Joseph war verschwunden. Er war schon auf der Straße und bereits zur Hälfte den Berg hinaufgerannt. Er erwischte das Mädchen gerade noch, als sie eben das Gartentor öffnen wollte.

»Nun? Sind Sie schon wieder da, Käpten Joe?«

»Warten Sie einen Augenblick!« rief er keuchend vor Anstrengung. Und dann, bereits etwas ruhiger: »Sie werden zwar zu spät zum Essen kommen, aber ich muß rasch noch einmal mit Ihnen reden. Kommen Sie bitte ein paar Schritte mit mir. Ich werde Sie nicht lange aufhalten.«

Er suchte ihre Hand. »Was, um Gottes willen, ist denn in Sie gefahren?«

Er gab keine Antwort und wartete, bis sie zusammen auf einer Bank an der Burgruine saßen.

»Mein Bruder Philipp hat Ihnen den Hof gemacht«, begann er plötzlich.

Annie zuckte zusammen. Dann schüttelte sie den Kopf. »Aber nein, ganz und gar nicht! Er hat mir hie und da etwas geschenkt und besucht uns manchmal. Aber das ist auch alles. Ist das vielleicht etwas Unrechtes?«

»Ich rede nicht von Recht und Unrecht«, sagte Joseph ungeduldig. »Aber all das hat dazu geführt, daß er sich jetzt einbildet, er liebe Sie. Wußten Sie das?«

»Nein – ich weiß nicht ... ich kann wirklich nicht sagen ... Er ist immer sehr liebenswürdig.«

»Höre, Kind! Wußtest du, daß er um deine Hand anhalten würde?«

»Oh! Käpten Joe – wirklich ...«

»Er will dich zu seiner Frau machen, Annie – er will dich heiraten ... heiraten, verstehst du?«

Annie riß erstaunt die Augen auf.

»Mister Coombe – mich heiraten?« rief sie. »Das kann nicht wahr sein! Er ist doch so vornehm.«

»So! Das gefällt dir wohl auch noch? Du brächtest es womöglich fertig, ihn deswegen noch gern zu haben, und siehst dich bereits in Spitzenschleiern und all dem anderen Firlefanz. He?«

»Aber nein, Käpten Joe, quälen Sie mich doch nicht so – ich kann ja gar nicht nachdenken. Ich habe Mister Coombe überhaupt noch nie richtig angesehen ... Und ich will überhaupt noch gar nicht heiraten!« sagte sie plötzlich, und dann brach sie in Tränen aus.

Als Joseph sie weinen sah, verließ ihn jede Besinnung, er nahm sie in die Arme, zog sie auf seine Knie und küßte sie wieder und wieder, wild und ungestüm, bis sich das Band in ihren Haaren löste, die Locken auf ihre Schultern fielen und sie schwach und hilflos in seinen Armen hing.

»Du wärst vielleicht zu ihm gegangen«, flüsterte er dicht an ihrem Ohr, »zu Philipp mit seinem bleichen Gesicht und seinen aalglatten Manieren – nur, um in einem vornehmen Haus leben zu können. Aber was Liebe ist, hättest du bei ihm niemals erfahren.« Er hielt sie eng umschlungen und küßte sie auf ihre roten, verlangenden Lippen.

»Nein – nein«, rief Annie. »Bitte, laß mich, oh! Joseph, ich liebe dich so – du weißt gar nicht, wie lieb ich dich habe.«

Immer wieder küßte er sie, und sie begriff nicht, was mit ihr geschehen war. Schließlich stieß er sie weg von sich; sie taumelte, und ihr Herz klopfte, als wollte es zerspringen. Ihre Hand zitterte, als sie ihre Kleider und ihr Haar in Ordnung brachte; und es raste wie ein heftiger, peinigender Schmerz in ihr.

Er betrachtete sie mit zusammengekniffenen Augen.

»Willst du ihm jetzt sagen, daß du seine Frau werden möchtest? Beeil dich, er könnte es sich sonst anders überlegen.«

»Du weißt, daß ich ihn nicht heiraten will. Warum quälst du mich so?«

»Er gibt sicher einen prächtigen Gatten ab. Er hat dir ein schönes Haus zu bieten und alles, was du nur wünschen kannst. Du wärst ja dumm, wenn du seinen Antrag ausschlagen würdest.«

Die arme Annie brach aufs neue in Tränen aus.

Da stand er auf und küßte sie wieder, und sie klammerte sich verzweifelt an ihn. Sie besaß nun keinen eigenen Willen mehr und hatte nur noch den Wunsch, daß er sie ewig so festhalten möge.

»Wir müssen mit Philipp sprechen«, meinte Joseph. »Ich will nicht hinter seinem Rücken handeln. Heute nachmittag suchen wir ihn gemeinsam auf, und du wirst dich entscheiden. Du mußt ihm sagen, was du denkst. Wirst du mir das versprechen, Annie?«

»Ja – alles, was du willst.«

»So! Jetzt kannst du essen gehen. Und zerbrich dir nicht länger den Kopf. Es wird schon alles gut werden!«

Am Nachmittag gingen beide gemeinsam zu dem Haus neben der Post, in dem Philipp wohnte.

Annie blieb im Vorraum, als Joseph an die Wohnzimmertür klopfte.

Philipp lag mit einem Taschentuch auf dem Gesicht auf dem hartgepolsterten Sofa. Joseph mußte lachen. Sein Bruder tat wirklich, was er nur konnte, um sich jung zu erhalten.

Philipp zog das Tuch weg und richtete sich auf. Sein weiches, aschblondes Haar war zerzaust, und sein Mund stand vor Überraschung offen.

»Wo kommst denn du her, Joe, und warum überfällst du mich so unerwartet zu dieser Tageszeit? Ist irgend etwas nicht in Ordnung?«

»Du triffst den Nagel auf den Kopf«, antwortete Joseph und setzte sich auf einen Stuhl.

»Schau, Philipp, ich will die Sache nicht schwieriger machen, als sie ohnedies ist. Du kannst Annie Tabb nicht heiraten, sie gehört mir!«

Der Bruder starrte ihn ungläubig an. Geistesabwesend nahm er das Taschentusch und trocknete sich die Hände ab. »Wenn das ein Scherz sein soll, so finde ich ihn ziemlich abgeschmackt.«

»Spiel dich jetzt nicht auf, Philipp, dafür habe ich keine Zeit. Bei wichtigen Sachen pflege ich nie zu scherzen, du Narr. Ich wollte dir nur sagen, daß ich dem Mädchen seit vierzehn Tagen den Hof mache, daß ich um sie geworben habe und sie mir ihr Jawort gegeben hat, ob es dir paßt oder nicht.«

Aus Philipps Gesicht war alle Farbe gewichen. Er sah plötzlich sehr alt aus. Er hielt sich an der Sofalehne fest und flüsterte heiser:

»Sag das noch einmal!«

»Ich habe dir erklärt, daß ich das Mädchen heiraten werde. Es tut mir leid, wenn ich damit deine Pläne durchkreuzt habe, aber ich wußte wirklich nicht, daß es ausgerechnet meine Annie war, auf die du es abgesehen hattest. Wenn du nicht immer aus allen deinen Angelegenheiten ein Staatsgeheimnis machen würdest, wäre das nicht passiert. Ich glaube, mehr brauche ich dir nicht zu sagen. Höchstens noch, daß es mir sehr leid tut und daß wir einen Strich unter die ganze Angelegenheit ziehen sollten.«

Philipp saß die ganze Zeit regungslos auf dem Sofa. Dann begann er leise und langsam zu sprechen.

»Du elender Schweinekerl«, sagte er. »So, das war also deine feine Idee. Hinter meinem Rücken hast du mit dem Mädchen, das ich liebe, ein Verhältnis angefangen. Das Mädchen, das ich heiraten wollte, hast du mir weggenommen...«

»Hör auf, Philipp«, rief Joseph. »Bis heute vormittag, als du mir ihr Bild zeigtest, hatte ich keine Ahnung, daß Annie deine Auserwählte ist. Ich bin doch kein Schuft!«

»Das ändert nichts an der Sache. Ich sehe nur, daß du zwischen Annie Tabb und mich getreten bist – du, ein fünfzigjähriger Seemann mit erwachsenen Kindern.«

»Überleg dir, bitte, was du sagst. Du bist ja bloß vier Jahre jünger als ich, Philipp. Was machen denn vier Jahre aus? Und trotz deines Geldes und deiner Angeberei wirst du Annie nie bekommen. Sie will nichts von deinem Reichtum! – Annie«, rief er hinaus in den Vorraum, »Annie, sag es ihm, wie du denkst.«

»Großer Gott, hast du tatsächlich die Unverfrorenheit gehabt, sie hierher mitzubringen?«

»Ja, natürlich!«

Annie erschien in der Tür; sie war rot und verwirrt.

»Annie«, wandte sich Joseph an sie, »ich kann meinem Bruder nicht begreiflich machen, daß du es ablehnst, ihn zu heiraten. Möchtest du es ihm vielleicht selber sagen?«

»Gott – ich weiß nicht –, was soll ich sagen? – Ich habe noch nie...«

Philipp erhob sich vom Sofa und ging auf sie zu.

»Miß Annie«, redete er sie an, »vielleicht ist das der wichtigste Augenblick Ihres Lebens, und Sie müssen sorgfältig überlegen. Sie kennen mich jetzt schon einige Monate, viel länger als meinen Bruder Joseph. Ich habe niemals den

Versuch gemacht, Ihnen eine übereilte Verlobung aufzudrängen. Ich hatte die Absicht, Sie Anfang nächster Woche um Ihre Hand zu bitten. Wenn Sie meine Werbung annehmen, werden Sie eine hohe gesellschaftliche Stellung in Plyn einnehmen; ich bin in der Lage, Ihnen alles, was Sie sich nur wünschen können, zu Füßen zu legen. Sie würden diesen Schritt niemals bereuen – und jetzt haben Sie die Absicht, auf alles das bedenkenlos zu verzichten, nur weil mein Bruder Joseph, ein ungehobelter Seebär, zufällig ein Auge auf Sie geworfen hat und es ihm Spaß macht, Ihnen Dinge zu sagen, die er nach ein paar Wochen wieder vergessen haben wird.«

»Laß dich von seinen wohlgesetzten Worten nicht betören, Annie«, sagte Joseph und nahm ihre Hand. »Du bist viel zu hübsch und zu jung, um dich mit dem allein, was er dir bietet, zu begnügen. Ich kann dir nur sagen, die Geschenke, mit denen er dich überhäufen will, sind leer und inhaltslos, er würde aus dir nur eine langweilige Puppe machen, ein Spielzeug für sich selber, weiter nichts. Du bist zur Liebe geboren, Annie, zur Schönheit und zu allem, was es Großes und Herrliches im Leben gibt. Du würdest mit Schmuck behängt an seiner Seite verkümmern. Ich kann dir keine Reichtümer bieten, aber ich kann dich an meine Brust pressen und dich liebhaben. Hör nicht auf ihn!«

»O Gott! O Gott!« schluchzte Annie. »Was soll ich nur sagen? Niemand hilft mir. Es ist nicht recht, ein Mädchen, das bisher noch mit keinem Gedanken ans Heiraten gedacht hat, zur Entscheidung zu zwingen, ohne ihr Zeit zum Nachdenken zu lassen.«

»Überlegen Sie es sich, Miß Annie«, sagte Philipp, »ich will Sie weder drängen noch beunruhigen; aber ich würde aus Ihnen eine der reichsten Damen von Plyn machen, wozu mein Bruder Joseph niemals imstande sein wird. Vergessen Sie das nicht!«

»Möchtest du nie erfahren, was Liebe ist?« flüsterte Joseph dicht neben ihr.

»Oh! Bitte, bitte, lassen Sie mir doch etwas Zeit zum Nachdenken«, sagte das Mädchen mit Tränen in den Augen. »Natürlich liebe ich Käpten Joe. Aber ich muß mir doch erst einmal alles in Ruhe überlegen. Nach dem Feiertag werde ich jedem von Ihnen Bescheid geben. Ich verspreche es. Aber jetzt lassen Sie mich bitte gehen!«

»Nun, das läßt sich hören«, sagte Joseph und lachte. Er zweifelte nicht, daß sie sich für ihn entscheiden würde. »Was meinst du, Philipp?«

Philipp trat, die Hände auf dem Rücken verschränkt, ans Fenster.

»Einmal wird der Tag kommen, wo ich auch mit dir abrechnen werde. Das werde ich dir nie vergessen, Joe. Jetzt aber verlaß mein Haus und nimm Annie mit! Ich möchte allein sein.«

»Auf Wiedersehen, Philipp«, sagte Joseph und ging zur Tür. Annie folgte ihm. »Du mußt dir also jetzt erst einmal alles überlegen?« wandte er sich draußen stirnrunzelnd an sie. »Ich hoffe, du brauchst nicht allzu lange dazu. Und noch etwas: nimm das bitte nicht zum Vorwand, um dich um den versprochenen Montagabend zu drücken! So, und jetzt wollen wir diese unerfreuliche Angelegenheit so schnell wie möglich vergessen. Ja?«

Damit drehte er sich um und ging davon.

9

Den ganzen Tag hatte die Sonne auf den Jahrmarktsplatz von Plyn gebrannt. Es war Montag – ein Tag vor Sommersonnenwende –, und überall hatte man zeitig Feierabend gemacht. Im Hafen waren zahlreiche Boote aufgefahren, um dem Rennen auf dem Fluß zuzusehen.

Endlich war es dunkel, und die meisten machten sich auf den Heimweg. Nur die Jungen blieben am Quai zurück, vor dem alten Wirthaus »King William Inn«.

In Plyn war Jahrmarkt. Auf dem Platz standen dicht gedrängt die Vergnügungsbuden und Erfrischungsstände. Den Mittelpunkt aber bildete das Karussell. Vor ihm staute sich die Menge: Matrosen auf Urlaub, Einheimische und Fremde,

Jungen und Mädchen von Plyn. Unaufhörlich erklang das Lied: »Champagner-Charlie ist mein Name«.

Die Nacht war dunkel und windig. Über den Himmel zogen schwarze Wolken und verdeckten die Sterne. Die Lichter flackerten. Man verlor sich im Gedränge. »Nancy Penrose, wo bist du?« hörte man rufen, und »Hat jemand Jan gesehen?«

Und unaufhörlich drehte sich das Karussell, rastlos jagten die hölzernen Pferdchen vorüber. Die Musik paukte und trillerte.

Joseph saß auf einem der bemalten Pferdchen, Annie an seiner Seite. Christopher schoß nebenan mit einem dänischen Matrosen um die Wette nach Tontauben.

Joseph spürte Annies Haar in seinem Gesicht, ihren Körper dicht neben sich; er sah die Nacht und die glitzernden Lichter und dachte an nichts anderes mehr.

Das Karussell drehte sich im Kreis.

»Ihr Mädchen, ihr kecken Mädchen,
Was seid ihr nicht netter mit mir?
Ihr geht mit jedem im Städtchen,
Doch der, der euch liebt, der steht hier!«

Joseph zog Annie zu sich herüber und vergrub das Gesicht in ihrem Haar. »Liebes, ich bin verliebt, ich bin verliebt. Komm! Ich halt's nicht länger aus!«

»Nein, Joe. Ich darf nicht. Ich kann nicht.«

»Doch.«

»Nein! Quäle mich nicht länger.«

»Doch! Ich will's.«

»Oh! Joe, wie könnten wir wohl? Wohin sollten wir denn gehen? Nein, wir dürfen doch nicht!«

»Doch – komm mit auf mein Schiff. Liebes, ich kann nicht so fortgehen, ohne dich...«

»Joe, ich bitte dich...«

»Annie, meine schöne Annie, wenn du wüßtest, wie ich dich liebe – komm!«

Halb widerstrebend, halb nachgebend ließ sich Annie von

Joseph aus dem Gedränge ziehen und stieg in das kleine Boot. Das Wasser war finster und wild, der Wind zerrte an ihren Haaren.

»Joe, laß uns umkehren!«

»Nein, Annie, um nichts in der Welt würde ich jetzt umkehren.«

Das Boot legte am Schiff an. Annie kletterte mit heißen Augen und zitternden Knien das Fallreep empor.

Eines nach dem anderen erloschen die Lichter am Ufer. Ganz von fern hörte man noch das Karussell:

»Ihr Mädchen, ihr kecken Mädchen,
Was seid ihr nicht netter mit mir...?«

Vom Fenster aus hatte Philipp die Menge beobachtet. Einen Augenblick lang hatte er Joseph und Annie Hand in Hand gehen sehen. Er zog die Vorhänge dicht zusammen und setzte sich ans ausgebrannte Kaminfeuer. Allein mit seinen Gedanken.

Unten am Hafen tanzte neben einer Schiffswand ein kleines Boot auf und ab.

»Ach, Joe! – was hab ich getan! – was hab ich getan!« stammelte Annie.

Joseph nahm ihren Kopf in die Hände. Kein Mensch war außer ihnen auf der »Janet Coombe«. Hoch oben im Mast leuchtete ein einsames Licht. Plyn war weit weg – irgendwo hinter dem Hafen.

Er nahm sie in die Arme und trug sie schweigend in die Kajüte.

Fünf Tage später heirateten Joseph und Annie in Sudmin.

Die plötzliche Heirat brachte einige Veränderungen mit sich. Joseph zog in das Haus seiner Eltern, das seit dem Tod von Thomas Coombe leergestanden hatte, da Mary nicht hatte allein bleiben wollen und jetzt bei Samuel und seiner Familie lebte. Die Dienste der beiden Zwillingsschwestern Mary und Martha waren überflüssig geworden.

Christopher war über die Heirat seines Vaters entsetzt.

Er haßte Annie trotz ihrer Schönheit und war überzeugt, sie werde seinen Vater unglücklich machen. Er fühlte sich zu Hause fehl am Platz, verbrachte fast den ganzen Tag unten in der Werft. Früher oder später würde er Plyn verlassen und sein Glück anderswo versuchen.

Albert hatte es aufgegeben, auf die Abreise der »Janet Coombe« zu warten; er ging auf ein anderes Schiff und überließ den Vater seinem Schicksal.

Charles sandte seiner Stiefmutter seine Glückwünsche aus Afrika, und Katharina hatte einen Freund gefunden.

Joseph benahm sich, als ginge ihn alles nichts an. Sechs Wochen lang sah er nichts anderes als Annie. Schiffe liefen in Plyn ein und aus, der Sommer ging langsam vorüber, doch die »Janet Coombe« blieb verlassen und unbeachtet an ihrer Boje liegen.

10

Drei Monate dauerte es, bis die »Janet Coombe« wieder in See stach.

Nach und nach fand Joseph sich wieder in das altgewohnte Leben an Bord. Stunden der Anstrengung wechselten mit Stunden der Ruhe ab. Einmal galt es, aus dem Schiff das letzte herauszuholen – dann wieder lagen sie tagelang untätig in irgendeinem fremden Hafen.

Als Joseph abgemagert und braungebrannt wieder nach Plyn zurückkehrte, war er nur noch der Ehemann, der sich freute, seine Frau wiederzusehen, nicht mehr der schmachtende Liebhaber.

1886 wurde Annies erstes Kind geboren; doch es starb schon nach wenigen Stunden.

Der Kummer seiner jungen Frau rührte Joseph, aber ihm selbst bedeutete der Verlust des Kindes nicht so viel. Ihm genügten die vier Kinder, die er aus erster Ehe hatte.

Was ihn in jenen Tagen vor allem bedrückte, war, daß die Kraft seiner Augen nachließ.

Manchmal glaubte er die ständigen Kopfschmerzen und das Stechen in seinem rechten Auge kaum noch aushalten zu können. Das Auge war jetzt dauernd geschwollen und die Pupille unnatürlich vergrößert. Zu gewissen Zeiten verschwamm die Umwelt wie im Nebel vor ihm; und auch das linke Auge, auf das er sich bisher immer noch verlassen hatte, fing an zu schmerzen.

Er konnte die Entfernungen nicht mehr richtig einschätzen. Überall waren dunkle Schatten. Manchmal sah er wieder ganz klar. Aber dann war plötzlich von neuem die ganze Umgebung in nächtliches Dunkel getaucht, die stechenden Schmerzen traten wieder auf, und er war nicht imstande, auf dem Kompaß das Kleingeschriebene zu lesen.

Als ihn das erste Mal dieser Zustand überkam, ging er hinunter in die Kajüte. Dort hockte er hilflos, wie ein verlassenes kleines Kind, auf der harten Bank. Dann rief er seinen Neffen Dick und vertraute sich ihm an.

»Ach was, Onkel Joe, du bist einfach überanstrengt. Es wird schon wieder besser werden.«

Dick versuchte alles, um seinen Onkel wieder aufzurichten. Aber es war ihm nicht ganz wohl bei seinen Überredungskünsten. Er ahnte, daß sein Onkel ernstlich krank war.

»Ich weiß nicht, Dick« meinte Joseph, den Kopf in die Hände vergraben, »das kommt ja nicht so von ungefähr, ich habe ja schon die ganze Zeit über mit den Augen zu tun gehabt. Vor ein paar Monaten habe ich zum erstenmal gemerkt, daß etwas nicht in Ordnung ist. Damals habe ich allerdings noch niemandem etwas davon gesagt. Dann kam die Heirat – hm, und dann habe ich wirklich nicht mehr daran gedacht. Aber jetzt ist es schlimmer denn je. Was soll ich bloß tun, Dick? Was soll ich bloß tun?«

»Aber, Onkel Joe«, sagte Dick, »es ist sicher nicht so schlimm, wie du denkst. Wenn wir wieder in Plyn sind, nimmst du den ersten Zug nach Plymouth und suchst einen Arzt auf. Du ahnst gar nicht, was die Wissenschaft heute alles vermag.«

Mit diesen Worten ließ er Joseph allein.

Am ersten Februar 1888 ging die »Janet Coombe« wieder

im Hafen von Plyn vor Anker. Wieso die ganze Stadt sofort alles wußte, blieb ein Rätsel, denn Dick hatte kein Wort über die Angelegenheit verloren. Aber schon am anderen Tag redete ganz Plyn davon, daß Joseph krank sei.

Joseph schickte Dick zu Philipp, denn seit seiner Heirat hatte er es vermieden, mit seinem Bruder zusammenzutreffen.

Das erste, was Joseph von dem jungen Steuermann wissen wollte, war, wie es Josephs Augen ging. »Was hat eigentlich das Gerede zu bedeuten, daß mein Bruder blind geworden sei?« fragte er. »Er wird einen Arzt aufsuchen müssen, nicht wahr?«

»Ja, aber es ist wirklich kein Grund zur Aufregung vorhanden«, antwortete Dick kühl. »Du weißt doch, wie das in Plyn ist. Man ist froh, wenn man über irgend etwas reden kann. Onkel Joe hat scheußliche Kopfschmerzen gehabt – das stimmt –, und jetzt will er nach Plymouth fahren und sich ein Mittel dagegen geben lassen. Das ist alles.«

»Hm«, meinte Philipp. »Es ist ja sehr schön, wenn du keinen Grund zur Aufregung sehen kannst, mein lieber Junge. Aber in diesem Fall habe ich auch noch etwas mitzureden. Ich bin an dem Schiff genauso beteiligt wie mein Bruder Joseph. Und ich habe keinesfalls die Absicht, es einem Kranken anzuvertrauen. Joseph wird seinen Posten als Kapitän der ›Janet Coombe‹ abgeben müssen.«

»Wenn nicht die Bescheinigung eines Doktors vorliegt, daß er seinen Pflichten als Kapitän nicht mehr nachkommen kann, wird ihn kaum jemand dazu zwingen können«, bemerkte Dick trocken.

Philipp lachte und erhob sich.

Eine Woche später begab sich Joseph, von seinem Neffen Dick und seinem ältesten Sohn begleitet, zum Bahnhof und bestieg den Zug nach Plymouth. Für Dick begannen am gleichen Tag die Prüfungen. Joseph sah ihm lange nach. Er dachte daran, wie er selber vor fünfundzwanzig Jahren, voller Hoffnung und Erwartung aufgeregt die Stufen des unbekannten Gebäudes hinaufgestiegen war. Jetzt lag seine Jugend längst hinter ihm.

Joseph betrat das Sprechzimmer des Arztes allein. Christopher blieb unten in der Halle. Er wartete eine halbe Stunde. Dann hörte er müde und langsame Schritte die Treppen herunterkommen. Er sah auf – und erblickte einen Menschen, der, gebeugt und in sich zusammengesunken, eine Stufe nach der anderen sich herabtastete – einen Menschen, der allein war und verzweifelt ins Leere starrte.

Ohne ein Wort miteinander zu wechseln, gingen sie aus dem Haus und wanderten ziellos durch die Straßen, wohin die Füße sie gerade trugen. Sie betraten ein Gasthaus, denn seit dem Frühstück in Plyn hatten sie nichts mehr zu sich genommen, und es war jetzt halb vier Uhr nachmittags. Christopher häufte das Essen auf dem Teller seines Vaters auf, als ob er ein kleines Kind sei. Joseph machte einen schwachen Versuch, zu lächeln. Christopher wandte sich ab und zwang sich, etwas zu essen; dabei malte er sich das traurige Leben aus, das Joseph jetzt in Plyn erwarten würde.

Christopher zahlte, und sie traten wieder auf die Straße, in die trügerisch lächelnde Sonne. Dick wartete am Bahnhof auf sie. Er mußte noch fünf Tage in Plymouth bleiben. Am Bahnhof öffnete Joseph zum erstenmal die Lippen und fragte:

»Wie ist der erste Prüfungstag ausgefallen, Dick?«

»Danke, ziemlich gut, Onkel Joe. Ich glaube, ich werde das Examen bestehen.«

»Das freut mich zu hören.« Joseph sprach aus dem Fenster des Eisenbahnwagens. »Weißt du, ich möchte nämlich, daß du jetzt Kapitän auf der ›Janet Coombe‹ wirst.« Beide wußten, daß nun das Ende gekommen war. Das Meer und das Schiff würden Joseph nicht mehr wiedersehen.

»Ich will mein Bestes tun, Onkel Joe.«

Der Zug setzte sich in Bewegung. Vater und Sohn saßen einander gegenüber.

Christopher berührte zaghaft den Arm seines Vaters.

»Kann denn der Doktor gar nichts für deine Augen tun, Vater?« flüsterte er.

»Ich weiß nicht«, sagte Joseph. »Aber du mußt dir deswegen keine Sorgen machen, mein Junge.«

Tränen liefen über Christophers Wangen.

»Vater, kann ich irgend etwas für dich tun?«

»Schon gut, Chris, lieber Junge. Es ist ungefähr, wie wenn man aus einem schönen Traum erwacht. Eigentlich ist es nur der Abschied von meinem Schiff, der mir schwerfällt.«

Graue Wolken waren aufgezogen, und die ersten Regentropfen klatschten gegen die Fensterscheiben des ratternden Zugs.

11

Christopher hatte nun doch beschlossen, die Seemannslaufbahn zu ergreifen. Seinem Vater hatte er allerdings noch nichts davon gesagt.

Er sah sich schon als Kapitän der »Janet Coombe«, als Nachfolger seines Vaters, von allen bewundert, geachtet und ein bißchen gefürchtet. Er würde dafür sorgen, daß die Coombes ihren Ruf behielten.

Eines Abends, als die beiden nebeneinander auf einer Bank an der alten Burgruine saßen, teilte Christopher dem Vater seine Absichten und Pläne mit.

»Vater, wenn die ›Janet Coombe‹ zu ihrer nächsten Fahrt ausläuft, möchte ich mitfahren.«

Joseph machte eine Bewegung, als ob er Christopher streicheln wollte.

»Ich wußte, daß du eines Tages doch zur See gehen würdest«, sagte er. »Es ist stärker als du, Chris, denn es liegt dir im Blut, und es wäre sinnlos, dagegen ankämpfen zu wollen. Ich habe lange auf diesen Tag gewartet.«

»Ich werde dafür sorgen, daß du auf mich stolz sein kannst, Vater.«

»Ich glaube dir, Chris, du hast heute viel für mich getan. Das werde ich dir nie vergessen.«

Sie gingen zusammen den Hügel hinab. Joseph hatte den Arm um die Schultern seines Sohnes gelegt.

Langsam begann Joseph wieder Mut zu fassen. Wie im

Flug gingen die nächsten Wochen vorbei. Eines Tages lag die »Janet Coombe« wieder im Hafen von Plyn vor Anker.

Am Tag vor seiner Abfahrt hatte Christopher noch etwas im Geschäft seines Onkels zu erledigen. Onkel Philipp zeigte sich sehr aufgeräumt, als er seinen Neffen sah.

»So! Hast du dich auch dem Meer verschrieben, Christopher?« fragt er. »Ich verstehe nicht, warum ein so aufgeweckter junger Mann wie du sein Leben auf einem Schoner zubringen will.«

Christopher errötete. »Warum nicht?« meinte er.

Philipp betrachtete seinen Neffen eingehend von oben bis unten, lehnte sich in seinem Sessel zurück und kaute am Federhalter.

»Hm. Wenn du den Atlantik hinter dir hast, wirst du wahrscheinlich ganz gerne wieder einmal an Land sein. Eure Mittelmeerfracht geht nach London, wenn ich nicht irre. Bist du schon einmal in London gewesen?«

»Bis jetzt war ich bloß einmal in Bristol«, mußte Christopher etwas beschämt zugeben.

»Ah! London wäre der richtige Platz für einen jungen Menschen wie dich! Es wird dir gefallen. Du hast, scheint mir, eine lebhafte Phantasie? Hab ich recht? London ist ein gutes Sprungbrett für ehrgeizige junge Leute. Schon manch einer, der ohne einen Penny dort ankam, hat es in London zu Einfluß und Ansehen gebracht. Viele würden es vorziehen, ihr Glück in der Großstadt zu machen, anstatt sich, wie du, dem Leben auf einem alten Kasten zu verschreiben.«

»Ich hoffe, ich werde schon meinen Weg machen, Onkel Philipp«, verteidigte sich Christopher. Philipp pfiff leise vor sich hin und schüttelte mißbilligend den Kopf.

Von Zweifeln geplagt, verließ Christopher das Büro.

Die nächsten drei Monate war Joseph ruhig und zufrieden. Vielleicht war die Zukunft doch nicht ganz so grau, wie er sie sich schon ausgemalt hatte. Gespannt erwartete er die Rückkehr seines Sohnes.

Es sah ganz so aus, als sollte die »Janet Coombe« kurz nach Neujahr in Plyn einlaufen. Joseph freute sich auf die Ankunft seines Sohnes, zumal sie aller Wahrscheinlichkeit nach mit

Christophers zwanzigstem Geburtstag zusammenfallen würde.

Weihnachten ging vorüber, doch von der »Janet Coombe« war nichts zu sehen. Man hörte nur von heftigen Stürmen im Kanal, und auch in Plyn löste ein Unwetter das andere ab. Endlich kam die Nachricht, das Schiff sei sicher im Londoner Hafen eingelaufen, und Joseph atmete auf. Jetzt würde es nicht mehr lange dauern. Noch ein paar Tage, und die »Janet Coombe« war wieder in Plyn. Um den Geburtstag des Jungen zu feiern, würde es dann allerdings zu spät sein – aber das war ja nicht so wichtig. Die ganze Familie war versammelt, um Christopher zu empfangen; auch die beiden Brüder Albert und Charles, die nach langer Zeit wieder einmal daheim waren.

Am Morgen des dritten Januar stand Joseph im Garten und hielt nach dem Wetter Ausschau. Ob es wohl heute wieder regnen würde?

Da kam ein Bote und brachte eine Nachricht.

»Für Sie, Mister Coombe«, sagte er.

Joseph riß stirnrunzelnd den Brief auf.

»Könntest Du sofort zu mir kommen? Ich habe Dir etwas Wichtiges mitzuteilen.
Philipp Coombe«

Was, um Himmels willen, wollte Philipp ausgerechnet jetzt von ihm? Drei Jahre lang, seit seiner Heirat, hatten sie nicht mehr miteinander gesprochen. Immerhin, es schien sich um eine dringende Angelegenheit zu handeln. Es sah Philipp eigentlich nicht ähnlich, als erster das lange Schweigen zu brechen. Joseph nahm seinen Hut und machte sich auf den Weg. Seiner Frau rief er zu, daß sie nicht mit dem Essen auf ihn warten solle – es würde vielleicht etwas später werden, bis er wiederkäme.

»Nun?« begann er. »Was gibt es? Daß du mich rufen lassen würdest, hätte ich allerdings am allerwenigsten erwartet. Also, jetzt bin ich hier und warte auf deine wichtigen Mitteilungen. Aber bitte, mach's kurz!«

Philipp betrachtete seinen Bruder eingehend und rieb sich dabei langsam die Hände.

»Immer noch so überheblich wie früher?« begann er sanft. »Es tut mir sehr leid, Joe, aber ich fürchte, dieses Telegramm wird ein schwerer Schlag für dich sein. Ich hielt es für meine Pflicht, es dir persönlich auszuhändigen. Du kannst ruhig näher ans Licht kommen, ich weiß, daß du nicht allzu gute Augen hast.«

Joseph nahm das Telegramm und las:

»Aufgabeort: London. Christopher hat heute abend das Schiff verlassen. Bin gezwungen, ohne ihn abzufahren. Ankunft in Plyn Anfang nächster Woche. Richard Coombe, Kapitän«

»Wo mag Joe nur stecken?« Annie war beunruhigt. »Es ist fast drei Uhr, und er ist immer noch nicht zurück. Ich hätte große Lust, den Tisch abzudecken. Habt ihr denn gar keine Ahnung, wo euer Vater stecken könnte, Jungens?«

Charles und Albert schüttelten die Köpfe.

Einige Minuten später hörte man Schritte im Garten.

»Das wird Vater sein«, sagte Charles.

»Nein, das sind nicht Josephs Schritte«, fand Annie.

Doch als die Tür aufging, stand Joseph vor ihnen. Nicht der Joseph, den sie kannten – sondern ein Mann mit zitternden Händen und zerquälten Augen. Er lehnte müde in der Tür und ließ die Arme herabhängen.

»Joe«, preßte Annie hervor, «was ist geschehen?«

Die beiden Söhne standen auf.

»Vater – um Gottes willen! – was ist los?«

Er bewegte nur müde die rechte Hand.

Dann begann er zu sprechen, jedes Wort abwägend:

»Ich verbiete euch, in Zukunft Christophers Namen in meiner Gegenwart zu erwähnen – weder hier im Haus noch sonstwo will ich seinen Namen hören. Möge er in Armut und Verzweiflung sterben. Ich werde keinen Finger mehr für ihn rühren. Nie wieder will ich ihn sehen, das schwöre ich euch. Und wenn ihr wissen wollt warum – da!«

Er nahm die zerknüllte Depesche aus der Tasche und warf sie auf den Tisch. Ohne ein weiteres Wort ging er in sein Schlafzimmer und sperrte die Tür zu.

12

Christophers Name wurde nicht mehr genannt. Was eigentlich die Gründe für seine Flucht gewesen waren, erfuhr der Vater niemals. Briefe kamen, aber Joseph legte sie jedesmal ungeöffnet zur Seite.

Im Haus herrschte eine kaum noch erträglich Stimmung. Fröhlichkeit und Lachen waren verbannt. Annie wurde von Joseph wie eine Sklavin behandelt und nur noch als Dienstmagd betrachtet. Ihre Schönheit und ihre Jugendlichkeit schwanden bald dahin; ihre Augen wurden trübe und glanzlos, ihre Wangen bleich und eingefallen.

Im Frühling 1890 spürte Annie, daß sie abermals ein Kind erwartete. Sie wagte nicht, sich ihrem Gatten anzuvertrauen.

Als sie dann endlich doch mit ihm sprach, hörte er nur halb hin; er zuckte mit den Schultern und sagte nur:

»Aber, Annie, warum sollte ich denn böse sein? Laß mich jetzt in Ruhe. Was bedeutet das schon für mich!«

Als sie ging, hätte er sie fast zurückgerufen, um ihr ein zärtliches Wort zu sagen. Joseph war von ihrer Mitteilung weit mehr bewegt, als Annie erfahren sollte. Wenn er jetzt einen Sohn bekäme? Einen Sohn, der den verlorenen ersetzen würde? Ein leises Hoffnungsflämmchen begann zaghaft in seinem Herzen zu brennen.

Er sprach mit seiner Frau nicht darüber; aber er bemühte sich, weniger grob zu ihr zu sein.

Damals erneuerte Annie ihre alte Freundschaft mit Philipp Coombe. Eines Tages ging sie auf ihrem Weg in die Stadt gerade an seinem Geschäft vorüber, als er aus der Tür trat. Seit ihrer Hochzeit hatte er es vermieden, ihr zu begegnen. Zum erstenmal seit langer Zeit standen beide wieder einander gegenüber. Annie schlug die Augen nieder und wollte schweigend vorbeigehen, aber er sprach sie an.

»Annie«, sagte er, »ich muß mit dir reden.« Er reichte ihr die Hand. Annie blickte sich scheu um und murmelte etwas von ihrem Gatten.

»Du brauchst keine Angst zu haben. Komm bitte einen Augenblick herein!« Er führte sie in sein Zimmer und schloß die Tür ab.

Annie brach in Tränen aus und verbarg ihr Gesicht in beiden Händen.

»Ich habe dich nicht hereingebeten, um dir deine verrückte Heirat vorzuwerfen«, sagte Philipp. »Ich habe dich damals gewarnt, aber du warst wahrscheinlich noch zu jung, als daß du hättest begreifen können.«

Annie weinte hemmungslos.

»Ich sähe dich lieber tot als so unglücklich, Annie. Sag, warum verläßt du ihn nicht einfach?«

»Wohin sollte ich denn gehen, Philipp? Außerdem darf eine Frau den Mann, den sie geheiratet hat, doch nicht einfach verlassen; und ich brächte es auch gar nicht fertig – trotz allem. Er ist doch völlig hilflos, mit seinen Augen!«

»Lächerlich! Schließlich bist du erst fünfundzwanzig Jahre alt. Das Leben liegt noch vor dir. Es ist auch gar nicht nötig, Joseph ohne jede Hilfe sich selbst zu überlassen. Er gehört nach Sudmin, das weißt du doch ganz genau.«

»Aber, Philipp! Du denkst doch nicht etwa daran, ihn in das Asyl zu stecken? Nein, das wäre ja schrecklich. Das kann doch nicht dein Ernst sein?«

»Ich fürchte, es bleibt gar nichts anderes übrig, Annie. Joseph weiß nicht mehr, was er tut, und kann für seine Handlungen nicht mehr verantwortlich gemacht werden. Es wäre auch für ihn das beste, wenn er ständig unter Beobachtung stünde. Dann könnte er wenigstens kein Unheil anrichten.«

»Nein, Philipp! Das kommt gar nicht in Frage! Joe ist roh und benimmt sich absonderlich, aber er hat noch nie jemandem etwas zuleide getan. Es liegt nicht der geringste Anlaß dazu vor, daß man ihn einsperren müßte.«

»Es wird mit der Zeit aber immer schlimmer mit ihm werden.«

»Es ist in der letzten Zeit schon wieder besser mit ihm geworden, Philipp. Seitdem ich ihm gesagt habe, was mit mir los ist, ist er schon wieder ein bißchen der alte Joseph.«

»Was willst du damit sagen?«

»Daß ich Weihnachten ein Kind bekommen werde.«

Philipp erhob sich vom Stuhl, auf dem er die ganze Zeit neben Annie gesessen hatte, und kehrte ihr schweigend den Rücken.

»Ich möchte, daß du deinen aufrichtigen Freund in mir siehst, Annie, und daß du stets zu mir kommst, wenn du mich brauchst. Die nächsten Monate werden für dich nicht einfach sein. Versprichst du, daß du zu mir kommst, wenn du nicht mehr weiter weißt?«

»Ja, Philipp. Ich danke dir. Aber jetzt muß ich gehen.«

»Auf Wiedersehn, Annie.«

Inzwischen war es Dezember geworden. Für die Weihnachtswoche wurde die Geburt des Kindes erwartet.

Annie fühlte sich seit einiger Zeit recht schwach, die letzten Jahre waren entschieden zuviel für sie gewesen. Katherine hegte allerlei Befürchtungen, und der Doktor, mit dem sie über den Zustand ihrer Stiefmutter sprach, sagte ernst:

»Wenn sie sich jetzt nicht ruhig verhält und jede Anstrengung vermeidet, kann ich für nichts garantieren. Aufstehen und ein bißchen spazierengehen darf sie schon, das würde ihr nicht schaden – im Gegenteil. Aber alles, was sie aufregen könnte, muß unbedingt vermieden werden. Denken Sie daran!«

Heiligabend fühlte sich Annie kräftig genug, um hinunter nach Plyn zu Philipp gehen zu können. Katherine blieb allein im Haus zurück, denn Joseph war zu seiner Schwester Lizzie gefahren. Annie ging langsam den Hügel hinunter bis zum großen Haus auf der sogenannten Seeterrasse, in dem Philipp allein mit seinem Diener und dessen Frau wohnte, die ihm den Haushalt besorgte.

Annie legte sich auf das Sofa, und Philipp schenkte ihr Tee

ein. Sie blieb bis kurz nach sechs Uhr. Sie nahm an, Joseph werde nicht allzu spät zurückkommen, und wollte vor seiner Rückkehr daheim sein. Philipp küßte ihr beim Abschied beide Hände und wünschte ihr alles Gute. Und keiner der beiden bemerkte das Taschentuch, das Annie versehentlich in der Ecke des Sofas zurückließ; das Tüchlein war ein Geschenk Josephs zum ersten Jahrestag ihrer Hochzeit gewesen.

Joseph verabschiedete sich sehr spät auf der Farm. Die Nacht war kalt und wolkenlos, in allen Straßen und Gassen standen noch Menschen und unterhielten sich. Im letzten Haus an der Seeterrasse war noch Licht, und Joseph bemerkte die Gestalt seines Bruders am Fenster. Einen Augenblick besann er sich, dann stieg er die Stufen zum Haustor hinauf und läutete. Es war Heiligabend, und in einigen Tagen würde sein Sohn zur Welt kommen – er empfand plötzlich das Bedürfnis, sich mit seinem Bruder auszusöhnen.

Der Diener öffnete verschlafen. »Ich bin Mister Coombes Bruder und möchte ihm fröhliche Weihnachten wünschen«, sagte Joseph freundlich. Er ging an dem erstaunten Diener vorbei und öffnete die Tür zu dem Zimmer, in dem er seinen Bruder vermutete. Bei Josephs Anblick stieß Philipp einen Laut der Überraschung aus. Sein erster Gedanke war: Annie.

»Was, in Gottes Namen, bringt denn dich um diese Zeit hierher, Joseph? Ist deiner Frau etwas zugestoßen?«

Joseph lächelte und schüttelte verneinend den Kopf. Dann ließ er sich auf dem Sofa nieder. »Ich kam aus freien Stücken, Phil. Ich wollte dir sagen...« Da fiel sein Blick auf das Taschentuch an seiner Seite, und plötzlich wußte er nicht mehr, was er sagen wollte. Er saß aufrecht auf dem Sofa und starrte auf den kleinen Fetzen Stoff.

»Wie kommt Annies Taschentuch hier auf dein Sofa?« begann er leise.

In seinem Kopf arbeitete es heftig. Plötzlich wurde ihm alles klar.

»So, Annie war hier. Hier bei dir. Sag mir die Wahrheit – oder, bei Gott...«

Philipp wurde blaß, als sein Bruder sich erhob.

»Seit wann besucht dich Annie?« flüsterte Joseph heiser und ging langsam auf Philipp zu.

Philipp versuchte ruhig zu bleiben und zwang sich zu einem Lächeln.

»So! Darum bist du also gekommen. Um eine Szene zu machen. Aber den Gefallen werde ich dir nicht tun.«

»Seit wann besucht dich Annie?« wiederholte Joseph unbeirrt, die Fäuste jeden Augenblick zum Zuschlagen bereit. Er vermochte dem Verlangen kaum widerstehen, diesen Menschen da zusammenzuhauen und ihm mit seinen Stiefeln das hämisch grinsende Gesicht zu zertrampeln.

»Seit einigen Monaten sucht Annie Zuflucht bei mir«, sagte er leise, »seitdem du sie nur noch wie ein Tier behandelst, habe ich versucht, mich ihrer anzunehmen.«

»Annie kommt schon seit Monaten hierher zu dir? Willst du damit vielleicht behaupten, sie hätte es gewagt, mich zu hintergehen?«

»Natürlich hat sie dich hintergangen, du Saukerl. Annie hat dich nie geliebt.«

»Du elender Lügner!« Um Joseph schien sich alles zu drehen, er konnte keinen klaren Gedanken mehr fassen. »Weißt du denn nicht, daß Annie ein Kind erwartet?« fragte er.

Philipp lachte. »Ausgerechnet mir mußt du das sagen! Du wagst, mich zu fragen, ob ich das weiß? Du bist ja nicht mehr zurechnungsfähig – du bist verrückt und reif fürs Asyl. Joe, der betrogene Ehemann. Joe, der die ganzen Monate über nichts gemerkt hat. Du bist wirklich nicht mehr normal!«

Joseph wußte nicht mehr, was er tat. Er hob seine geballte Faust und schmetterte sie zwischen die grinsenden Augen seines Bruders. Philipp brach zusammen und lag wie ein Stück Holz auf dem Boden.

Joseph stürzte aus dem Zimmer und sah nichts mehr; vor seinen Augen tanzten schwarze Schatten.

Daheim, in seinem Haus angelangt, stürmte er die Treppen ins Schlafzimmer hinauf und beugte sich, eine Kerze in der Hand, über die schlafende Annie.

»Kathie«, schrie er, »Kathie, komm – schnell – schnell!«

Das Mädchen stürzte, nur mit dem Nachthemd bekleidet, ins Zimmer. »Vater«, rief sie, »Vater, denk daran, was der Doktor gesagt hat, Vater, ich bitte dich!«

Joseph hielt die Kerze in der hocherhobenen Rechten. »So, du hast mich betrogen! Du bist die ganze Zeit über ständig mit Philipp zusammengewesen!«

»Oh, Joe. Ich habe wirklich nichts Schlimmes getan. Ich schwöre es. Philipp war immer nur...«

»Hinter meinem Rücken bist du zu ihm gegangen! Ist das nicht schon schlimm genug?«

»Verzeih mir, Joe. Bitte! Ja, ich hätte niemals zu ihm gehen sollen. Oh, Kathie, mir ist so schlecht! Bitte, lauf zum Doktor. Oh! Mir ist so schlecht!«

»So! Du liebst mich nicht? Du hast mich niemals geliebt – hat er jedenfalls behauptet. Stimmt's?«

»Oh, Joe! Bitte laß mich! Ich kann dir jetzt nicht alles erklären. Verzeih mir – es war sicher nicht recht, was ich getan habe, aber ich war so schwach –, bitte Joe, quäl mich jetzt nicht länger!«

»Du hast mich betrogen – mich hintergangen –, bei Gott, dafür sollst du mir büßen!«

Annie kroch aus dem Bett, drückte sich in den äußersten Winkel und versuchte, sich mit ihren Händen zu schützen.

»Mach, was du willst«, schrie sie verzweifelt, »bring mich und dein armes unschuldiges Kind um! Aber bevor ich sterbe, will ich dir sagen, daß ich dich hasse – ja, ich hasse dich, ich verfluche dich, für alles, was du mir angetan hast. Nirgends sollst du mehr Ruhe finden – von allen sollst du verlassen sein! Jeder in Plyn wird mit dem Finger auf dich zeigen, dich hassen und verabscheuen. Einmal habe ich alles hingegeben für einen einzigen Blick von dir. Aber dein hochmütiges, kaltes Herz habe ich nicht geliebt –«

Die Kerze entfiel Josephs zitternden Händen.

»Janet«, schrie er, »– Janet – Janet!« Das ganze Haus war von seinem Schreien erfüllt. »Janet«, rief er ständig, »hilf mir!«

Dann stürzte er aus dem Haus und lief auf die Felsen zu der alten Burg hinauf.

Er kniete auf der hartgefrorenen Erde, überwältigt von seinem Kummer. Plötzlich glaubte er die leichte Berührung einer Hand auf seinem Kopf zu verspüren. Er fühlte deutlich die Gegenwart eines anderen an seiner Seite. Er erhob die schmerzenden Augen – und erblickte die Frau, die er allzeit geliebt hatte: Janet. Nicht so, wie er sie gekannt hatte, sondern jung und schlank, fast noch ein Mädchen, stand sie vor ihm. Sie drückte ihn an sich und redete ihm liebevoll zu. Da wußte er, daß diese Gestalt der Vergangenheit angehörte, der Zeit, die vor seiner Geburt lag, und wußte auch, daß sie unlöslich mit ihm verbunden bleiben würde.

»Ruhig, Lieber, ruhig, du mußt keine Angst mehr haben, ich werde immer bei dir sein. Niemand wird dir etwas zuleide tun.«

»Wirst du mich nie wieder verlassen?« fragte er.

»Nie! Nie wieder!«

Er kniete nieder und küßte ihre Fußstapfen im Schnee.

Dann aber stieg Nebel auf zwischen ihnen und verbarg sie einander.

Philipp saß mit verbundenem Kopf und einer Binde um sein rechtes Handgelenk hinter seinem Schreibtisch. Samuel und Herbert Coombe saßen ihm ernst und traurig gegenüber.

»Ist es denn wirklich nötig, Joseph in einer Anstalt unterzubringen?« versuchte Herbert noch einmal einzuwenden.

»Hast du denn keine Augen im Kopf«, schnitt Philipp ungeduldig seinen Einwand ab. »Hat er denn nicht schon seine Frau und sein armes, unschuldiges Kind umgebracht? Von seinem gemeinen und hinterhältigen Angriff auf mich wollen wir gar nicht reden. Der Mensch ist gemeingefährlich; er ist völlig unzurechnungsfähig, kann ich dir nur sagen. Es hat keinen Sinn, sich vor der Wahrheit zu verschließen. Heute noch muß Joe nach Sudmin. Ich habe der Anstalt ein Telegramm geschickt, man erwartet ihn dort. Mein Entschluß steht fest!«

Die Brüder griffen nach ihren Hüten und verabschiedeten sich.

Joseph ließ sich ohne den geringsten Widerstand zum

Wagen führen. Er blies in seine Hände, um sie aufzuwärmen, setzte sich still in die Ecke und schien an den beiden unruhigen Pferden seine Freude zu haben. Philipp und der Wärter unterhielten sich flüsternd. Katherine stand unter der Tür und weinte hilflos vor sich hin.

Langsam ging es den Hügel hinab und durch die Straßen der kleinen Stadt Plyn.

Als sie am Hafen vorbeifuhren, sah Joseph die »Janet Coombe«, die eben vor Anker gegangen war. Hell und unwirklich lag sie im Schein der Wintersonne an ihrer Boje und schwankte leise auf und ab. Einen Augenblick riß Joseph die Augen weit auf, und fast schien es, als ob er wieder zu sich zurückgefunden hätte. Dann aber schauderte er zusammen, und das Licht in seinen Augen erlosch. Der Hafen verschwand hinter den Häusern, und die Pferde setzten sich auf der breiten Straße nach Sudmin in Trab.

13

Fünf Jahre lang blieb Joseph in der Anstalt von Sudmin eingesperrt, und er hätte wohl den Rest seines Lebens dort zubringen müssen, hätten sich nicht seine Schwester Elizabeth Stevens und ihr Sohn Fred seiner angenommen.

Im Oktober 1895, als Fred Stevens in Sudmin zu tun hatte, nahm er sich vor, auch seinem Onkel im Asyl einen Besuch abzustatten. Zu seiner Überraschung machte man ihm keine Schwierigkeiten. Als er sich nach Josephs Gesundheitszustand erkundigte, gab man ihm Bescheid, daß es ihm recht gut gehe. Man habe ihn schon vor drei Jahren entlassen wollen, aber seine Familie ließe ihn anscheinend lieber unter Aufsicht. Die Unterhaltskosten seien stets pünktlich eingezahlt worden.

Fred wußte sofort, daß mit dem Wort »Familie« nur Philipp gemeint sein konnte. Man führte ihn über verschiedene Treppen und Gänge, bis er Joseph endlich an einem offenen Fenster sitzen sah.

Fred ging zu ihm und nahm seine Hand.

»Onkel Joseph«, sagte er ganz sanft, »hast du denn deinen Neffen Fred ganz vergessen?«

Joseph drehte sich um und betrachtete den jungen Mann vor ihm eingehend.

»O Fred!« sagte er. »Das ist wirklich eine Überraschung. Schön, daß du dich wieder einmal zeigst. Was hast du denn die ganze Zeit über gemacht? Weißt du, ich bin schon sehr lange hier. Sie sind alle sehr nett zu mir, aber ich wünschte doch, ich wäre wieder zu Hause. Kannst du nicht mit ihnen reden und sie fragen, ob ich jetzt wieder heim darf?« Er lächelte schüchtern wie ein kleines Kind.

»Du mußt dich nicht aufregen, Onkel. Ich werde sehen, was ich für dich tun kann. Würdest du gern wieder in Plyn sein?«

»Natürlich, Fred. Ich hab's hier zwar sehr gut, aber am besten ist's doch immer daheim. Ja, daheim ist's am besten.«

Die Familie wurde von Lizzie vorsichtig auf Josephs Entlassung vorbereitet, und im alten Haus auf dem Hügel richtete man alles für seine Ankunft her. Katherine hatte nichts gegen die Rückkehr ihres Vaters einzuwenden. Sie wollte gern wieder für ihn sorgen, wenn alle meinten, er sei harmlos.

Eines Morgens – es war im November – kehrte Joseph wieder in das Haus seiner Eltern auf dem Hügel zurück. Katherine erwartete ihn auf der Türschwelle.

Er war glücklich und zufrieden, als er die altgewohnte Umgebung wieder um sich sah. An all das Schreckliche, das vorgefallen war, konnte er sich nicht mehr erinnern. Auch die ersten Jahre in der Anstalt waren aus seinem Gedächtnis ausgelöscht. Er war wieder daheim, hier würde er Ruhe finden.

Nur selten verließ er das Haus. Auf den Arm seiner Tochter gestützt, ging er langsam bis zur alten Burgruine hinauf. Dort stand er dann lange gedankenverloren und ließ den Wind in seinen jetzt schneeweißen Haaren und seinem grauen Bart spielen.

»Weißt du, Kathie, ich bin wirklich überall herumgekommen, hoch oben im kalten Norden und in der glühenden Hitze der Tropen. Ich habe fast die ganze Welt kennengelernt, aber nichts geht über den Hafen von Plyn, wenn er so im letzten Schimmer der untergehenden Sonne daliegt. Hier fühle ich mich daheim. Vielleicht ist das der Grund, Kathie, weswegen ich jetzt so glücklich bin.«

Anfang Mai 1900 begann sich Joseph sehr schwach zu fühlen. Katherine ahnte, daß sein Leben zu Ende ging. Seine Gedanken waren ständig abwesend, er wußte kaum noch, wo er war. Sie mußte ihn ankleiden und auf ihn aufpassen wie auf ein kleines Kind. Albert und Charles waren weit fort, und Fred sollte demnächst heiraten.

Katherine wußte nicht, an wen sie sich wenden sollte; mit Philipp hatte sie nie ein Wort gewechselt.

Eines Tages kam ein Brief, der in London abgestempelt war. Sie riß ihn mit zitternden Fingern auf, denn sie hatte die Schrift ihres Bruders Christopher erkannt. Er hatte Heimweh und sehnte sich nach seiner Familie, besonders aber nach seinem Vater. Er fragte, ob Vater ihm denn noch immer nicht verziehen habe, er habe so oft geschrieben, aber nie eine Antwort bekommen.

Armer Christopher! Er hatte nichts von all dem erfahren, was sich inzwischen abgespielt hatte. Katherine beschloß, ihrem Bruder zu antworten, ohne den anderen etwas zu sagen. Sie würde ihm schreiben und ihn anflehen, er möge sofort heimkommen, da der Vater sehr schwach sei und sie das Schlimmste befürchten müsse. Katherine schrieb Christopher einen langen Brief, in dem sie ihm ausführlich mitteilte, was unterdessen alles geschehen war.

Drei Tage darauf kam ein Telegramm; es trug die Unterschrift von Christopher, der sich für Samstag in Plyn anmeldete.

Freitag, den 28. Mai, abends, verließ Katherine ihren Vater, der ruhig im Garten saß, und ging in die Stadt, um ihren Tanten Mary und Martha mitzuteilen, daß am kommenden Morgen Christopher eintreffen werde.

Es wurde allmählich Abend, die Sonne glänzte auf den

Dächern der Häuser, tauchte die Anhöhen um Plyn in ein seltsames Licht und bildete eine flammend gelbe Straße auf dem Meer. Joseph war unruhig.

Er kehrte sein Gesicht der untergehenden Sonne zu und spürte ihre letzten Strahlen auf seinen halbblinden Augen. Der Abendwind spielte mit seinem Haar. Er hörte die Schreie der Möwen und das träge Klatschen der Wellen an den Quadern des Hafens. Hinter dem Hafen lag das Meer, still und grau, bis auf das goldene Band, das die scheidende Sonne als letzten Abschiedsgruß darüber hingebreitet hatte.

Joseph fühlte eine unwiderstehliche Sehnsucht nach dem Meer. Er wollte das Wasser mit den Händen berühren und sich von den Wellen und dem Wind tragen lassen. Er sehnte sich nach dem salzigen Naß auf den Lippen und dem Ächzen der Segel hoch oben über ihm. Irgendwo im Hafen mußte die »Janet Coombe« liegen. Allein, rings von den schweigenden Wassern umgeben, mit ihren zwei Masten zum Abendhimmel aufragend.

Joseph erhob sich langsam aus seinem Stuhl. Er trat aus dem Garten und ließ das Haus, in dessen Fenstern sich golden die Sonne spiegelte, allein.

Auf seine Augen konnte er sich nicht mehr verlassen. Aber schneller, als er gedacht hatte, war er an der Werft, die zu dieser Zeit still und verlassen lag. Unten an der Treppe mußte sich ein Boot befinden. Joseph erinnerte sich noch genau, wie man dort vor dreißig oder vierzig Jahren ein Boot festgemacht hatte – für den Fall, daß einmal etwas passierte, hatte man damals erklärt. Das Boot war noch da. Langsam und schwerfällig stieg Joseph hinein, mit steifen, zitternden Fingern band er das Tau los, mit dem es angebunden war. Er ergriff die Ruder und brachte das Boot mit ungeübtem Arm an den Eingang zum Hafen. Einen Augenblick lang vergoldeten noch die letzten Strahlen der Sonne die Spitzen der Hügel; ein letztes Mal leuchteten die Wellen auf – und erloschen. Und langsam krochen die schwarzen Schatten der Dämmerung über das Meer und das Land.

Joseph war wieder der kleine Junge, das Kind, das zum erstenmal Boot fuhr. Neben ihm saß die Mutter und zeigte ihm, wie man die schweren Ruder handhabt.

Joseph war wieder der Knabe, der lachende, unruhige Knabe, der mit kurzen, ungeduldigen Schlägen ruderte und Janet anlachte, die am Heck des Bootes saß.

Joseph war wieder ein junger Mann voll Begeisterung und Abenteuerlust, trunken von der großen Ungewißheit, die das Meer und seine vier Winde versprachen.

Joseph war wieder Kapitän. Er sehnte sich danach, die schwankenden Planken des Schiffs unter den Füßen zu haben. Er sehnte sich nach dem Rasseln der Ankerketten und den Schreien der Möwen, hoch oben im Mastbaum.

Joseph war wieder Vater. Mit offenem Mund bewunderte er das Kind in den Armen von Susan, seiner Frau.

Joseph war wieder mit seinem Sohn auf dem Meer. Entsetzen in den braunen Augen, klammerte Christopher sich an seinem Bein fest und wies nach den drohenden Wellen, die sich hinter dem Schiff zu Bergen türmten.

Joseph war wieder verliebt. Vor ihm saß Annie, die Augen mit den Händen bedeckend, als schäme sie sich vor dem grellen Tageslicht.

Joseph war ein Greis. Des Lebens müde, nur noch auf Erlösung von seinem jämmerlichen Dasein harrend. Draußen auf dem Meer wartete die, die er liebte – wartete auf ihn.

Joseph war nichts mehr von allem, nichts als ein Geist, der die irdischen Fesseln abgeschüttelt hatte und aus den Tiefen der Finsternis und Verzweiflung auf die Höhen der strahlenden Hügel gelangt war.

Die Nacht sank auf das Meer herab; der Wind und die Wellen tobten. Sturmwolken jagten über den finsteren Himmel. Grelle Blitze und krachende Donnerschläge vermählten sich mit dem Tosen der Wellen.

Eine Woge nach der anderen erhob sich gigantisch und stürzte sich über das Boot.

Joseph warf den Kopf in den Nacken und lachte. Dann breitete er die Arme aus, und die Wasser rissen ihn in die Tiefe.

DRITTES BUCH

Christopher Coombe

1888–1912

1

Als Christopher im August 1888 in Plyn seine erste Schiffsreise als Matrose antrat, war er fest entschlossen, sich von nun an für alle Zeit der Seemannslaufbahn zu verschreiben. Er würde, wie einst sein Vater – und jetzt sein Vetter Dick –, Kapitän der »Janet Coombe« werden. Er war überzeugt, jeder junge Mann, der genügend Mut und Verstand besaß und außerdem fleißig lernte, könne in kurzer Zeit sein Kapitänspatent erwerben.

So ungefähr waren Christophers Überlegungen gewesen, als er, über die Reling gelehnt, die in der Ferne verschwindenden Umrisse der Stadt Plyn betrachtete, die schließlich nur noch einen grauen, formlosen, kleinen Streifen am Horizont bildeten. St. John's auf Neufundland war das erste Ziel; dazwischen lagen viele lange Tage auf den unendlichen grauen Wassern des Atlantiks.

Er befand sich in ungewohnter Gesellschaft. Im Vorschiff waren außer ihm noch vier andere Matrosen und der Koch untergebracht, der Kapitän und der Maat logierten, wie üblich, im Heck des Schiffes.

Die Mannschaft eines kleinen Schoners unterschied sich erheblich von der eines großen Clippers, auf dem jeder unbehelligt blieb, solange er seine Arbeit recht verrichtete. Auf einem kleinen Frachtschiff war man niemals allein, auch zum Ausruhen war wenig Zeit, denn alle Augenblicke hieß es: »Alle Mann an Deck!« Bald galt es, die Segel zu reffen, bald, sie zu hissen. Naß bis auf die Haut, mit leerem Magen und schmerzenden Gliedern, seekrank und erschöpft, stürzte Christopher dann mit den anderen aus dem Vorschiff. Meist war draußen stockfinstere Nacht, der Wind heulte, der Regen knallte wie Peitschenhiebe aufs Deck, und am Mast klatschten die Fetzen des Toppsegels. Jetzt galt es, ein neues aufzuziehen. Das Schiff schwankte und ächzte, er fand sich an Deck nicht mehr zurecht, nirgends konnten seine Füße einen Halt finden, eine Welle hätte ihn fast am Mastbaum zerschmettert. Aber – es war ein »günstiger Wind«, wie man ihm sagte, man hoffte, daß er bis ans Ende der Reise anhalten würde.

Christopher fühlte sich sterbenselend, er klammerte sich an den nächstbesten Gegenstand. Irgend jemand brüllte ihm etwas zu. Er spürte keinen Unterschied mehr zwischen Tau und Holz, jedes Gefühl war aus seinen klammen Fingern gewichen, seine abgerissenen Nägel schmerzten unerträglich. Er kletterte in die Wanten hinauf und versuchte den anderen zu helfen. Unter ihm schäumte wild das Meer, jeder Fehltritt konnte den Tod bedeuten. Er verstand kein einziges Wort, das man ihm zurief. Wenn das nur ein »günstiger Wind« war, wie mochte dann erst ein Sturm sein?

Sie brauchten mehr als vier Wochen bis St. John's, denn der Wind schlug um, und sie waren gezwungen, eine nördliche Route zu wählen. Einer aus der Mannschaft meinte, es sei eine traurige Überfahrt, aber wenigstens hätten sie bisher kein Eis an den Segeln und Tauen gehabt. Dabei war es erst September. Christopher war mager geworden, denn das Essen an Bord war schlecht, und geschlafen hatte er auch nur selten.

Viel zu stolz, seine Leiden zuzugeben, schrieb er seiner Familie nur einen kurzen Brief. Er gab eine knappe Übersicht über die Reise und teilte in wenigen Worten mit, daß es ihm, den Umständen entsprechend, gutginge.

Die »Janet Coombe« blieb nur wenige Tage in St. John's. Dann war sie wieder unterwegs, mit einer Ladung Fisch, und segelte dem Mittelmeer zu. Die nächsten zwei Monate waren hart für den jungen Matrosen. Sie löschten ihre Fracht bereits in Oporto und kehrten, ohne einen englischen Hafen anzulaufen, wieder nach Neufundland zurück. Diesmal war das Schiff ohne Ladung, und trotz des anhaltend schönen Wetters tanzte und hüpfte es auf den Wellen wie ein junges Füllen. Christopher war fast ständig seekrank, und er fand wenig Mitleid bei seinen Kameraden. Vetter Dick, der Kapitän, hatte andere Sorgen und konnte sich nicht um seinen jüngsten Matrosen kümmern.

Christopher war verzweifelt. Seinem Vater zuliebe hätte er gern alles ausgehalten, aber dieses Leben konnte er nicht ertragen. Eine Woche lang hatte er kein Auge zugetan, jeden Augenblick war an Deck etwas zu tun gewesen: Segel flicken,

Segel setzen, Segel bergen. Er war völlig erschöpft, jeder einzelne Knochen seines Körpers tat ihm weh.

Zwei Tagereisen vor London liefen sie auf. Es war nicht gefährlich, aber jede Hand wurde an der Pumpe gebraucht, bis das Schiff endlich sicher vor Anker lag. Christopher war am Ende seiner Kräfte und fing an, das Schiff und das Meer zu hassen.

Lieber über Bord springen und diesem Leben ein Ende bereiten als noch einmal ausfahren. Das waren Christophers Gedanken, als die »Janet Coombe« nach dem Lotsen signalisierte und sie endlich langsam die breite Themsemündung hinauffuhren.

Dies war also das sagenhafte, berühmte London. Hier konnten es arme, völlig mittellose junge Menschen zu Reichtum und Ansehen bringen. In dem grauen Nebel, der aus dem Fluß emporstieg und alles mit gierigen Fingern wegraffte, war nicht viel von der Stadt zu sehen.

Es war ihm unmöglich, weiterhin als Matrose auf der »Janet Coombe« zu bleiben. Er liebte und verehrte seinen Vater, aber dieses Dasein konnte er nicht länger aushalten. Es gab noch andere Dinge auf der Welt als das Meer und ein kleines Schiff. Was hinderte ihn eigentlich daran, sein Glück in London zu machen? Onkel Philipp hatte ihm vom Glanz der großen Stadt erzählt und vom Weg zum Ruhm, der jedem ehrgeizigen jungen Mann dort offenstand. Nun, Christopher Coombe war ehrgeizig, er würde seiner Familie und ganz Plyn beweisen, was er konnte. Eines Tages würden sie einsehen, wie richtig er gehandelt hatte, als er dem Meer den Rücken kehrte; voll Stolz und Achtung würden sie auf den Mann blicken, der sich in der Großstadt durchgesetzt und es dort zu Wohlstand und Ansehen gebracht hatte.

Gegen Abend, kurz bevor die »Janet Coombe« wieder in See ging, verließ Christopher das Schiff und lief davon, ohne sich auch nur ein einziges Mal umzudrehen und der weißen Galionsfigur einen Blick zu schenken.

Mit fünf Pfund in der Tasche befand sich Christopher allein in der großen, fremden Stadt London.

Vierzehn Tage ließ er sich nur vom Strom der Großstadt treiben. In der dritten Januarwoche stellte er überrascht und entsetzt fest, daß er nur noch einen Shilling und neun Pence besaß. Zunächst war er wie vor den Kopf geschlagen, dann riß er sich zusammen und beschloß, jede Stelle zu nehmen, die sich ihm gerade bieten würde.

Als er vor der Fischhandlung Druce in Albany Street auf einer Tafel »Junger Mann gesucht« las, trat er ein und bat in bescheidenen Worten, man solle einen Versuch mit ihm machen.

So wurde Christopher Coombe aus Plyn in Cornwall Handlungsgehilfe bei einem kleinen Fischhändler in Albany Street.

Er war froh, daß er nicht zu hungern brauchte, aber stolz auf seine neue Stellung war er keineswegs.

Damals schrieb er einen langen Brief nach Hause, in dem er seinen Vater um Verzeihung bat.

Aber dieser Brief wurde ungeöffnet in ein Kästchen gelegt und zusammen mit vielen anderen erst nahezu fünfunddreißig Jahre später, im Jahr 1925, von Jennifer Coombe gefunden.

2

Es vergingen einige Monate. Christopher war immer noch Gehilfe in der Fischhandlung Druce; er freute sich über den wöchentlichen Lohn, von dem ihm allerdings nach Begleichung der Rechnung für sein Zimmer nicht viel übrigblieb. Von der Großstadt hingegen, die ihm Onkel Philipp so ganz anders geschildert hatte, war er tief enttäuscht.

Wenn er nur eine Stelle in einer größeren Firma gefunden hätte, das wäre schon ein Schritt weiter gewesen. Er besaß eine klare, deutliche Handschrift, schrieb ein fehlerloses Englisch und war in der Schule immer einer der Besten gewesen, wenn auch sein Betragen manchmal zu wünschen übriggelassen hatte. Es sollte für ihn doch nicht so schwierig sein, eine bessere Stellung zu finden.

Aus solchen Überlegungen heraus beschloß Christopher,

sich in einer Abendschule einzuschreiben und sein Wissen aufzufrischen.

Abend für Abend saß er jetzt lernbegierig zwischen jungen Burschen, die kaum halb so alt waren wie er, und Männern, die gut und gerne seine Väter hätten sein können. Zu seinem Glück empfand Mr. Curtis, der Lehrer, vom ersten Augenblick an eine gewisse Sympathie für seinen neuen Schüler und nahm sich seiner besonders an.

Der Fischverkauf nahm auf jeden Fall viel zuviel Zeit und Mühe in Anspruch. Christopher sprach mit seinem Lehrer wiederholt über seinen Beruf, und Mr. Curtis merkte, sein Schüler besaß vorläufig noch keine bestimmte Vorstellung von der Art der Arbeit, die ihm zusagen würde.

Nach sechs Wochen Abendschule schlug der Lehrer dem Schüler vor, er solle es doch mit einer Stelle als Postbeamter versuchen.

Mr. Curtis zog Erkundigungen ein, und schon wenige Wochen später, nachdem alle nötigen Formalitäten erledigt waren, befand sich Christopher auf seinem neuen Posten, wo er als angehender Beamter Ihrer Majestät der Königin fungierte.

Am ersten Mai trat Christopher im Postamt Warren Street seine neue Stelle an. Mr. Curtis riet ihm, dort versuchsweise drei Monate zu bleiben, um sich dann, wenn ihm die neue Arbeit zusagte, mit seiner Hilfe auf die Prüfungen vorzubereiten, die er vor der endgültigen Anstellung bestehen müsse.

Unterdessen war es September geworden. Man schrieb das Jahr 1889. Es war schon über ein Jahr her, daß Christopher seine Heimat verlassen hatte. Weder von seinem Vater noch von irgend jemand anderem aus seiner Familie hatte er jemals etwas gehört. Er schrieb auch weiterhin regelmäßig nach Hause, aber seine Briefe wurden immer kürzer und flüchtiger. Er empfand es als ungerecht, daß man ihn wie einen Verbrecher behandelte. Mehr denn je war er nun entschlossen, nicht nach Hause zurückzukehren.

In seinem neuen Beruf machte Christopher die Bekanntschaft eines jungen Mannes, Harry Frisk mit Namen, mit dem er sich bald anfreundete. Mit ihm pflegte er von nun an seine Freizeit zu verbringen.

Eines Tages gestand Christopher seinem neuen Freund, daß er sich in seiner Pension in der Albany Street sehr einsam fühle und gern in eine andere Wohnung ziehen möchte.

»Aber warum haben Sie mir das noch nie gesagt?« rief der andere verwundert aus. »Sie sind ein komischer Kauz! Ich habe immer angenommen, Sie wären gerne allein und würden auf keinen Fall anderswohin ziehen. Sie kommen natürlich zu mir. Die Pension, in der ich wohne, ist sehr anständig und hat einen guten Ruf. Sie gehört Missis Parkins, einer Witwe mit drei Töchtern. Ich muß sagen, daß ich mich bei ihr noch nie einen Augenblick einsam gefühlt habe. Wir vertragen uns alle ausgezeichnet. Es ist übrigens nur zwei Minuten von Ihrer jetzigen Wohnung entfernt. Ach, kommen Sie doch am Sonntag einfach zum Tee, da kann ich Sie vorstellen. Missis Parkins ist zwar ein bißchen eigen mit ihren Mietern, sie nimmt nicht jeden x-beliebigen – aber Sie sind doch schließlich ein Freund von mir. Ist Ihr Vater nicht Schiffseigentümer oder so etwas Ähnliches?«

»Er war Kapitän der Handelsmarine.«

»Das ist ja mehr oder weniger dasselbe. Sie wissen ja, wie die Menschen sind; sie sind glücklich, wenn man ihnen irgendeinen Titel bieten kann.«

Ein paar Tage später zog Christopher in das Haus Nummer sieben in der Maple Street ein. Aber dort zu leben, war gar nicht so einfach. Obgleich der Name der Pension »Liberty Hall« war, gab es unzählige Regeln, nach denen man sich richten mußte, und viele Beschränkungen der persönlichen Freiheit. Dies tat man nicht, das schickte sich nicht, und jenes wiederum zeugte nicht von gutem Geschmack.

Es war ein merkwürdiger Kreis, in den er hineingeraten war. Seine Arbeit im Postamt war anstrengend und langweilig, er sehnte sich nach der frischen Luft von Plyn, dem Salzgeschmack der Brise und dem Tosen der Brandung. Christopher war enttäuscht – jedoch nur bis zu dem Augenblick, da Bertha Parkins, die älteste der drei Töchter des

Hauses, die einige Zeit bei Verwandten gewesen war, wieder in ihr Elternhaus zurückkehrte. Das erste Zusammentreffen mit ihr blieb ihm unvergeßlich.

Er war gerade heimgekommen und hatte eben die Tür zum Wohnzimmer geöffnet. Mrs. Parkins schoß aus ihrem bequemen Lehnsessel am Kamin. »Oh, Bertha, du kennst Mister Coombe noch nicht! Darf ich bekannt machen: Mister Coombe, meine älteste Tochter, Bertha.«

Eine schlanke, ebenmäßige Gestalt erhob sich vom Klavier, wo sie soeben einige neue Noten durchgeblättert hatte, und nickte ihm zu. »Es freut mich, daß ich Sie bei uns begrüßen darf, Mister Coombe«, sagte Bertha. Christopher starrte sie an und errötete. War das wirklich eine Parkins? Sie ähnelte in keiner Beziehung ihren verschüchterten, schwerfälligen Schwestern. Eher glich sie dem Bild im Eßzimmer, auf dem eine elegante Dame in Weiß vor einem grüngoldenen Gartenhintergrund abgebildet war. Was würde sie wohl von ihm denken? Von ihm, mit seinen ungeschickten Manieren und seinem unmöglichen Dialekt, der seine Herkunft aus Cornwall sofort verriet.

Christopher war verwirrt. Bisher hatten in seinem Leben – abgesehen von seiner Mutter – als weibliche Wesen nur seine Schwester und seine Kusinen eine Rolle gespielt. Er brachte es nicht fertig, Bertha Parkins gegenüber auch nur einen einzigen vollständigen Satz herauszubringen. Er stammelte zusammenhanglose Worte, wenn er sie sah. Es hatte keinen Zweck, es länger ableugnen zu wollen: Er war verliebt. Er war unglücklich, wenn er nicht mit Bertha zusammen sein konnte. Der lange Arbeitstag im Postamt schien überhaupt kein Ende zu nehmen, wenn er nicht wußte, daß er nach Arbeitsschluß irgendwo mit ihr zusammentreffen würde.

Ob die anderen Pensionäre wohl etwas gemerkt hatten? Ja, natürlich... Mrs. Crisp flüsterte ihre Beobachtungen Mrs. Stodge zu, und Mrs. Davis seufzte von Zeit zu Zeit laut, wenn sie träumerisch einen der unvermeidlichen Chopin-Walzer spielte. Miß Edith und Miß May tuschelten geheimnisvoll miteinander in den Ecken, und Mr. Black, der Fetthändler, horchte an den Türen. Er war es auch, der Christopher mitteilte, daß das ganze Haus angespannt auf die weitere Entwicklung warte.

Eine Woche nach der andern verging, ohne daß Christopher den Mut gefunden hätte, Bertha Parkins seine Liebe zu gestehen.

Es hätte noch lange so weitergehen können, wenn nicht am 26. April Stanleys Rückkehr aus Afrika dazwischengekommen wäre. Bertha hatte den Wunsch geäußert, beim Empfang am Victoria-Bahnhof dabeisein zu dürfen. Anfangs hatte ihre Mutter die Erlaubnis verweigert, bis Christopher sich schüchtern als Begleiter erbot. Das änderte natürlich die Sache. Allein hätte ein junges Mädchen sich natürlich nicht hinwagen können – aber in Begleitung eines wohlerzogenen jungen Mannes? Mrs. Parkins lächelte zustimmend, und ihre Tochter errötete freudig. Die ganze Pension spürte, daß der große Augenblick näherrückte. Black, der Fetthändler, bestellte beim Essen ein zweites Glas Wein und versuchte – sehr zu ihrem Mißvergnügen – die Hand von Miß Tray unterm Tisch zu fassen. Der sonst immer so stille und zurückhaltende Mr. Wooten begann plötzlich, May Parkins den Hof zu machen, und Arnold Stodge las im Wohnzimmer seiner Frau laut aus dem neuesten Roman von Ouida vor.

Am folgenden Abend standen Christopher und Bertha, eng aneinandergedrängt, in der Menschenmenge, die sich vor dem Victoria-Bahnhof versammelt hatte.

Ihr gelang tatsächlich ein Blick auf den berühmten Afrikareisenden, der schon in der nächsten Sekunde wieder in der Menge verschwunden war.

»Was für eine prachtvolle Erscheinung!« rief Bertha begeistert. »Finden Sie nicht auch, Mister Coombe?«

»Ich habe ihn zwar kaum gesehen, Miß Parkins, aber Sie haben sicherlich recht.«

Sie begaben sich auf den Heimweg. Als sie umsteigen mußten, ergriff Christopher Berthas Arm.

»Miß Parkins«, meinte er heftig atmend, »müssen wir uns denn so beeilen? Fänden Sie es sehr unpassend, wenn ich eine kleine Spazierfahrt in einer Droschke durch den Regent's Park vorschlagen würde?«

»Oh, Mister Coombe – ich weiß wirklich nicht –, vielleicht – eigentlich wäre es recht nett.«

»Sie haben also nichts dagegen? Hurra! Oh, entschuldigen Sie bitte, daß ich so aufgeregt bin. – Ich hoffe, es wird nicht allzu schwer sein, eine Droschke aufzutreiben.«

Als sie zehn Minuten später in einem Wagen saßen, ergriff Christopher kühn Berthas Hand. Sie zog sie nicht zurück. Sie seufzte nur und langte mit der freien Hand nach ihrem Pelzumhang, um ihn dichter zusammenzuziehen.

»Fahren Sie noch einmal denselben Weg«, befahl er dem Kutscher, als dieser am Ausgang des Parks anhielt.

»Miß Parkins«, begann er, »Miß Bertha – ich –, darf ich Sie Bertha nennen?«

Sie drückte ihm als Antwort nur stumm die Hand.

Er fand keine Worte für das, was er ihr sagen wollte.

Er redete völlig wirr und versuchte, ihr seine Liebe zu gestehen.

Schließlich zog er ihre Hand an seine Lippen und küßte sie.

»Bertha – ich –, ich möchte Sie bitten, meine Frau zu werden.« Jetzt war es heraus. Eine Zeitlang sagten sie beide kein Wort. Endlich zog sie die andere Hand aus dem Muff und legte sie auf die seine.

»Christopher«, flüsterte sie, »wie konnten Sie ahnen?«

»Ahnen? Was ahnen?« Er versuchte ihr in die Augen zu blicken.

»Daß ich Sie schon lange liebe.« Sie verbarg verlegen ihr Gesicht im Muff. Christopher glaubte verrückt zu werden. War das möglich? Er mußte sie mißverstanden haben! Er legte den Arm um sie. Alle »guten Manieren«, die er in der Pension gelernt hatte, waren verflogen.

»Könntest du nicht deinen Schleier fortnehmen?« Sie gehorchte. Christopher befahl dem Kutscher, noch mehrmals die Runde durch den Park zu machen. »Aber langsam!« fügte er hinzu.

Dann nahm er Bertha in seine Arme.

So machte Christopher Coombe im Jahre 1890 Bertha Parkins seine Liebeserklärung.

3

32, York Road,
Nr. Camden Town.

22. November 1890.

Mein lieber Vater,
Tag für Tag denke ich an Euch daheim und habe das Bedürfnis, Euch wissen zu lassen, wie glücklich ich bin, seit ich geheiratet habe. Ich erhielt leider keine Antwort auf meinen Brief, in dem ich Euch meine Verlobung mitteilte, und fürchte, er ging verloren. Unsere Hochzeit fand am 16. August in Marylebone statt. Ich wäre so gern mit Bertha nach Plyn gekommen, aber es ergab sich leider keine Möglichkeit. Wenn ich meine nächste Prüfung beim Königlichen Postministerium bestanden habe, werde ich endlich einmal etwas länger Ferien machen können und dann nach Plyn kommen. Wenn ich kein Glück haben sollte, versuche ich etwas anderes anzufangen; die Arbeit bei der Post ist sowieso nicht erfreulich. Du wirst Dich vielleicht wundern, warum wir nicht früher geheiratet haben. Aber meine Schwiegermutter bestand auf vier Monaten Verlobungszeit. Sie hat sehr bestimmte Vorstellungen, mußt Du wissen.
Bertha möchte London auf keinen Fall verlassen, denn sie hängt sehr an ihrer Familie. Ich sehne mich zwar sehr nach Plyn, aber ich würde es nie übers Herz bringen, meine Frau von ihrer Familie zu trennen. Ich hoffe immer noch, von Dir, Albert und Charlie einmal zu hören. Ich habe Albie so oft geschrieben, aber nie eine Antwort von ihm erhalten. Weder von ihm noch von Dir oder den anderen. Ich habe doch nur getan, was ich für meine Pflicht hielt. Warum hast Du mir immer noch nicht verziehen? Es geht mir manchmal durch den Kopf, daß ich der einzige Coombe bin, der sich bis jetzt in London niedergelassen hat. Ich kann jeden nur vor dieser Stadt warnen, denn sie entspricht so gar nicht den Vorstellungen, die man sich im allgemeinen von ihr macht. Lieber Vater, ich glaube, dies sind alle Neuigkeiten, die ich heute für Dich habe.

Ich hoffe, es geht Dir gut, und bleibe mit den herzlichsten Grüßen – auch von Bertha –
Dein treuer Sohn
Christopher Coombe.

Nach ihrer Hochzeitsreise hatten Christopher und Bertha ihre eigene Wohnung bezogen. Mit der Mutter als Rückhalt versuchte sich Bertha eine gewisse Unabhängigkeit ihrem Gatten gegenüber zu bewahren. Die Mutter und die beiden Schwestern bildeten eine Schranke zwischen Christopher und ihr, die der junge Ehemann nicht zu überwinden vermochte. Wäre sie immer mit ihm allein gewesen, hätte sie sich wahrscheinlich schnell befreit von all den engherzigen Anschauungen und der ständigen Voreingenommenheit allem Neuen gegenüber, wie sie in ihrer Familie üblich waren.

Bis sein Sohn Harold – im Frühsommer 1891 – geboren wurde, hatte Christopher deswegen manche Auseinandersetzungen mit seiner Frau. Berthas Zustand wurde allen Bekannten verheimlicht; ihrem Gatten, der es von Plyn her anders gewohnt war, blieb es ein Rätsel. Warum sollte man nicht davon sprechen, daß Bertha ein Kind erwartete? In Plyn wäre das selbstverständlich gewesen.

Als er eines Tages strahlend mit einem wollenen Mützchen heimkam, das er in irgendeinem Laden erstanden hatte, und es begeistert seiner Frau zeigen wollte, die gerade mit ihrer Mutter, ihren Schwestern und zwei befreundeten Damen beim Tee saß, unterbrach ihn Mrs. Parkins sofort:

»Du nimmst gewiß auch eine Tasse Tee, Christopher?«

»Vielen Dank, gern«, stammelte er, errötete wie ein Kind, das man bei einer Untat ertappt hatte. Was für ein steifes, unnatürliches Benehmen! Es war wirklich nicht einfach, den Anstandsregeln der Familie Parkins gerecht zu werden. Und doch schätzte er sich glücklich, daß ein Mädchen, das eine so hervorragende Erziehung genossen hatte und aus einer so vornehmen Umgebung stammte, seine Frau geworden war.

Als das Kind ohne jeden Zwischenfall zur Welt gekommen war, waren alle stolz und zufrieden. Der kleine Harold brachte viel Aufregung und Unruhe in das vorher so stille

Heim. Um den Vater allerdings kümmerte sich niemand; man tat, als ob ihn die ganze Angelegenheit nichts anginge.

Christopher hatte kein Glück bei den Prüfungen, die er ablegen mußte, um bei der Post fest angestellt zu werden. Er machte sich Vorwürfe, daß er nicht genug Zeit auf seine Vorbereitungen verwendet, zu wenig gearbeitet und zu viel gefaulenzt habe. Aber schließlich fand er sich mit der Tatsache ab, daß seine Arbeit bei der Post nun zu Ende war; eigentlich hatte sie ihm nie besonders zugesagt.

Den Sommer und Herbst über lebten die Coombes ganz angenehm von Christophers Ersparnissen, aber gegen Ende des Jahres kam für den stellungslosen jungen Mann ein schwerer Schlag. Er hatte, wie viele, den größten Teil seines Vermögens in Aktien der Liberator-Baugesellschaft angelegt, die eine gute Dividende versprachen, und machte schon allerlei Pläne, was er mit den bald zu erwartenden Geldern alles beginnen würde, als der ganze – damals unter dem Namen »Balfour-Group« bekannte – Konzern zusammenbrach.

Zu jener Zeit schreib er folgenden Brief nach Hause:

Mein lieber Vater!
Entschuldige bitte mein langes Schweigen. Ich hoffe, es geht Dir gut, und ich wünsche Dir, daß Du noch viele Jahre gesund bleiben mögest und ohne Sorgen und Nöte einst Deine Tage beschließen kannst. Es tut mir wirklich sehr leid, daß ich Dich so lange ohne Nachricht gelassen habe. Ich wünschte nur, Du könntest uns von Zeit zu Zeit besuchen. Du hättest sicher die größte Freude an meiner Frau und unserem Jungen. Ich habe aufgehört zu schreiben, weil ich nie eine Antwort bekam. Vielleicht begreifst Du das.
Sicher waren auch bei Euch die Zeitungen voll mit Nachrichten über den Zusammenbruch des »Balfour«-Konzerns. Leider bin ich auch davon betroffen. Ich habe dadurch den größten Teil meiner Ersparnisse verloren.
Lieber Vater, ich denke oft daran, ob es nicht richtiger wäre, London zu verlassen, um für immer nach Plyn zu

übersiedeln. Ich habe mit meiner Frau noch nicht über diesen Plan gesprochen, denn ich möchte Deine Ansicht darüber abwarten, ehe ich ihr meinen endgültigen Entschluß mitteile.

Mit ein paar Zeilen von Dir würde alles gleich ganz anders aussehen – sie würden vielleicht mein ganzes zukünftiges Leben ändern – meines und das meiner kleinen Familie.

Wenn Du meine bescheidene Bitte nicht erfüllst und mir auch diesmal keine Antwort gibst, wird dies mein letzter Brief nach Hause und an Dich sein, obgleich ich sehr unglücklich darüber wäre.

Dein Dich liebender Sohn Chris.

Vier Wochen wartete Christopher auf eine Antwort. Als keine kam, sprach er mit seiner Frau; er sagte ihr, daß sie jetzt fast am Ende seiner Mittel angelangt seien und seine eigene Familie sich weigere, ihnen zu helfen.

Bertha informierte sofort ihre Mutter, und bescheiden und demütig ließ Christopher das mächtige Gewitter von Mrs. Parkins' Zorn über sich ergehen. Schließlich entschied seine Schwiegermutter, das Haus sei aufzugeben, mit dem letzten Geld sei die fällige Miete zu bezahlen, und bis Christopher wieder eine neue Stelle gefunden hätte, würden das junge Paar und der Enkel bei ihr in der Pension untergebracht werden.

Der junge Mann versuchte es im folgenden mit den verschiedensten Berufen, aber in keiner Stelle hielt er es längere Zeit aus.

Im Sommer 1893 wurde sein zweiter Sohn geboren, über dessen Namen man sich lange nicht schlüssig werden konnte. Christopher war für Joseph, nach seinem unversöhnlichen Vater; Bertha hatte sich für George erklärt, im Hinblick auf die bevorstehende Hochzeit des gleichnamigen Herzogs von York mit Prinzessin May; schließlich aber setzte die Großmutter ihren Kopf durch, und der Knabe wurde Willie getauft, denn so hatte der viel beklagte, verstorbene Mr. Parkins geheißen.

Während Joseph Coombe seine Tage traurig und einsam

im Asyl von Sudmin zubrachte, versuchte sich sein Sohn Christopher in der großen Stadt London durchzuschlagen. Daß er eine Familie ernähren mußte, wurde manchmal zu einer fast untragbaren Last für den jungen Mann. Aber er liebte seine kühle, hochmütige Frau und seine beiden kleinen Söhne nach wie vor.

In einem Alter, in dem sein Vater Joseph sein Kapitänspatent erhielt, war Christopher Coombe nur ein kleiner Angestellter in einem großen Tuchladen und lebte ohne Freunde in der steifen, altmodischen Pension seiner Schwiegermutter.

4

Liebe Katherine!

Es ist jetzt acht Jahre her, daß ich das letzte Mal nach Hause geschrieben habe. Ich schrieb damals, es sei der letzte Brief, den ich an Vater beziehungsweise nach Plyn senden würde. Seit einiger Zeit habe ich jedoch große Sehnsucht nach Euch und möchte gerne wissen, ob es Euch allen gutgeht.

Ich hätte für Vaters Lage mehr Verständnis aufbringen und sein Alter und seine beginnende Blindheit in Rechnung ziehen sollen, dann hätte ich vielleicht auch sein Verhalten mir gegenüber eher verstanden. Die letzten Jahre waren nicht einfach für mich, ich war oft verzweifelt, weil ich nicht mehr wußte, womit ich meine Frau und meine zwei Buben erhalten sollte. In meiner unglücklichen Lage sah ich die aufrechte, ungebeugte Gestalt meines Vaters vor mir, und das gab mir neuen Mut. Vater bot immer tapfer allen Schicksalsschlägen die Stirn.

Der Gedanke an ihn, Katherine, hat mir über vieles hinweggeholfen. Er war für mich wie ein Stern, nach dem sich die Seeleute in Not und Verzweiflung richten und der sie sicher in den Hafen geleitet. Ich habe immer versucht, seinen Glauben an mich nicht zu enttäuschen. Jetzt wird er allerdings nicht mehr viel von mir halten. Das Vorbild meines Vaters und der Umstand, daß ich zwei Söhne habe, die richtige Coombe-Jungens sind, haben mir geholfen, den Kampf ums Leben nicht aufzugeben. Die vorwurfsvoll blickenden Augen meiner Frau haben das ihre dazu beigetragen. Jetzt habe ich mich zu einer gewissen Stellung emporgearbeitet und kann wenigstens meiner Familie wieder ein eigenes Heim bieten. Vorher waren wir völlig auf das Wohlwollen meiner Schwiegermutter angewiesen, was ziemlich bitter für mich war, wie Du Dir leicht vorstellen kannst.

Ich schreibe Dir, weil ich annehme, daß Albie auf See ist und Charlie im Krieg. An Vater wage ich mich nach all den unbeantworteten Briefen nicht mehr zu wenden.

Wenn Dich dieser Brief nicht erreichen sollte, liebe Katherine – ich weiß ja gar nicht, wo Du jetzt bist –, werde ich wahrscheinlich selbst nach Plyn kommen. Sollten Dich meine Zeilen aber erreichen, was ich sehr hoffe, so bitte ich Dich um eine baldige Antwort. Wenn Du wüßtest, wie sehr ich mich nach Euch sehne, würdest Du meinen Wunsch begreifen.

Indem ich Euch alle meiner Liebe versichere, bleibe ich immer mit den herzlichsten Grüßen

Dein Bruder Christopher

Ein paar Tage später erhielt Christopher einen Brief mit dem Poststempel »Plyn«. Er konnte seine Erregung kaum verbergen und zog sich mit dem langen, ausführlichen Schreiben der Schwester in sein Zimmer zurück. Katherine hatte einen klaren und eingehenden Bericht über alles verfaßt, was seit der Abreise des Bruders vor dreizehn Jahren geschehen war, und sie hatte mit schonungsloser Offenheit geschrieben.

Eine Zeitlang saß Christopher wie betäubt da. Er war die Ursache gewesen, daß sich sein Vater so hatte hinreißen lassen – zu Handlungen, die seine Unterbringung in einem Asyl nötig gemacht hatten. Auf der Seele seines Vaters lastete jetzt die Schuld am Tod eines geliebten Wesens und daß durch ihn so viele Menschen unglücklich geworden waren.

Und das alles war letztlich seine, Christophers, Schuld! Seine Armut, sein trauriges Dasein waren nichts im Vergleich zu dem, was sein Vater erleiden mußte.

Am nächsten Freitagabend saß Christopher im Zug nach Plyn.

Als er den Zug in Paddington-Station bestiegen hatte, war das Wetter nicht so übel gewesen, aber als sie weiter nach Westen kamen, überzog sich der Himmel mit düsteren Wolken, Regentropfen peitschten an das Fenster des Wagens, der Wind heulte. Christopher stellte fest, daß ihn bei seiner Heimkehr ein Südweststurm begrüßen würde.

Es gelang ihm, ein wenig zu schlafen. Er erwachte unruhig an der Station, an der er umsteigen mußte. Der Träger schulterte seinen Koffer und trug ihn zum anderen Zug. Der Dienstmann war jung und Christopher gänzlich unbekannt, aber sein Dialekt tönte wie Musik in seinen Ohren, nachdem er zwölf Jahre lang nur Londoner Slang gehört hatte.

Die Lokomotive ächzte und stöhnte, der Stationsvorsteher pfiff, und der Zug setzte sich fauchend und schnaufend in Bewegung.

Endlich ging die Sonne auf; der Sturm hatte sich gelegt. Zur Linken war der Fluß – manchmal ganz nahe, dann wieder weit entfernt; die Wälder von Truan prangten im ersten Grün, in den tiefeingeschnittenen Tälern leuchtete das Gelb von Schlüsselblumen, nur hie und da unterbrochen von den blauen Teppichen der ersten Veilchen. Das morgendliche Grau des Himmels färbte sich zu einem strahlenden Goldgelb, irgendwo zwitscherte eine Lerche, die Gestalt eines Bauern hinter dem Gespann seiner Pferde zeichnete sich scharf auf einem Hügel gegen den Morgenhimmel ab.

Der Fluß wurde breiter, Kräne, Boote und unzählige Masten tauchten auf. Häuser erschienen rechts und links neben den Bahngeleisen, aus den Kaminen stieg braungrauer Rauch; die Dächer glitzerten feucht im ersten Schein der Morgensonne. Das war Plyn, die Heimat.

Tränen rannen über Christophers Gesicht, als er das Fenster herunterließ. Der Wind zerrte an seinen Haaren, und auf seinen Lippen spürte er den salzigen Geschmack des Meeres.

London war vergessen und lag wie ein böser Traum hinter ihm. Er war wieder daheim. Daheim in Plyn, in der Stadt, in die er gehörte – immer schon, längst, ehe er geboren wurde. Grau, still und schön, wie es stets gewesen war.

Daheim! Er öffnete die Tür seines Abteils und trat auf die vertraute Erde. Niemand beachtete ihn. Mit zweiundzwanzig Jahren hatte er seine Heimatstadt verlassen – jetzt, mit fünfunddreißig Jahren, kannte ihn natürlich niemand mehr hier. Seine Haare waren dünn geworden und seine Schultern gebeugt. Auch er würde keinen mehr erkennen. Vor dem Bahnhofsgebäude stand eine Frau mit geröteten Augen. Sie mußte viel geweint haben; um ihre Lippen zuckte es ständig, was ihr ein merkwürdiges Aussehen gab. Sie hielt ihren Mantel fest unter dem Kinn zusammen. Er hätte sie nicht erkannt, wenn sie nicht die Hand ausgestreckt hätte, um ihn aufzuhalten.

»Bist – bist du es, Christopher?« fragte sie schüchtern.

Es war seine Schwester Katherine.

»Kathie!« Er blieb stehen. »Ich habe dich wirklich nicht erkannt, ich habe nicht gedacht...«

Sie brach in Tränen aus.

»Du kommst zu spät, Christopher. Er lebt nicht mehr. Er ist tot.«

Eine eisige Hand faßte nach Christophers Herz. »Was meinst du? Ist – Vater – tot?«

»Seit gestern wissen wir nichts mehr von ihm – Christopher –, seit gestern wird er vermißt. Er muß ertrunken sein. Am Strand von Pennytinny hat man seine Mütze und seine Jacke gefunden. Die Krabbenfischer haben die Überreste des Bootes, das immer an der Werft angebunden war, in der Felsenbucht entdeckt. Die Wellen müssen ihn weit hinaus ins Meer gezogen haben. Man hat ihn noch nicht finden können.«

Sie hielten sich eng umschlungen. Bruder und Schwester, die sich vor mehr als zwölf Jahren, als Jüngling und Mädchen, verlassen hatten. Jetzt waren sie Mann und Frau, und beide hatten inzwischen viel durchgemacht.

»Du kommst zu spät, Christopher. Er ist tot.«

5

Christopher war viel zu sehr von den verschiedenen Verpflichtungen in Anspruch genommen, um über den plötzlichen Tod seines Vaters nachdenken zu können. Daheim hatte man sich nicht viel um Rechnungen und Außenstände gekümmert, sondern alles Onkel Philipp überlassen. Christopher war sehr erstaunt, als er von Katherine erfuhr, daß seit der Krankheit seines Vaters Philipp Coombe über alles bestimmte.

Am folgenden Morgen begab sich Christopher in die Stadt, um seinen Onkel im Geschäft aufzusuchen.

Der Name Hogg & Williams stand immer noch über dem Eingang des altmodischen Hauses, obgleich inzwischen auch Williams gestorben war und Philipp Coombe der alleinige Besitzer der Firma war.

Christopher mußte zwanzig Minuten warten, und erst als seine Geduld zu Ende und er gerade im Begriff war, wieder aufzubrechen, meldete man ihm, daß Mr. Coombe ihn jetzt empfangen würde.

Er fand seinen Onkel wenig verändert, obgleich Philipp jetzt schon über Sechzig war. Sein Gesicht war farblos, wie es immer gewesen war, in seinen aschblonden Haaren zeigten sich einige graue Strähnen. Philipp blickte von seinem Schreibtisch auf und bat Christopher, Platz zu nehmen, als ob sie sich erst gestern gesehen hätten.

»Nun, lieber Neffe«, begann er, »ich habe gehört, daß du wieder im Lande bist. Beinahe hätte ich dich nicht wiedererkannt. Wie hat dir London gefallen? Hast du dort dein Glück gemacht? Ich habe immer die Zeitungen durchgeblättert, in der Erwartung, einmal zu lesen: ›Junger Mann aus Cornwall gelangt zu Reichtum und Ansehen‹ oder so etwas Ähnliches. Aber ich habe deinen Namen nie entdeckt.«

»Ich bin nicht gekommen, um dir von mir zu erzählen, Onkel Philipp«, entgegnete Christopher. »Ich kam, um mit dir über die Angelegenheiten meines Vaters zu reden, die, wie ich gehört habe, während der letzten Jahre ausschließlich in deinen Händen lagen.«

»Ganz recht. Ich hielt es für meine Pflicht, deiner Schwester beizustehen, die so ganz und gar keine Ahnung von geschäftlichen Dingen hat. Was nun meinen Bruder beziehungsweise deinen Vater angeht, so kennst du wohl den Sachverhalt?«

»Auf deine Anweisungen hin behielt man ihn drei Jahre länger als nötig in Sudmin im Asyl«, antwortete Christopher ernst.

»Lieber Christopher, ich möchte mit dir keinen Streit anfangen, aber – während du damals – 1890 – in London deinen Vergnügungen nachgingst, war dein Vater bereits ein gemeingefährlicher Geisteskranker.«

»Meine Schwester hat mir gesagt, er habe keinem Menschen etwas zuleide getan.«

»Das beweist lediglich, wie schwierig sein Fall psychiatrisch und juristisch zu fassen ist«, sagte er dann. »Eines Tages hätte er bestimmt irgendein furchtbares Unheil angerichtet.«

»Bestimmt nicht, wenn man ihn nicht mir voller Absicht soweit gebracht hätte«, meinte Christopher. »Was ist eigentlich an jenem Weihnachtsabend zwischen euch vorgefallen? Kannst du mir auf diese Frage eine Antwort geben?«

Philipp zog seine Augenbrauen hoch und trommelte unruhig mit den Fingern auf dem Rand des Schreibtischs.

»Nimm dich in acht, Christopher«, begann er sanft, »du treibst ein gefährliches Spiel. Ich habe in Plyn ziemlich viel Einfluß. Möchtest du vielleicht wegen Verleumdung und übler Nachrede angezeigt werden?« fragte er plötzlich scharf.

Christopher setzte sich wieder auf den Stuhl, von dem er schon halb aufgestanden war. Mit Onkel Philipp zu verhandeln, war ein Ding der Unmöglichkeit.

»Du hast wieder einmal gewonnen. Lassen wir also, was geschehen ist, geschehen sein. Aber das Geschäftliche möchte ich noch mit dir besprechen. Ich verlange, daß du mir Aufschluß gibst, was mein Vater an Vermögen hinterlassen hat.«

»Ich muß dir leider sagen, daß dein Vater in Geldangelegenheiten ziemlich unbedarft war; er schuldete unserer Firma eine beträchtliche Summe. Als Geschäftsführer und Hauptanteilseigner der Firma konnte ich leider keinerlei Familienrücksichten nehmen. Als schließlich alle Schulden bezahlt waren, war nur noch wenig übrig. Wenn du die Unterlagen sehen willst – bitte!« Er schob Christopher einen Stoß Papiere zu.

»Und seine Anteile an den verschiedenen Schiffen, vor allen Dingen an der ›Janet Coombe‹, was ist aus denen geworden?« wollte Christopher wissen.

»Es handelte sich immer nur um kleine Anteile«, antwortete sein Onkel. »Ich mußte seine Beteiligung an der ›Janet Coombe‹ verkaufen, um seinen Unterhalt im Asyl zu bezahlen.«

»Bedeutet das vielleicht, daß du sie auf dich selber überschrieben hast?«

»Du drückst das etwas drastisch aus. Aber du wirst ja wohl kaum angenommen haben, daß ich seine Internierung aus meiner eigenen Tasche bezahlt habe.«

Christopher nahm mit zitternden Händen seinen Hut.

»Bei Gott«, sagte er, »dafür werde ich dich vor Gericht bringen!«

Philipp lachte nur. »Das wird nicht ganz einfach sein. Du wirst dich vergeblich bemühen. Ich habe nie etwas getan, das nicht völlig im Einklang mit den Gesetzen gewesen wäre.«

Christopher war geschlagen, und er war klug genug, es einzusehen.

»Wenn es einen Gott gibt, wird er dich eines Tages dafür bestrafen, Onkel Philipp«, sagte er leise.

»Du hast doch nie etwas getaugt. Wie oft habe ich das deinem Vater gesagt! Du willst also Feindschaft auf der ganzen Linie? Ich will dich warnen! Es gibt wenig Leute, die mich gern zum Feind haben möchten.«

»Ich habe keine Angst vor dir.«

»Ah, plötzlich so mutig geworden? Vor zwölf Jahren, als du dein Schiff verlassen hast, hattest du nicht soviel Courage – damals hat dein Vater übrigens seinen Verstand verloren.«

Ohne ein weiteres Wort zu sagen, schlug Christopher die Tür hinter sich zu.

6

Christopher Coombe war stolz, als er seiner Frau und seinen beiden Söhnen zum erstenmal Plyn zeigen konnte.

Langsam zogen die Pferde den Wagen durch die engen Straßen und zogen ihn den Hügel hinauf bis vor das efeuumrankte Haus, in dem schon Christophers Großmutter, Janet Coombe, gewohnt hatte. Den Garten umgaben undurchdringlich die beinahe mannshoch gewachsenen Weißdornhecken, und überall blühte und duftete es betäubend.

Christopher führte Bertha in das große Schlafzimmer über der Terrasse. »Das ist von nun an unser Zimmer. Gefällt es dir? Wirst du London nicht allzusehr vermissen?«

Sie lächelte und schüttelte den Kopf.

Nachdem sie sich eingerichtet hatten und in Plyn nicht mehr völlig fremd waren, nahm Christopher seine Arbeit in der Werft wieder auf. Er freute sich über die herzlich Art, mit der man ihn überall willkommen hieß. Gemeinsam mit Onkel Herbert würde er den Namen der Werft »Thomas Coombe & Söhne« in Ehren halten.

Die Zeiten, die sein Großvater und sein Onkel Samuel noch erlebt hatten, waren freilich endgültig vorüber und kamen nicht wieder. Der Segelschiffbau hatte seine Bedeutung verloren. Jetzt baute man überall Dampfschiffe – Kolosse aus Eisen und Stahl, bei denen Schönheit und Anmut keine Rolle mehr spielten.

Christopher lebte sich erstaunlich schnell in der altgewohnten Umgebung wieder ein. Die ständige Unruhe, die ihn in London beherrscht hatte, war verschwunden. Er fühlte sich glücklich in Plyn.

Mit seinen Vettern freundete er sich rasch an. Tom war genau wie Onkel Samuel, und James glich auffallend seinem Vater Herbert Coombe. Die Arbeit, die er früher eintönig fand, kam ihm jetzt interessant, ja geradezu aufregend vor. Es erschien ihm wie ein Wunder, das langsame Wachsen und Werden eines Schiffes aus seinen primitiven Anfängen bis zu seiner Vollendung beobachten zu können.

Christopher brauchte lange, bis er sein altes Mißtrauen

gegen das Meer überwinden lernte. Er fuhr viel mit Freunden hinaus zum Fischen. Mit der Zeit fühlte er sich langsam sicherer in einem Boot. Er war immer vorsichtig, was Wind und Wetter betraf – ganz anders als ein Vater Joseph –, und er täuschte sich in seinen Wettervoraussagen sehr selten. Im innersten Herzen bedrückte ihn die Schuld, die er seinem Vater gegenüber fühlte. Aus dieser Empfindung heraus meldete er sich freiwillig beim Rettungskorps von Plyn. Vielleicht hätte ihm sein Vater jetzt die Flucht von der »Janet Coombe« vergeben...

Christopher liebte nun das Meer und das Land an der Küste – wahrscheinlich, weil er beides erst so spät in seinem Leben wirklich kennengelernt hatte.

Außerdem entdeckte er seine Liebe für das Einfache – für die schlichten Menschen, deren Leben sich ohne Unruhe und ständige Gier abspielte, die nur für ihre Frauen und Kinder lebten, für ihre kleinen Freuden und Schmerzen; die jeden Tag ihrer Arbeit nachgingen, genau wie es ihre Väter und Großväter schon getan hatten, und am Sonntag den Weg in die Kirche fanden, um Gott zu loben.

Im April 1906 wurde Jennifer Coombe geboren. Es war für Christopher eine große Freude. Als seine beiden Söhne auf die Welt kamen, machte er gerade die schwierigste Zeit seines Lebens durch. Jetzt hingegen hatte er keine Sorgen, und nichts konnte ihn daran hindern, jede frei Minute seinem Töchterchen zu widmen.

Gleich vom ersten Augenblick zeigte Jennifer eine besondere Anhänglichkeit an ihren Vater. Als sie etwas älter geworden war, strahlte ihr Gesichtchen jedesmal, wenn sie ihn sah. Sie winkte lebhaft, wenn sie ihn abends, von der Arbeit heimkehrend, am Ende der Straße erblickte. Die Mutter durfte sie waschen, ankleiden und ihr zu essen geben. Bereitwillig ließ sie alles über sich ergehen, ohne besondere Begeisterung dafür zu zeigen. Bertha brachte ihr bei, was man tat oder nicht tat; Jennifer war ein liebes Mädchen, wenn sie ihren Teller leer aß und nachts nicht schrie, aber sie war ein böses Kind, wenn sie an ihren Nägeln kaute oder das Bett naß machte.

Papa hingegen nahm sie auf die Schultern und rannte mit ihr durch den Garten. Papa spielte mit ihr Hoppe-hoppe-Reiter, und ihrem Papa flüsterte sie abends ins Ohr: »Ich will's gewiß nicht wieder tun!«, wenn sie tagsüber etwas Dummes angestellt hatte.

Es war schön, wieder ein Kind im Haus zu haben, denn Harold und Willie waren jetzt schon erwachsene junge Männer, mußten sich regelmäßig rasieren und rauchten Zigaretten, obgleich Harold, der ältere, erst knapp einundzwanzig Jahre zählte.

Richard Coombe, Christophers Vetter, hatte die Fünfzig bereits überschritten, aber solange er sich noch im Vollbesitz seiner Kräfte fühlte, wollte er die »Janet Coombe«, deren Kapitän er schon so viele Jahre war, weiter über die Meere steuern. Es wäre für ihn auch zu spät gewesen, noch etwas Neues anzufangen.

Albert hatte zur Dampfschiffahrt umgesattelt. Er war jetzt Kapitän eines Fünftausend-Tonnen-Dampfers, der einer Gesellschaft in Adelaide gehörte, und befand sich meistens in australischen Gewässern.

Charlie Coombe war nach Beendigung des Burenkrieges wieder heimgekommen, wurde aber bald darauf mit seinem Regiment nach Indien versetzt.

Katherine Coombe hatte geheiratet und Plyn verlassen. Sie lebte jetzt in der Grafschaft York.

So war Christopher der einzige der Familie, der seiner Heimatstadt Plyn treu geblieben war, und die Vettern Dick und Fred, Tom und James, mit denen er zusammen auf der Werft arbeitete, standen ihm näher als seine beiden Brüder, die in Indien und Australien lebten. Christopher hatte den Weg zurückgefunden.

Er fühlte sich wie ein müder Wanderer, der endlich heimgekehrt war. Die Zukunft schien still und ruhig vor ihm zu liegen. Das Heranwachsen seiner Tochter Jennifer erfüllte ihn immer von neuem mit Freude und machte ihn glücklich.

7

Seit Herbst 1911 liefen nur noch wenig Aufträge für die Werft ein. Schoner und Segelschiffe wurden nicht mehr verlangt. Dampfschiffe aus Stahl und Eisen brauchte man jetzt. Der Handel mit Porzellanerde nahm ständig zu. Christopher hatte noch nie so viele Schiffe im Hafen gesehen wie in diesen Tagen und Wochen.

Die Stadt blühte auf, überall wurden neue Häuser gebaut – die einstmals schmalen und gewundenen Feldwege mußten breiten asphaltierten Straßen weichen. Die Farmer, die früher mit ihren klapprigen Ponywagen auf den Markt gefahren waren, kamen nun mit Motorrädern und Ford-Automobilen.

Herbert Coombe, der nun fünfundsiebzig Jahre alt war, schüttelte nur traurig den Kopf und erklärte, daß es mit Plyn bergab gehe. Er lebte völlig zurückgezogen und wollte von all den Neuerungen nichts sehen und hören.

Tom und James, Christophers Vettern, beide auch schon über Fünfzig, nahmen die Entwicklung als gegeben hin und versuchten gute Miene zum bösen Spiel zu machen.

Keiner der jüngeren Coombes würde die Werft übernehmen wollen. Christopher wurde traurig, wenn er daran dachte. Er war froh, daß sein Vater Joseph nicht mehr lebte und den Niedergang des einstmals blühenden Geschäftes nicht mit eigenen Augen ansehen mußte. Bald würde die Werft ihre Rolle im Leben der Stadt Plyn ausgespielt haben.

Im Herbst 1911 berieten die Vettern, was im Hinblick auf den langen Winter ohne Arbeit zu tun sei. Als sie gar nicht mehr weiter wußten, fiel Christopher Onkel Philipp ein. Philipp Coombe hatte es, dank seiner Klugheit und seines Geschicks, zu Reichtum und Ansehen in Plyn gebracht. Er würde seine Verwandten in dieser Notlage sicher nicht im Stich lassen.

»Lieber versuche ich, einen Stein zu erweichen, ehe ich Onkel Philipp um etwas bitten würde«, meinte James Coombe bitter.

»Ich weiß schon, was du damit sagen willst«, meinte Christopher. »Auch ich habe für Onkel Philipp nicht viel übrig.

Aber er gilt etwas in Plyn. Es könnte nicht schaden, wenn man ihn um Hilfe angeht. Schlimmstenfalls wird er eben nein sagen.«

»Ich weiß nicht«, wandte Tom ein, »er hat eine so seltsame Einstellung zu seiner eigenen Familie. Ich bin dagegen, ihn um Hilfe zu bitten.«

»Das ist doch Unsinn, Tom! Mit zweiundsiebzig ist man doch über solche Dinge hinweg!«

»Es klingt vielleicht dumm, aber ich würde ihm trotzdem nicht trauen. Heute sogar weniger denn je. Selbst wenn er im Grab liegt, werde ich mich vor Onkel Philipp nicht sicher fühlen.«

Christopher weigerte sich, ihre Einwände länger anzuhören, und verabschiedete sich. Am Nachmittag des gleichen Tages ließ er sich bei seinem Onkel anmelden. Er wurde sofort vorgelassen und traf Philipp Coombe in seinem großen Zimmer am Kamin an, wo er sich gerade die Hände wärmte.

Philipp zeigte keinerlei Überraschung. Er rieb sich die steifen Finger und lächelte verschlagen.

»So, kommst du also schließlich doch, um deinen alten Onkel zu fragen, ob er nicht etwas für dich tun kann? Oder ist das etwa nicht der Zweck deines Besuches? Ich pflege mich äußerst selten zu irren, mußt du wissen, äußerst selten.«

»Du weißt, wie es um uns steht«, begann Christopher. »Meine Vettern waren dagegen, dich aufzusuchen. Ich komme aus eigenem Entschluß.«

»So, der Sohn meines Bruders kommt ausgerechnet zu mir! Das ist ja direkt schmeichelhaft für mich! Nicht mehr hochmütig? Merkwürdig finde ich es ja doch, daß du dich an mich wendest.«

»Dir erscheint es vielleicht merkwürdig, für mich ist es eher beschämend. Nur meinen Vettern zuliebe wende ich mich an dich.«

»Hm! Was erwartest du eigentlich von mir? Soll ich vielleicht eine Jacht für das nächste Rennen bei euch bestellen? Glaubst du etwa, ich bin ein Goldesel? Meinst du, ich werde einen Schoner wie die ›Janet Coombe‹ bauen lassen, um ihn zwei Jahre später schon wieder abwracken zu müssen? Soll ich mein mühsam verdientes Geld in hoffnungslose Unternehmungen stecken?«

Christopher stand auf und ging zur Tür.

»Ich sehe, es hat keinen Wert«, sagte er ruhig. »Es tut mir leid, wenn ich dich gestört habe, Onkel Philipp.«

»Halt! Halt!« rief Philipp. »Nicht so stürmisch, junger Mann! Wer hat denn gesagt, daß ich nicht helfen will? Keinen Penny würde ich geben, wenn ich nicht gerade zufällig Arbeit für euch hätte. Es wäre natürlich viel gescheiter, die ganze Angelegenheit in Falmouth erledigen zu lassen. Aber schließlich kann man es ja auch mit euch versuchen. Du kennst die Jacht ›Hesta‹?«

»Ja, Onkel Philipp.«

»Ich habe sie für meine Firma erworben. Als Hilfsschoner wäre sie vielleicht noch ganz brauchbar. Mit einem Motor ausgerüstet, könnte sie wahrscheinlich kleinere Fahrten übernehmen. Sicher werde ich nur an ihr verlieren, aber die ganze Sache ist schließlich einen Versuch wert. Könnt ihr den Umbau auf der Werft vornehmen?«

»Aber natürlich, Onkel Philipp, warum sollten wir das nicht können?«

»Den Winter über laß ich euch Zeit. Aber im März muß die Arbeit fertig sein!«

»Gewiß – selbstverständlich. Wir sind dankbar für jeden Auftrag. Ich war nicht gerade nett vorhin – du mußt schon entschuldigen.«

»Unsinn«, sagte Philipp barsch, »ich gebe euch die Arbeit nur, weil ich sie bald gemacht haben will, und weiß, daß ihr Aufträge sucht – aus keinem anderen Grund. Aber jetzt geh! Ich habe zu tun. Du kannst deinen dickköpfigen Vettern die große Neuigkeit verkünden. Aber ordentliche Arbeit verlange ich! Und kein schlechtes Material!«

»Nein, gewiß nicht, Onkel Philipp. Auf Wiedersehen! Und vielen Dank!«

8

Bald ertönte emsiges Hämmern und Sägen auf der Werft der Coombes; neue Arbeiter wurden eingestellt, und am Ufer lag das Schiff – die Jacht »Hesta« –, die ohne Masten und Aufbauten aussah, als sei sie erst vom Stapel gelassen worden.

Tom Coombe und sein Vetter James gingen wieder aufrecht und selbstbewußt durch die Stadt. Nach so vielen Monaten ohne rechte Arbeit, die nur mühsam mit dem Überholen von kleinen Fischerbooten und Barken überbrückt werden konnten, hatten sie nun wieder einen richtigen großen Auftrag, der ihrer würdig war.

Christopher als Geschäftsführer überließ das Handwerkliche seinen Vettern und den Arbeitern; er bestellte das nötige Material, verhandelte mit den verschiedenen Firmen, schrieb Briefe und war nicht weniger als sie mit dem Umbau des Schoners beschäftigt. Onkel Philipp hatte gesagt, daß er erstklassige Arbeit verlange – die Coombes würden ihn nicht enttäuschen.

In Plyn war es, wie überall in Westengland, Sitte, Vorleistungen ohne sofortige Bezahlung zu erbringen. Man hatte Vertrauen zueinander, schickte nicht monatlich eine Rechnung, sondern wartete, bis man das Geld wirklich brauchte. Man wußte, daß man auf die erste Aufforderung hin bezahlen würde. Auch die Firma Coombe hatte es stets so gehalten und bisher nie schlechte Erfahrungen damit gemacht. Man hatte immer gewußt, mit wem man es zu tun hatte. Bestellungen waren mündlich vereinbart worden, und auf schriftliche Verträge hatte man gut und gerne verzichten können – Vertrauen gegen Vertrauen.

Der Winter ging vorüber, die Tage wurden wieder länger und auch freundlicher.

Bald würde die Arbeit auf der Werft beendet und das Schiff wieder fahrbereit sein. Es war eine Freude, wie es neben der Werft an seiner Boje schaukelte. Die Coombes waren mit Recht stolz auf ihre Arbeit.

In der ersten Märzwoche wurde Christopher von einer heftigen Grippe gepackt und mußte sich ins Bett legen. Kurz zuvor hatte er noch der Firma seines Onkels die Rechnung für das Instandsetzen der »Hesta« geschickt, denn von allen Seiten erhielten sie nun ihrerseits Rechnungen von Lieferanten. Alles weitere hatte er Tom überlassen müssen.

Eine Woche später, als er das erste Mal wieder aufgestanden war und schwach und elend am Kaminfeuer im Wohnzimmer saß, kam Bertha plötzlich aufgeregt herein und verkündete, die Vettern Tom und James seien draußen und verlangten unbedingt, mit ihm wegen einer sehr wichtigen Angelegenheit zu sprechen.

»Bring sie nur herein«, sagte Christopher und war verwundert. »Ich hoffe nur, es ist nichts Schlimmes, was sie so dringend herführt.«

Die beiden Männer traten ins Zimmer. Christopher konnte sofort aus ihren Mienen lesen, daß etwas Unvorhergesehenes vorgefallen sein mußte.

»Wir hätten dich wirklich nicht gestört«, begann Tom, »aber es ist etwas Schreckliches passiert. Hier! Sieh nur! Heute morgen ist dieser Brief angekommen.«

Christopher nahm den Brief und las:

An die Firma
Thomas Coombe & Söhne

Sehr geehrte Herren!
Bezugnehmend auf Ihre Rechnung für die Instandsetzung des Schiffes »Hesta« müssen wir feststellen, daß die Summe, die Sie dafür aufgewendet haben, bei weitem unsere Abmachungen überschreitet. Da Sie uns keinen Voranschlag unterbreitet und offenbar völlig auf eigene Verantwortung gehandelt haben, weigern wir uns entschieden, eine solche Summe zu bezahlen. Sie werden hoffentlich die notwendigen Abzüge an der Rechnung vornehmen. Andernfalls sehen wir uns gezwungen, ein gerichtliches Verfahren gegen Sie einzuleiten.
Mit vorzüglicher Hochachtung
Hogg & Williams.

Christopher las den Brief noch einmal. Hilflos starrte er seine Vettern an.

»Was soll das heißen?« fragte er etwas töricht. »Ich begreife nicht...«

»Das heißt ganz einfach, Chris«, antwortete Tom langsam, »daß wir ruiniert sind.« Er stand auf und ging unruhig im Zimmer auf und ab. James sagte kein Wort.

»Aber das ist doch unmöglich!« rief Christopher aufgebracht. »Da muß ein Irrtum vorliegen! Er kann sich doch nicht weigern zu zahlen! Das ist doch gar nicht denkbar! Das wäre ja unmenschlich! Seid ihr denn bei ihm gewesen?«

»Gleich nach dem Empfang des Briefs bin ich zu Hogg & Williams gegangen«, antwortete Tom, »und habe verlangt, mit ihm selber zu reden. Die Unterredung hat nicht lange gedauert. Er meinte, wir hätten versucht, seine Firma zu betrügen. Ohne jeden Voranschlag und ohne sie um ihre Meinung zu fragen, hätten wir eigenmächtig Verbesserungen und Veränderungen vorgenommen. Bei seinem Auftrag habe er ganz genau bestimmt, was er gemacht haben wolle und was nicht. Es sei unser Fehler, wenn wir uns jetzt in einen unhaltbaren Zustand hineinmanövriert hätten. Er würde keinen Penny bezahlen. Das Gesetz sei auf seiner Seite, wenn wir uns an die Gerichte wenden würden. Das war so ziemlich alles, was er mir gesagt hat, Chris.«

»Jetzt sind wir zu dir gekommen, um zu hören, was du uns vorzuschlagen hast«, machte sich James bemerkbar.

Christopher sah erschüttert und entsetzt von einem zum anderen.

»Aber wir haben doch nur getan, was bei uns üblich war«, wagte er, »man hat uns stets Vertrauen entgegengebracht, und wir haben es erwidert. So etwas hat es noch nie gegeben. Ihr könnt jeden in Plyn fragen, jeder wird euch das bestätigen. Die Firma Hogg & Williams kann doch gar nicht – sie hat doch nicht den geringsten Grund – wieso –«

»Hör auf, Chris«, sagte James heftig. »Es geht jetzt nicht darum. Es geht um Philipp Coombe und das Gesetz. Jetzt heißt es kämpfen oder untergehen, wie Tom sagt.«

»Was sagst du hierzu – und hierzu«, sagte Tom wütend

und zog Rechnungen aus Plyn, Plymouth, London und wer weiß woher aus der Tasche und warf sie vor Christopher auf den Tisch.

»Jeden Tag bringt die Post solche Rechnungen! Aber das sind noch längst nicht alle. Alles auf unseren Namen bestelltes Material, für das Hogg & Williams zahlen müßten! Aber sie werden nicht zahlen – und wir können nicht! Es ist aus – aus und vorbei! Die Werft Thomas Coombe & Söhne ist erledigt. Wir sind am Ende!«

Er vergrub das Gesicht in die Hände.

»Das kann nicht sein«, murmelte Christopher, »das kann einfach nicht sein! Es muß doch eine Lösung geben!«

Es war völlig still im Zimmer geworden. Keiner sprach ein Wort. In der Küche hörte man Bertha, die mit Tellern und Schüsseln hantierte. Draußen rannte Jennifer vorbei und rief nach ihrer Mutter. Keiner der drei Männer im Wohnzimmer bewegte sich. Schließlich erhob sich Christopher mühsam aus seinem Stuhl und sagte:

»Wir sitzen alle gemeinsam in der Falle. Entweder werden wir gemeinsam siegen oder gemeinsam untergehen. Onkel Philipp soll vor Gericht gehen! Wir haben nichts Unrechtes getan! Ich habe keine Angst vor ihm.«

James zuckte resigniert mit den Achseln. »Bisher hat es noch keiner mit Philipp Coombe aufnehmen können. Recht oder Unrecht – darum handelt es sich gar nicht. Schlau und durchtrieben muß man sein, um zu Reichtum zu gelangen. Philipp Coombe weiß ganz genau, was er vorhat, das kann ich euch sagen – vom ersten Augenblick an wird er uns über sein. Der weiß, wie man es anfangen muß.«

Hilflos blickten die drei Vettern einander an.

9

Der Prozeß ging für Christopher und seine beiden Vettern schlecht aus. Hogg & Williams hatten gewonnen; die Firma Thomas Coombe & Söhne war gezwungen, Konkurs anzumelden, da sie ihre Gläubiger nicht befriedigen konnte.

Die Coombes waren ruiniert. Die Werft würde verkauft werden müssen. Der Platz, an dem so viele stolze Schiffe gebaut worden waren, würde verwahrlosen und in Vergessenheit geraten. Ein Wahrzeichen von Plyn würde verschwinden.

Es war eine traurige Heimkehr für Christopher. Niedergeschlagen und bedrückt schloß er die Haustür auf; er achtete kaum auf das Unwetter, das an seinen Kleidern zerrte, und hatte kein Auge für die wütenden Wellen, die unten gegen die Felsen schäumten.

Bertha erwartete ihn. Ein einziger Blick in das verzweifelte Gesicht ihres Mannes verriet ihr, was geschehen war. Sie stellte keine Fragen.

Wortlos ging er ins Wohnzimmer, warf sich in einen Sessel und starrte ins Kaminfeuer.

Während des Essens sprach keiner ein Wort. Nur die kleine Jennifer wollte erzählen, was sie heute erlebt hatte, aber die Mutter befahl ihr zu schweigen. Sie war es nicht gewohnt, ohne Grund gescholten zu werden. Tief beugte sie sich über ihren Teller und versuchte ihre Tränen hinunterzuschlucken. Schließlich schluchzte sie auf und ließ den Löffel auf den Tisch fallen. Als Christopher die Tränen seiner Tochter sah, löste sich seine Versteinerung, und er spürte, daß sich in seinem Herzen wieder etwas regte; er stand auf und verließ das Zimmer. Er warf seinen Mantel um die Schultern, zog seine wasserdichten Stiefel über und ging in den wilden Sturm hinaus. Jennifer hatte geweint! Nichts hätte ihn mehr bewegen können – weder der hoffnungslose Ausdruck in den Gesichtern von Tom und James noch das Mitgefühl seiner Frau oder die gutgemeinten Worte seines Sohnes –, nichts hatte seine dumpfe Verzweiflung lösen können. Erst Jennifers Tränen hatten das vermocht. Jetzt konnte er wieder denken, und er wußte plötzlich, was er zu tun hatte. Er ging den Hügel hinab, durch die leeren Straßen der Stadt, in denen nur der Sturm sein Unwesen trieb.

Philipp Coombe mußte sterben. Christopher würde ihn eigenhändig umbringen. Jetzt gab es kein Zurück mehr, kein Weichwerden. Der Sturm heulte und klapperte mit den Ziegeln auf den Dächern; an der Hafenmauer schäumten wütend und ohnmächtig die Wellen. Oben im ersten Stock von Onkel Philipps Haus brannte Licht.

Was hatte es noch zu bedeuten, daß er für seine Tat gehängt werden würde! Morgen würde er sich der Polizei stellen.

Christopher stieg die breite Freitreppe hinauf und schlug mit der Faust an die Haustür. Mord war in seinem Herzen, Mord in seinen Augen.

»Und wenn ich in alle Ewigkeit dafür büßen muß – er hat es verdient. Er muß sterben! Nichts kann ihn mehr retten!«

Einen Augenblick hielt er im Klopfen inne; er würde den Onkel schon noch dazu bringen, ihm aufzumachen. Plötzlich ertönte ein langgezogenes Heulen – einmal – zweimal – dreimal. Drei Raketen leuchteten am nachtschwarzen Himmel auf – und erloschen.

Das war das Alarmsignal für das Rettungsboot.

In weniger als fünf Minuten war die gesamte Rettungsmannschaft am Kai versammelt. Die Männer waren zum Teil nur halb angezogen, einige knöpften sich noch ihre Ölmäntel zu, andere zurrten ihre großen Südwester fest. Als letzter kam Christopher Coombe angerannt, stolpernd und ganz außer Atem. Er nahm seinen Platz neben den anderen ein, sprang mit ihnen in das wartende Boot und ergriff schweigend sein Ruder. Das Rettungsboot lag etwa fünfzig Meter vom Ufer entfernt im tieferen Hafenwasser. In wenigen Augenblicken war es von seinen schützenden Hüllen befreit, der Anker emporgezogen und jeder Mann an seinem Posten.

Ein Schiff war gestrandet – Menschenleben waren in Not. Das war der einzige Gedanke, der sie jetzt alle bewegte. Christopher ruderte mit aller Kraft, der Schweiß rann ihm in die Augen, und die Armmuskeln drohten ihm fast zu zerreißen. Jeder Gedanke an Mord war verschwunden. Er fürchtete die tobende See nicht mehr. Es war ein Triumph, ein seltsames, überwältigendes Gefühl. Sein Leben lang hatte er sich nicht so mutig und stark gefühlt wie jetzt. Die sechsundvierzig Jahre, die hinter ihm lagen, bedeuteten ihm nichts im Vergleich zu diesem Augenblick.

Im Dunkel wurden die Umrisse eines Schiffs erkennbar; man hörte Schreie und Rufe, das Klatschen der zerrissenen Segel und das Tosen der Brandung.

Gleich einer riesenhaften Möwe mit gebrochenen Flügeln lag das Schiff mit geborstenen Masten und zerfetzten Segeln auf den Klippen. Christopher versuchte mit den Augen die Finsternis zu durchdringen. Am Bug des Schiffes war eine weiße Figur mit über der Brust verschränkten Armen, sie hatte das Gesicht stolz und unnahbar erhoben, ihre Augen schienen auf die Felsen der Küste zu starren. Oder blickte sie ihn an? Ein Lichtstrahl fiel auf den Namen des Schiffes: »Janet Coombe«.

Das Rettungsboot ging längsseits des gestrandeten Schoners. Der Kapitän stand an der Reling, er legte die Hände an den Mund und rief hinab: »Das Schiff ist noch nicht verloren.« Er versuchte das Heulen des Sturmes und das Tosen der Wellen zu übertönen: »Wir können es noch retten, wenn die Schlepper bald kommen!«

»Ausgeschlossen!« rief der Mann aus dem Rettungsboot zurück. »Darauf könnt ihr nicht warten. – Springt! – Rettet euer Leben! Das Schiff ist verloren!«

Wie eine Herde verstörter Schafe taumelte die Mannschaft des Schoners ins Rettungsboot. Der Kapitän jedoch weigerte sich noch immer. Christopher stieg von seinem Platz und hängte sich an die Strickleiter, die sein Vetter Dick herabgeworfen hatte. »Es ist noch Zeit!« rief Dick. »Da kommen sie!«

Er deutete auf die Hafeneinfahrt, an der eben die Lichter der beiden Schlepper auftauchten.

»Sie werden's schon schaffen – bestimmt schaffen sie's«, schrie Christopher, »geht zurück an Bord des Schiffs und helft mir die Taue anbinden, wenn sie kommen.« Erschöpft und völlig durchnäßt kauerte die Mannschaft der »Janet

Coombe« im Rettungsboot, unfähig, sich zu rühren. Die Männer von Plyn zögerten, sie ließen ihre Blicke zwischen den Lichtern der Schlepper und den gischtüberschäumten Felsen hin- und herwandern. Es war ausgeschlossen, daß die beiden kleinen Barkassen es schaffen würden.

»Bleiben Sie an Ihrem Platz, Coombe!« befahl der Führer des Rettungsboots. »Sie setzen Ihr Leben aufs Spiel, wenn Sie jetzt an Bord gehen. Die ›Janet Coombe‹ ist nicht mehr zu retten.«

Eine riesige Welle hob das Schiff und warf es gegen die Felsen.

Christopher lächelte nur, nahm das herunterhängende Tau und schwang sich die Strickleiter empor. Er stand neben Vetter Dick, dem Kapitän.

Das Rettungsboot lag neben dem hilflosen Schoner, die Männer beugten sich über die Ruder und warteten nur auf das Kommando, um das Boot von dem sinkenden Schiff wegzubringen. Die »Janet Coombe« war von allen verlassen – bis auf die beiden Männer, die, schweigend und ohne sich zu rühren, auf das Herannahen der Schlepper warteten.

Etwas flog aufs Schiff. Blindlings, ohne zu wissen, was sie eigentlich taten, arbeiteten Christopher und Dick in der Dunkelheit, schrien sich abgerissene Worte zu, die keiner verstand, und stolperten auf dem Deck umher, das die Wellen immer wieder aufs neue überspülten.

Das Schiff ächzte und krachte in den Fugen – aber die Taue hielten. Eine riesige Woge drohte die »Janet Coombe« zu verschlingen – aber die Taue hielten. Nur langsam kamen die beiden Barkassen, mit dem Schoner im Schlepptau vorwärts. Ein riesiges Loch hatten die Felsen in den Schiffsrumpf gerissen, und gurgelnd strömte Wasser in das klaffende Leck.

Eine Welle erfaßte Christopher und schleuderte ihn gegen den zerbrochenen Mast. Dick klammerte sich ans Steuer und versuchte erschöpft Atem zu holen. »Hilf mir einen Augenblick hier, Chris«, rief er. »Das Schlimmste ist überstanden.«

Aber Christopher rührte sich nicht mehr.

Als er die Augen wieder öffnete, sah Christopher den

schwarzen Himmel über sich und spürte feuchtwarme Regentropfen in seinem Gesicht.

Er lag auf den alten, verwitterten Steinen der Hafenmauer. Er hatte den Eindruck, daß viele Gesichter sich über ihn beugten und unzählige Menschen ringsum standen, die ständig miteinander redeten. Er versuchte, sich aufzurichten, aber das Blut stieg ihm in die Kehle. Da erinnerte er sich an die »Janet Coombe« und daß sie versucht hatten, das Schiff zu retten.

Jemand wischte ihm das Blut vom Mund.

»Ist das Schiff gerettet?« fragte er mühsam.

Eine Stimme sprach dicht neben seinem Ohr: »Du hast das Schiff gerettet, aber es wird nie wieder ausfahren können. Der Kiel ist weggefetzt und der Rumpf aufgerissen. Sie liegt jetzt im Schlamm. Du hast sie wenigstens vor den Felsen bewahrt. Die können ihr jetzt nichts mehr anhaben.«

»Ich bin froh, daß wir wenigstens das erreicht haben«, flüsterte er zufrieden.

Die Stimmen um ihn her wurden leiser und leiser. Er konnte keine Gesichter mehr unterscheiden. Am Himmel tanzten merkwürdige Lichter. Er war müde und erschöpft, unendlich müde. Die Männer nahmen ihre Mützen ab und stahlen sich leise fort.

»Sagt Vater, daß ich keine Angst gehabt habe«, flüsterte Christopher. »Sagt Vater, daß ich mich nicht mehr fürchte vorm Meer. Ich habe es endlich bezwungen.«

VIERTES BUCH

Jennifer Coombe

1912–1930

1

Jennifer Coombe war sechs Jahre alt, als ihr Vater Christopher starb. Der furchtbare Schrecken, der sie beim Anblick ihres toten Vaters befallen hatte, blieb ihr und überschattete ihre ganze Kindheit. Auch als sie schon beinahe erwachsen war und Christopher schon viele Jahre unter der Erde lag, verfolgte die Erinnerung an den Toten, den man damals ins Haus getragen hatte, sie bis in ihre Träume. Niemals würde sie jene Nacht vergessen können.

Die Firma Thomas Coombe & Söhne war bankrott. Das Konkursverfahren war eingeleitet, und heute sollte die Zwangsversteigerung auf der Werft stattfinden. Das Klopfen der Hämmer und das Kreischen der Sägen war für immer verstummt. Viele Menschen hatten sich eingefunden, um der Versteigerung beizuwohnen, Fremde, Männer aus Plymouth, kleine Geschäftsleute und Vertreter von großen auswärtigen Firmen. Nicht ein einziger von ihnen wußte etwas von der Familie Coombe. Alle hatten nur den einen Gedanken: Würden sie wohl ihr Geld erhalten?

Bertha saß am Kaminfeuer im Wohnzimmer; ihre beiden Söhne standen neben ihr.

Sie achteten nicht auf Jennifer, die blaß und still in einer Ecke des Zimmers auf dem Boden saß. Sie war ja noch so klein, wie hätte sie auch begreifen können, was vorgefallen war.

»Es ist sehr wenig, was übrigbleibt«, sagte Harold, »kaum genug, daß es für dich und Jenny reicht, bis Jenny einmal groß genug ist, um sich selbst durchzubringen. Ich habe immer gedacht, Vater besäße viel mehr als das. Aber anscheinend hat er sein ganzes Geld in die Werft gesteckt, um ihr auf die Beine zu helfen. Und das ist jetzt natürlich unwiederbringlich verloren.«

»Aber das ist kein Grund zum Verzweifeln«, versuchte Willie zu trösten, »ich verdiene jetzt schon ganz schön und kann dir etwas dazugeben und Harold sicher auch.«

Bertha griff nach ihrem Taschentuch. »Ich war immer dagegen, daß er bei diesem gräßlichen Rettungsboot mitmacht.« Sie schluchzte auf und versuchte vergeblich, die von neuem hervorquellenden Tränen zu trocknen. »Dieses schreckliche Begräbnis, und dieser scheußliche, zugige, kleine Friedhof.. Jeder weitere Tag in Plyn macht mich nur noch unglücklicher. Am besten wäre es, wenn du dich um alles kümmern könntest, Harold. Ich halte es hier einfach nicht mehr aus. Jenny und ich könnten ganz gut bei Mama in London leben...«

»Ich glaube auch, das wird das beste sein.«

Jennifer verstand nicht mehr, was sie sagten. Man redete noch lange von Zahlen. Halb wie im Traum hörte sie abgerissene Worte, aufgeregtes Flüstern und beschwichtigendes Trösten. Mutter würde schon entscheiden, was getan werden mußte. Jennifer war eingeschlafen.

Der letzte Tag in Plyn brach an. Mutter stand schon sehr früh auf – es mochte eben erst sechs Uhr geschlagen haben – und verstaute die letzten Sachen in den Koffern.

Harold und Willie liefen ständig die Treppen auf und ab. »Was soll mit den Schlüsseln geschehen?« rief jemand von unten herauf.

Jennifer schlich von einem Zimmer ins andere und konnte doch nirgends Trost finden. Es schien ihr, als ob Türen und Fenster sie vorwurfsvoll anstarrten; das kleine Bett, in dem sie nie wieder schlafen würde, hatte man ausgeräumt. Es war jetzt nur noch ein merkwürdiges Gestell aus grauem Draht und glänzenden gelben Messingknöpfen.

In einer Ritze des Fußbodens klemmte eine verbogene Sicherheitsnadel, unter dem Waschtisch standen ihre alten schmutzigen Sandalen. Im Seifenbecken lag eine halbverbrauchte Tube Zahnpaste.

»... geh aus dem Weg, Jenny! Sonst werden wir überhaupt nie fertig. – Nein, das ganze alte Zeug kannst du wirklich nicht mitnehmen... Harold – Harold, komm doch bitte herauf und hilf mir die Koffer zumachen!«

Jennifer trottete hinter den Brüdern und der Mutter her. Plötzlich wurde sie bleich, und Tränen stiegen ihr in die Augen.

»Mutter«, wimmerte sie, »Mutter, mir ist nicht gut.« Harold brachte schleunigst die Waschschüssel, und Jenny übergab sich.

»Ich will nicht fort«, schrie sie schluchzend, »ich will nicht fort.«

Mutter küßte sie und versuchte sie zu beruhigen.

Harold und Willie standen hilflos neben der Tür. »Es ist nicht mehr viel Zeit. In fünf Minuten geht der Bus.«

Bertha zog Jennifer den Mantel an, setzte ihr den Samthut auf den Kopf und zog ihr das Gummiband übers Kinn.

»Ich will nicht fort! Bitte laß mich doch dableiben!«

Verzweifelt hielt sie ihren Teddybären fest, als man sie die Treppe hinabzog. Unten standen viele Menschen, die der Mutter die Hand schüttelten und laut und aufgeregt auf sie einsprachen.

Jetzt waren sie im Bus. Jennifer saß eingeklemmt zwischen ihrer Mutter und Willie und konnte sich fast nicht rühren.

Der Fahrer ließ den Motor anspringen. »Auf Wiedersehen... auf Wiedersehen...« Sie drehte sich noch einmal nach dem leeren, verlassenen Haus um. Aus dem offenen Schlafzimmerfenster wehte ein Vorhang und flatterte wie närrisch im Wind.

2

Die Werft der Coombes war leer und ausgeräumt. An der Stelle, die damals das unfertige Gerippe der »Janet Coombe« eingenommen hatte, befand sich jetzt eine Autogarage. Das große Gebäude mit seinem riesigen Dachstuhl, in dem Thomas Coombe und seine Söhne ihre Schiffsmodelle entworfen und gebaut hatten, war noch nicht verkauft. Es gehörte noch den Coombes; Tom und sein Vetter James vermieteten es jetzt als Bootshaus.

Nach dem Tod seines Vaters und dem Verkauf der Werft wollte Harold Coombe nicht mehr länger Lehrer in Plyn bleiben, zumal auch sein Bruder Willie ständig auf See war.

Mutter und Schwester lebten in London, er fühlte sich in der kleinen Hafenstadt verlassen und unglücklich. So gab er seine Stelle auf und nahm ein Angebot in London an.

Am letzten Tag in Plyn sprach Harold mit dem besten Freund seines Vaters, Fred Stevens, über seine Pläne. Fred, der Vetter Christophers, war jetzt zweiundvierzig Jahre alt und hatte die ganze schlimme Zeit über treu zu seinem Freund gehalten.

»Es ist eine ganz gute Stelle, die man mir angeboten hat. Schließlich werde ich ja auch in London nicht ganz allein sein. Mutter und die kleine Jenny sind doch dort.«

»Wenn nur deine Mutter damals nicht gar so schnell abgereist wäre«, meinte Fred Stevens. »Sie und Jenny könnten ganz gut bei uns hier leben. Gerade gestern habe ich noch mit Norah darüber geredet. Auch für John wär es sicher besser, wenn er Jenny zum Spielkameraden hätte. Es ist nie gut, wenn nur ein einziges Kind im Haus ist.«

»Ich glaube, wegen John mußt du dir nun wirklich keine Sorgen machen.« Harold lachte. »Er hat das Herz schon auf dem rechten Fleck. Schließlich habe ich ihn in der Schule in meiner Klasse gehabt und muß das beurteilen können.«

»Meinst du?« Der Vater lächelte beglückt.

»John ist schon recht.« Harold erhob sich, um aufzubrechen. »Vielleicht kann ich Mutter doch überreden, wieder nach Plyn zu ziehen. Eines Tages wird sie wahrscheinlich genug von der Großstadt haben. Was glaubst du?«

»Niemand kennt sich in Frauen aus«, meinte Fred und lächelte. »Jenny ist jedenfalls immer bei uns willkommen; John würde sich sehr freuen, wenn er nicht mehr allein wäre. John! John, wo steckst du denn schon wieder?«

Am Fenster erschien der Kopf eines Jungen.

»Sag Harold auf Wiedersehen; er reist morgen nach London ab.«

Der Knabe kletterte über das Fenstergesims. John war elf Jahre alt; er hatte die gleichen blauen Augen und das gleiche strähnige blonde Haar wie sein Vater.

»Schade, daß du fortgehst«, sagte er kurz.

»Ich finde es auch schade, John, aber es ist nun einmal so.«

Der Knabe nickte. »Kommst du wieder zurück?«

»Ich denke schon. Ich möchte euch doch alle wieder sehen – Plyn und die ganze Familie – und überhaupt alles hier.«

»Also, auf Wiedersehen, alter Junge«, sagte Fred, »ich will dich nicht länger aufhalten, du hast sicher noch viel zu tun. Alles Gute! Wir werden dich hier in Plyn nicht vergessen. Komm bald wieder; und vergiß nicht, deiner Mutter viele Grüße von uns zu bestellen!«

»Auf Wiedersehen, Fred, und – vielen Dank für alles, was du für uns getan hast; Willie und ich werden's dir nie vergessen. Auf Wiedersehen, John. Hoffentlich sehen wir uns bald einmal wieder.«

»Auf Wiedersehen, Onkel Harold.«

Fred Stevens und sein Sohn unterhielten sich noch über Harold. John war der festen Überzeugung, daß er seinen Onkel nicht mehr wiedersehen werde.

»Ich weiß genau, es wird etwas dazwischenkommen«, meinte er beharrlich, »ihr werdet zwar wieder über mich spotten – aber ich weiß es ganz genau.«

Harold war heimgegangen. Er suchte seine letzten Sachen zusammen und stopfte sie in den Koffer. Dann warf er einen Blick aus dem Fenster auf das stille Wasser des Hafens und seufzte: »Ich komme wieder. Mutter wird bald genug von London haben – in einem Jahr werden wir alle wieder hier sein, sie, Willie, Jenny und ich. Dies ist der Platz, an den wir gehören. Hier war Vater daheim, Großvater, alle – alle ... Wir kommen wieder.«

Er malte sich aus, wie die Zukunft sein würde.

In einem Jahr würden sie wieder in Plyn sein – spätestens in zwei Jahren, meinte er. Dies war im Herbst des Jahres 1912.

3

Langsam begann sich Jennifer an das Leben in der Pension in London zu gewöhnen. Manchmal war ihr, als habe sie nie etwas anderes als unzählige Dächer und rauchende Schornsteine vor ihrem Fenster gehabt. Unten auf der Straße kreischten die Bremsen der Autobusse, und von weitem hörte man das Pfeifen der Untergrundbahn.

Bertha hatte sich schnell wieder in ihre altgewohnte Umgebung eingelebt. Sie erinnerte sich nur noch an Christopher, wie er hier in London gewesen war. Bald fand auch sie – was ihre Mutter immer schon gesagt hatte –, daß sie all die Jahre »wie eine Heilige« zu ihm gehalten hatte. Was hätte der arme Christopher wohl ohne sie angefangen?

Inzwischen war Jennifer schulpflichtig geworden. Ihre Großmutter, die alte Mrs. Parkins, fand, daß für ihr Enkelkind nur die Privatschule von Miß Hancock gut genug wäre, und erbot sich, für die notwendigen Auslagen aufzukommen.

Jennifers erstes Schulzeugnis fiel glänzend aus. Sie hatte schnell herausgefunden, daß Hausaufgaben nur flüchtig angesehen wurden, sobald man nur recht schön schrieb.

Im zweiten Schuljahr geschah etwas Schreckliches, das Jennifer noch lange beschäftigen sollte. Die Direktorin der Schule hatte einen Brief an ihre Mutter geschrieben und sich darin über sie beklagt. Jennifer kam sich wie eine Verbrecherin vor, schlich tagelang bedrückt in der Pension umher und wagte nicht, Mutter und Großmama in die Augen zu sehen. Aber was sie eigentlich verbrochen haben sollte, war der kleinen Jenny ein Rätsel.

Eines Tages hatte Jennifer bemerkt, daß ein paar Kinder ihrer Klasse während der Pause abseits von den anderen standen und geheimnisvoll miteinander tuschelten. Sie gesellte sich zu ihnen, und eine von ihnen – ein mageres, kicherndes Mädchen mit langen Locken, das die anderen Lillias nannten – schlang den Arm um sie und fragte, ob sie nicht mitmachen wolle.

»Mitmachen? Wobei?« entgegnete Jennifer.

»Bei unserer Geheimgesellschaft. Wir versuchen, alle Geheimnisse der Erwachsenen herauszubekommen, und erzählen uns gegenseitig, was wir entdeckt haben.« Das klang ziemlich aufregend.

»Ich möchte aber Präsidentin sein«, meinte Jennifer.

»Ja, gut, wenn du unbedingt willst.«

Lillias nahm eine ihrer Freundinnen unter den Arm und redete leise auf sie ein. »Oh!« rief die Freundin erstaunt und machte runde Augen. »Wirklich? Woher weißt du das?« Sie steckten die Köpfe zusammen und flüsterten aufgeregt miteinander.

»Pst! Niemandem etwas sagen!«

Jennifer fühlte sich in ihrer neuen Würde gekränkt.

»Was ist das für eine Heimlichtuerei! Heraus mit der Sprache!«

»Lillias weiß...«

»Weiß was?«

»Wie die Kinder auf die Welt kommen.«

Alle traten aufgeregt näher zusammen. Lillias stand stolz in der Mitte und ließ sich bewundern.

»So«, bemerkte Jennifer abfällig, »das ist doch weiter gar nichts. Das weiß doch jeder.«

»Ja, weißt du es denn?«

Sie hatte noch nie darüber nachgedacht, aber sie durfte keinesfalls ihre Präsidentschaft aufs Spiel setzen.

»Natürlich weiß ich das. Dumme Frage!« log sie.

»Jennifer weiß es auch!« rief man von allen Seiten. »Sag's uns schnell!«

»Erzähl du es ihnen nur«, sagte Jennifer großmütig zu Lillias. Die Worte des Mädchens überstürzten sich fast, als sie atemlos herausbrachte:

»Aus dem Teich kommen sie jedenfalls nicht. Sie wachsen in den Menschen.«

»Oh! Woher weißt du das?«

»Ich habe meine Schwester gefragt, die jetzt vierzehn ist. Und im Lexikon steht es auch – ich habe nachgesehen...«

Jennifer starrte Lillias überrascht an. War das wahr? Wie komisch! Für einen Augenblick fiel sie aus der Rolle.

»Puh« sagte sie. »Das glaube ich nicht. Wie sollen denn im Menschen Kinder wachsen?«

»Siehst du« rief Lillias triumphierend, »du hast überhaupt keine Ahnung.«

»Aber natürlich« entgegnete Jennifer ebenso heftig. »Ich habe jetzt nur so getan, um zu sehen, was du darauf sagen würdest.«

Das klang nicht sonderlich überzeugend.

»Jedenfalls«, fuhr sie fort, »weiß ich mehr davon als du. Denn ich habe ja selbst schon ein Kind gehabt.«

»Du spinnst ja! Du bist doch noch gar nicht erwachsen.«

»Aber wenn ich es euch sage!« beteuerte Jennifer und phantasierte unentwegt weiter. Jetzt nur nichts merken lassen, dachte sie. »Letzten Sommer habe ich ein Baby gehabt, aber ich habe es weggegeben – ich – ich mußte.«

»Oh, du schwindelst! Kinder bekommt man doch nur, wenn man verheiratet ist.«

»Aber ich habe trotzdem eines gehabt. Es hieß, es sei ein Wunder gewesen. Ich glaube, jemand hat es dann in ein Papier gepackt und weggegeben – aber – das weiß ich nicht mehr so genau.«

»Jennifer! Das denkst du dir doch bloß aus. Wie hat es sich angefühlt? Ist es in dir gewachsen?«

»Ach, da ist doch nichts Besonderes dabei. Mutter meint übrigens, in den Ferien bekäme ich wieder eines.« Nach diesem letzten Trumpf läutete glücklicherweise die Glocke. Schweigend und an den Nägeln kauend, suchten die Mädchen wieder ihre Plätze im Klassenzimmer auf.

Ein paar Tage später wurde Jennifer von ihrer Mutter ins Wohnzimmer gerufen. Großmama und Mutter saßen mit hochroten Köpfen vor dem Kamin. Mutter hielt einen Brief in den Händen.

»Jenny«, begann sie ernst, »hier ist ein Brief von Miß Hancock, in dem sie mir schlimme Sachen von dir schreibt. Großmama und ich sind sehr betrübt über dich.«

Jennifers Knie zitterten. Was war geschehen? Was hatte sie verbrochen? »Was hat Miß Hancock denn geschrieben?« fragte sie schüchtern.

»Die Eltern eines der Mädchen, die mit dir in die Schule gehen, haben an Miß Hancock geschrieben und sich darüber beschwert, daß ihre Tochter mit abscheulichen Gedanken und Phantasien aus der Schule heimgekommen sei, die du ihr in den Kopf gesetzt hättest. Miß Hancock hat sich dann das Mädchen – Lillias heißt es, glaube ich – vorgenommen. Sie habe geweint und gesagt, es sei ein geheimes Spiel, du seist die Anführerin, und der Zweck sei, herauszubekommen, wie – wo – die Kinder herkämen, und ähnliche Sachen. Jenny – wie konntest du nur!«

»Ich habe doch nur getan, als wüßte ich alles«, brachte Jenny schließlich stockend heraus. »Lillias hat geprahlt, sie wüßte genau, wie die Kinder auf die Welt kämen. Da habe ich gesagt, ich hätte schon eins gehabt, und –«

»Jennifer!« Die Mutter starrte sie völlig entgeistert an.

Großmama lachte trocken.

»Habe ich es dir nicht gesagt, Bertha? Ich wußte ja, daß das Kind einen schlechten Charakter hat. Ein Kind in ihrem Alter! Und solche Ideen! Bertha, ich bin entsetzt.«

Jennifer war tief unglücklich.

»Jenny«, sagte die Mutter traurig, »ich weiß wirklich nicht, was ich von dir halten soll. Schrecklich, daß meine eigene Tochter so häßliche Dinge tut...«

Sie faltete den Brief zusammen und steckte ihn in ihre Handtasche.

»Du wirst Miß Hancock schreiben und ihr sagen, daß es dir leid tut. Sonst wird sie nie wieder etwas von dir wissen wollen. Willst du Großmama und mir versprechen, daß du nie mehr an so häßliche Sachen denken wirst?«

»Ja«, hauchte Jennifer fast unhörbar.

Im Juli 1914 mieteten sich Großmama, Mutter, Harold und Jennifer für vierzehn Tage im Seebad Swanage ein. Nach der trostlosen Langeweile in der Pension in Maple Street empfand Jennifer das Leben in Swanage als angenehme Abwechslung. Sie freute sich, daß sie sich am Strand tummeln konnte und im Meer baden durfte – wenn auch der Strand kaum zu sehen war vor all den vielen Menschen, Liegestühlen, schreienden Kindern und bellenden Hunden, die sich darauf breitmachten.

»Nicht wahr, in Plyn war es nicht so wie hier, Harold?« fragte sie scheu ihren großen Bruder. Er strich ihr übers Haar und lachte. »Nein, nicht ganz so«, meinte er.

Sie seufzte, eigentümlich erleichtert, und hoffte, ihr Bruder wundere sich nicht allzusehr darüber, daß sie vergessen hatte, wie es in Plyn war.

In diesem Sommer baute er keine Sandburgen mehr mit ihr; ständig las er Mutter und Großmama aus den Zeitungen vor, aber nichts, was sie interessiert hätte, nur langweilige, endlos lange Artikel über fremde Länder.

Als sie ihre Sandburg mit den Händen glattklopfte und vorsichtig eine weiße Muschel anbrachte, um den Eingang zu kennzeichnen, hörte sie ihn sagen: »England wird sich für die eine oder andere Seite entscheiden müssen, wenn es losgeht.«

Sie nahm ihren Eimer und holte Wasser, eine lange Spur Tropfen im Sand hinterlassend.

Harold zog den Strohhut tief über die Augen.

»Ich weiß nicht, Mama, ich fürchte, es wird Krieg geben. Aber bis Weihnachten wird es sicher vorbei sein.«

Eines Tages regnete es, und sie mußten daheim bleiben. Mutter und Großmama saßen mit ihrer Näharbeit am Fenster, Jennifer hatte ihr Malbuch auf den Knien. Sie malte gerade an dem blauen Anzug eines Matrosen. Das Blau gefiel ihr noch nicht recht.

Plötzlich stürzte Harold mit nassem Regenmantel ins Zimmer, eine Zeitung in der Hand schwenkend.

Noch lange erinnerte sich Jennifer an das Bild, das der Bruder bot: den Kopf in den Nacken geworfen, das Kinn in die Luft gereckt und ein merkwürdiges Lächeln um die Lippen, stand er in der geöffneten Tür.

»Deutschland hat Rußland den Krieg erklärt«, sagte er.

Jennifer malte weiter an ihrem Matrosen, jetzt war sie mit dem Blau zufrieden.

4

Anfangs änderte der Krieg in Jennifers Leben nur wenig. Als die Ferien vorüber waren, kehrten sie nach London zurück, und Ende September ging Jennifer wieder zur Schule. Die Erwachsenen nahmen sich sehr wichtig, wie immer, und führten große Reden. An den langen Herbstabenden pflegte Jennifer über ihren Schulaufgaben in einer Ecke des Wohnzimmers zu sitzen, da in ihrem Zimmer nicht geheizt wurde. Sie kaute an ihrem Federhalter, stützte den Kopf mit den Händen und versuchte, sich auf ihre Aufgaben zu konzentrieren; ihre Gedanken wurden aber immer wieder von der Unterhaltung der Erwachsenen am Kaminfeuer abgelenkt. Großmama hatte mit Reißnägeln eine Karte von Europa an der Wand befestigt, und darauf markierte sie mit kleinen Fähnchen das Vorrücken des Feindes.

Großmama und Mutter kauften große Knäuel roter Wolle und fingen an, Socken zu stricken. Die männlichen Gäste verschwanden allmählich aus der Pension. Eines Tages kamen sie dann gewöhnlich wieder: in Uniform. Sie sahen dann größer und irgendwie wichtiger aus, und die Frauen überboten sich in Aufmerksamkeiten für sie.

Alle tranken ihren Tee jetzt ohne Zucker, und Mutter weigerte sich sogar, Butter auf ihren Toast zu streichen. Jennifer hatte dafür nur ein Achselzucken. Der Krieg berührte sie nicht. Sie hatte nie Zucker zum Tee genommen und aß keinen Toast.

Sie war ja nur ein kleines Mädchen, das sich an der Unterhaltung der Erwachsenen nicht beteiligen durfte und lediglich jeden Tag seine Schulaufgaben zu machen hatte.

Auf ihrem Schulweg sah sie den Soldaten zu, die im Regent's Park exerzierten. Sie marschierten in langen Kolonnen durch die Straßen und schwangen die Arme im Takt zu ihren Schritten.

Sie liebte die Lieder, die sie dabei sangen.

»Hand in Hand mit einer Schönen
Hab ich gestern Dich gesehen.

Keine war es, die ich kannte...«

Sie brüllten, daß sich bei manchen die Stimme überschlug. Jennifer stand am Straßenrand, winkte den Männern zu, und sie winkten zurück.

Jennifer beeilte sich, rechtzeitig in die Schule zu kommen. An diesem Morgen sollte sie erfahren, daß Krieg auch noch etwas anderes bedeutete als fettgedruckte Schlagzeilen in Zeitungen. Sie hatte Zeichnen bei Mrs. James, einer stillen, zurückhaltenden Lehrerin, die wenig Autorität bei den Kindern besaß. Jennifer führte sich wieder einmal schauderhaft auf, sie stand auf einem Bein und schwenkte ihr Lineal in der Luft, und die unglückliche Zeichenlehrerin ermahnte sie gerade, doch endlich einmal still zu sitzen, als die Klassenzimmertür geöffnet wurde und eine Stimme sagte:

»Verzeihung, Missis James, Miß Hancock möchte Sie sprechen.«

Als sie ohne Aufsicht waren, kannte die Ausgelassenheit der Mädchen keine Grenzen mehr. Die Klasse schien völlig außer Rand und Band zu geraten, und Jennifer bildete die Anführerin der wilden Horde. Zehn Minuten, zwanzig Minuten, eine halbe Stunde waren schon vergangen, und immer noch war die Lehrerin nicht zurück.

Jennifer ergriff die Kreide und zeichnete etwas Eselähnliches an die Tafel, mit der Unterschrift »Miß James«. Die Kinder schrien vor Lachen. Rot vor Stolz löschte Jennifer das Bild aus und war gerade dabei, ein neues zu malen, als sich eine Schülerin aus einer Oberklasse in der Tür zeigte.

»Seid doch bitte ruhig«, sagte sie ernst, »und setzt euch wieder an eure Tische. Ihr könnt mit euren Hausaufgaben anfangen. Miß James wird heute vormittag nicht mehr kommen. Sie hat ein Telegramm mit der Mitteilung erhalten, daß ihr Mann gefallen ist.«

Plötzlich wurde es ganz still im Zimmer.

Die Mädchen setzten sich auf ihre Plätze und öffneten wortlos ihre Bücher. Jennifer ließ die Kreide fallen. Sie blickte auf den Federhalter auf dem Pult, den Mrs. James eilig aus der Hand gelegt hatte, und glaubte plötzlich deutlich das blasse Gesicht ihrer Lehrerin vor sich zu sehen, wie sie vor Miß Hancock stand und von dieser das Telegramm erhielt.

Eines der Mädchen begann zu weinen.

»Ach, so eine Gemeinheit«, flüsterte Jennifer vor sich hin, »so eine Gemeinheit...«

Und sie dachte an Harold, wie er ihr in Uniform aus dem Fenster des überfüllten Zuges an der Waterloo Station zugewinkt hatte. Plötzlich hatte sie schreckliche Angst.

Es kam jetzt häufig vor, daß Kinder eine Woche lang nicht zur Schule kamen; wenn sie dann wieder erschienen, trugen sie schwarze Binden am Arm. Das hieß, daß sie einen Familienangehörigen an der Front verloren hatten. Das Essen in der Pension wurde immer schlechter. Das Brot war dunkelbraun und klebrig, Konfitüre gab es schon lange nicht mehr, und statt Butter stand Margarine auf dem Tisch. Kartoffeln waren ein seltener Luxus geworden, und als Gemüse gab es fast immer nur Kohlrüben.

Der Pudding wurde mit kleinen weißen Tabletten, die man Sacharin nannte, gesüßt. Jennifer hatte schon ganz vergessen, wie das Essen früher geschmeckt hatte. Sie wußte auch kaum noch, wie sich Männer vor dem Krieg anzuziehen pflegten. Jetzt trug jeder Khaki. Es war schwer, sich etwas anderes vorzustellen.

Harold fiel im März.

Als sie am Nachmittag aus der Schule kam, wußte sie sofort, was geschehen war. Das Dienstmädchen, das ihr die Tür geöffnet hatte, sah aus, als wäre sie einem Gespenst begegnet; sie machte sich verlegen am Türgriff zu schaffen und vermied es, Jennifer in die Augen zu sehen. Auf einem Stuhl in der Halle lag unordentlich ein Männerhut, im Eßzimmer war der Teetisch noch nicht gedeckt. Jemand öffnete die Tür vom Wohnzimmer und zog sich beim Anblick Jennifers sofort wieder zurück.

Jennifer spürte, wie sich ihr Herz zusammenkrampfte. Sie wußte, was geschehen war.

»Wo ist Mutter?« fragte sie.

»Oben, mit deiner Großmutter – ich – glaube, ihr ist nicht ganz gut«, stotterte das Mädchen und schloß die Tür zur

Kellertreppe hinter sich. Jennifer wäre am liebsten davongelaufen, nur um nicht zu erfahren, ob sie wirklich die Wahrheit erraten hatte. Nur jetzt niemanden sehen! Sie schlich die Treppe hinunter und schloß sich auf der Toilette ein. Hier würde sie niemand vermuten. Sie kniete auf den Fliesen auf dem Boden und betete. »Lieber Gott, bitte, laß es nicht Harold oder Willie sein, bitte, mach, daß alles nur Phantasie von mir ist!« Dann stand sie wieder auf, wartete und horchte gespannt auf Schritte.

Nach zwanzig Minuten hörte sie jemanden langsam und schwer die Treppe herunterkommen. Die Schritte verloren sich auf dem Teppich in der Halle. Die Wohnzimmertür quietschte in den Angeln, sonst blieb alles ruhig. Das mußte Großmama gewesen sein. Jennifer riegelte die Tür auf und ging hinaus. Es hatte keinen Zweck, sie konnte nicht länger warten. Sie mußte die Wahrheit erfahren. Sie schlich die Treppen hinauf zum Schlafzimmer ihrer Mutter. Mit klopfendem Herzen und zitternden Händen stahl sie sich ins Zimmer.

Der Raum war völlig finster, die Läden waren geschlossen und die Vorhänge zugezogen.

Kaum konnte Jennifer in der Dunkelheit die Gestalt ihrer Mutter auf dem Bett erkennen. Sie stand in der Tür, hielt den Atem an und hatte Angst, sich bemerkbar zu machen. Der Vorhang am Fenster bewegte sich im Luftzug.

Mutter sprach, mit einer heiseren, gequälten Stimme, die Jennifer ganz fremd vorkam.

»Bist du es, Jenny?«

»Ja, Mutter.«

Beide schwiegen. Jennifer wartete, ihr Herz klopfte – ihre Kehle war ausgetrocknet.

»Harold ist gefallen, Jenny...«, sagte die Stimme ganz leise.

»Ja«, flüsterte Jennifer. »Ja, ich weiß.«

Einen Augenblick lang empfand sie das Bedürfnis, neben der unglücklichen Gestalt am Bett zu knien, sie zu umarmen und sie zärtlich zu streicheln, ihr liebevolle Worte ins Ohr zu flüstern, um sie zu trösten.

Aber sie war zu scheu dazu.

Sie schlich aus dem Zimmer und zog sacht die Tür hinter sich ins Schloß, die Tränen stiegen ihr in die Augen und tropften ihr über die Wangen – unaufhaltsam.

Jennifer erwachte mit einem Schrei. Es war ihr, als ob eine Kanone unmittelbar neben ihr losgegangen sei. Wieder hörte man die Detonation. Die Wände des Hauses zitterten wie bei einem Erdbeben. Sie setzte sich im Bett auf und griff nach ihrem Morgenrock. Jetzt hörte man die Sirenen. Es war immer wieder das gleiche, das Krachen der Kanonen, die Einschläge und das Heulen der Sirenen, aber jedesmal erschrak sie wieder aufs neue. Sie steckte die Finger in die Ohren, um nichts mehr hören zu müssen, und rannte aus dem Zimmer.

Sie gingen in den Keller, in dem man Feldbetten und Liegestühle mit Decken aufgestellt hatte. Die angespannten Gesichter der Frauen und Männer waren merkwürdig blaß und gelb im fahlen Licht der Kerzen.

Jennifer saß neben ihrer Mutter, ihre Zähne klapperten. Sie hatte keine Angst, aber sie konnte es nicht verhindern, daß sie am ganzen Körper zitterte und ihre Zähne aufeinanderschlugen.

Niemals würde sie aufhören, bis an das Ende ihrer Tage würde sie hier unten sitzen und auf das Krachen der Einschläge und auf das Platzen der Granaten lauschen. Die Einschläge verstummten. Jetzt klang es nur noch wie das Summen über einem Bienenkorb. »Da sind sie – genau über uns.«

Wieder hörte man die Kanonen.

Jennifer hatte das Gefühl, als ob sie schon immer in diesem Keller gesessen hätte. So lang sie zurückdenken konnte, war es immer das gleiche gewesen: Sirenen, Kanonendonner und Einschläge. Eines Tages vielleicht würde alles vorbei sein, eines Tages würde es keinen Krieg mehr geben.

Sie war jetzt zwölf Jahre alt. Jennifer fühlte sich alt.

Der Krieg hatte nach Harold auch Willie genommen. Früher hatten sie mit ihr gespielt und mit ihr gelacht. Sie hatten neben ihr gestanden, sie waren Wirklichkeit gewesen. Aber alles, was von ihnen übriggeblieben war, waren zwei Telegramme und zwei Briefe von unbekannten Offizieren. Wenn sie sich auch noch so sehr nach ihnen sehnte, nie würden sie wiederkommen.

Langsam wurde es ruhiger, nur von weit her klang es noch wie fernes Gewitterrollen.

Jennifer fühlte sich erwachsen; Papa und die beiden Brüder lagen weit hinter ihr, nur manchmal dachte sie noch an sie wie an ihre alten Bilderbücher, an ihre Kinderzeichnungen oder an ihren harmlosen Teddybären.

Ganz nebelhaft erinnerte sie sich auch noch an Plyn, an das Meer, an schroffe Felsen und an einen Weg zwischen wogenden Kornfeldern.

Bald würde sie kein Kind mehr sein, würde nicht mehr über all die komischen Sachen lachen können, nicht mehr mit den raschelnden Blättern in den Rinnsteinen spielen, irgendeinen Gassenhauer vor sich hinpfeifen und an der nächsten Ecke auf das große Abenteuer warten – sie würde still und sittsam neben ihrer Mutter die Auslagen in den Londoner Geschäften betrachten. Schrecklich, sich das auszumalen!

Es war ganz still geworden. Die ständigen Einschläge und das Donnern der Geschütze hatten aufgehört. Ganz zart, wie ein feines Echo, hörte man ein Hornsignal – Entwarnung.

5

Bis zu ihrem siebzehnten Lebensjahr ging Jennifer zur Schule. Als der Krieg zu Ende ging, hatte sie gerade ihren zwölften Geburtstag gefeiert; in den folgenden fünf Jahren entwikkelte sie sich körperlich und geistig sehr rasch. Ihre kindliche Schüchternheit verlor sich, als sie sich ihrer Fähigkeiten bewußt wurde. In der Schule gab sie sich Mühe, wenn es ihr gerade einfiel. Sonst war sie unaufmerksam und schien im großen und ganzen nicht viel vom Unterricht zu halten. Die Lehrer konnten wenig mit ihr anfangen.

Im Sommer 1923 verließ Jennifer die Schule. Nach den

üblichen Ferien am Meer, die sie in jenem Jahr in Felixtowe verbracht hatten, befand sie sich wieder in der Maple Street, und das einzige, was sich geändert hatte, war: daß sie nun nicht wußte, womit sie die Tage ausfüllen sollte. Großmama, die den ganzen Tag in ihrem Sessel im Wohnzimmer saß und von dort kommandierte, ermahnte sie, Mutter zu helfen und sich dafür erkenntlich zu zeigen, daß sie sich dank ihrer – Großmamas – Großzügigkeit nicht um eine Stelle bemühen müsse.

»Ich hoffe, Jennifer, du bist dir darüber klar, wie gut es dir all die Zeit gegangen ist. Du hast eine glänzende Erziehung genossen, hast dieses Haus als dein eigenes Heim betrachten dürfen und erfreust dich jetzt mit deinen siebzehn Jahren einer Freiheit, wie sie deine Mutter in deinem Alter nicht gehabt hat.«

Jennifer blickte kaum von ihrem Buch auf. Sie hatte sich mit der Zeit schon so an solche Reden gewöhnt, daß sie ihr kaum noch Eindruck machten.

»Von der Freiheit merke ich nicht viel«, meinte sie. »Ich glaube, der einzige Unterschied zu Mutters Jugend besteht darin, daß ich allein in der Untergrundbahn und im Bus fahre, was Mutter damals noch nicht tun durfte. Sonst führe ich sicherlich ziemlich das gleiche Leben wie sie als junges Mädchen.«

Großmama zog hörbar den Atem ein.

»Das ist ja Unsinn«, murmelte sie zwischen den Zähnen. »Ich habe dieses ewige Draußenherumjagen sowieso nicht gern.«

Bertha legte die Schere aus der Hand. Sie stickte an einem Unterrock.

»Was hast du diese Woche vor, Jenny?«

»Gar nichts. Morgen wollte ich einmal an den Hafen gehen und mir die Schiffe ansehen.«

»Was für eine komische Idee!«

»Ich sehe Schiffe sehr gern.«

»Laß dich bloß nicht von jemandem ansprechen.«

»Ich werde nie angesprochen. Manchmal wünsche ich mir's geradezu...«

»Was? Sie wünscht sich, angesprochen zu werden. Bertha, ich verbiete, daß Jennifer diesen Spaziergang unternimmt.«

»Du hast recht, Mama. – Jennifer, du hast gehört, was Großmama gesagt hat.«

»Ja.«

Bertha merkte, wie ihre Tochter von Tag zu Tag unzufriedener wurde, schob dies jedoch auf ihren Charakter. Der arme Christopher war ja auch so gewesen. Immer unruhig und immer unzufrieden. Schade, daß Jennifer ausgerechnet diese Eigenschaft von ihm geerbt hatte. Bertha wußte nicht, was sie machen sollte. Sie war als Mädchen so ganz anders gewesen. Malen und Klavierspielen interessierten Jennifer nicht. Immerhin war sie ja noch sehr jung. Und wenn sie erst einmal einen wirklich netten jungen Mann mit viel Geld kennenlernen würde...

Bertha sprach mit Großmama darüber, und sie entschieden gemeinsam, das beste für Jenny wäre, sie heiratete.

In diesem Augenblick trat Jennifer ins Zimmer.

»Hallo«, sagte sie, »ich habe eine Stellung.«

Bertha erhob sich erstaunt von ihrem Stuhl.

»Jenny – was, um Himmels willen, soll das heißen?«

»Was hat sie? Was hat sie? Ich verstehe kein Wort.«

Großmama lehnte sich in ihrem Sessel nach vorn.

»Ich habe eine Stellung«, wiederholte Jennifer. »Morgen früh um neun fange ich an.« Sie setzte sich auf die Lehne eines Armstuhls und betrachtete die entsetzten Gesichter der beiden.

»Das finde ich aber gar nicht nett von dir«, sagte Bertha. »Ich begreife dich einfach nicht. Du gehst und nimmst eine Stellung an, als ob du bereits einundzwanzig und dein eigener Herr wärst, während Großmama und ich hier sitzen und uns fragen, was wir mit dir machen sollen...«

»Mutter, hör mich einmal an. Du und Großmama, ihr sitzt hier und beratschlagt, aber unternehmt nichts. Und warum solltet ihr auch? Also bin ich losgegangen und habe für euch gehandelt.«

»Aber du hast es doch schließlich gar nicht nötig«, bestand die Mutter auf ihrer Meinung. »Großmama sorgt doch dafür, daß du alles hast, was du brauchst. Den hübschen Hut, den du da in der Hand hältst, hast du erst vor drei Wochen bekommen. Und letzten Endes wird alles auf mich zurückfallen. Es sieht ja fast so aus, als könnte ich dich hier nicht brauchen. Jennifer, du hast mir sehr weh getan.«

»Mutter, bitte, übertreibe nicht. Es ist doch schließlich nichts weiter dabei, wenn man eine Stellung annimmt. Heutzutage arbeitet jeder. Sogar ganz reiche Mädchen, deren Eltern großes Vermögen haben, arbeiten. Ich weiß, früher war das nicht üblich, aber du hast selbst vor ein paar Tagen gesagt, der Krieg habe alles verändert.«

»Was sagt sie, Bertha?«

»Ach, Gott! Ach, Gott! Jennifer sagt, vor ein paar Jahren hätte man es zwar noch unmöglich gefunden, daß ein Mädchen aus gutem Hause so etwas täte, aber heute fände niemand mehr etwas dabei.«

»Was? Bei was? So etwas habe ich mein Lebtag noch nicht gehört. So etwas Abscheuliches! So etwas Unmoralisches! Können sie nicht warten, bis sie verheiratet sind? Großer Gott, ich –«

»Nein, nein, Mama. Jennifer meint, seit dem Krieg hätten alle Mädchen eine Stellung. Ich weiß nicht, wie ich darüber denken soll.«

Jennifer ging zur Tür. »Ich bin hier anscheinend überflüssig, darum gehe ich jetzt lieber auf mein Zimmer.«

»Warte einen Augenblick, Jenny! Du hast uns immer noch nicht gesagt, um was für eine Stelle es sich eigentlich handelt.«

»Ja, Jennifer. Oder mußt du dich etwa schämen, das zu erzählen?«

»Aber nein. Es ist keineswegs eine Arbeit, deren man sich schämen müßte. Es handelt sich um eine Stelle als Assistentin bei einem Tierarzt – so eine Art Hunde-Schwester werde ich sein.«

Einen Augenblick lang herrschte betroffenes Schweigen. Jennifer schlüpfte aus dem Zimmer.

»Hunde-Schwester?« Bertha starrte ihre Mutter hilflos an. »Kannst du dir etwas Furchtbareres vorstellen? Sie wird

Flöhe und wer weiß was für Ungeziefer ins Haus bringen! Und den ganzen Tag wird sie mit kranken Tieren hantieren! Manchmal frage ich mich wirklich, ob es nicht das beste wäre, mit Jennifer zu einem Nervenarzt zu gehen. Vielleicht ist sie doch nicht ganz normal. Ach, Mama, was sollen wir bloß machen?«

»Nicht ganz normal? Blödsinn! Natürlich ist sie ganz normal. Ich möchte nur wissen, wie alt dieser sogenannte ›Tierarzt‹ ist...«

Am nächsten Tag half Jennifer, angetan mit einer weißen Schwesternschürze, einem ältlichen Mann, der immer traurig aussah, einer jämmerlich schreienden Katze eine Spritze zu geben. Das arme Tier war vor zwei Minuten überfahren worden.

»Geht es?« fragte der Tierarzt.

»Ja«, sagte Jennifer und biß die Zähne zusammen.

Sie schlang die Arme um die blutende, wimmernde Katze und preßte sie an sich. Ihre Hände waren ruhig, als ob sie ihr Leben lang nie etwas anderes getan hätte.

Acht Monate war Jennifer Assistentin bei Mr. Macleugh, dem Tierarzt in der Baker Street. Dann aber mußte er die Arbeit, seiner angegriffenen Gesundheit wegen, aufgeben.

Ihre Mutter und Großmutter hatten inzwischen gemerkt, daß es hoffnungslos war, mit ihr zu diskutieren, sie würde doch immer machen, was sie wollte. Sie hatten sich erst nach Wochen daran gewöhnen können, daß Jennifer Tierarztgehilfin war.

Nach dem Verlust ihrer ersten Stelle sah sich Jennifer nach einer anderen um. Eines Tages verkündete sie, daß sie eine Stelle als Strumpfverkäuferin angenommen habe. Bertha sah sie betroffen an. »Manchmal glaube ich, daß du das alles nur machst, um mich zu kränken. Mit der glänzenden Erziehung, die wir dir haben angedeihen lassen, verkaufst du nun Strümpfe...«

»In der Schule habe ich doch nichts gelernt«, sagte Jennifer, »höchstens, daß es sich nicht lohnt, lange Reden zu halten. Ich kann mich weder an die chinesischen Flüsse noch an den indischen Export erinnern, auch nicht an den Satzbau oder an irgendeine Geschichtszahl. Seitdem ich aus der Schule bin, habe ich immerhin gelernt, was man macht, wenn ein Tier Schmerzen hat. Das ist sicherlich mehr wert als all das andere Zeug.«

»Aber wohin soll das führen? Das fragen Großmama und ich uns schon die ganze Zeit. Es ist ja sehr schön, wenn man mit Tieren umzugehen versteht – aber ein Mädchen mit deiner Erziehung – Strümpfe verkaufen, hinter einem Ladentisch... Du bist als junge Dame aufgewachsen; und jetzt? – Schau dir doch nur die Leute an, mit denen du da zusammenarbeiten mußt!«

»Mutter, die Mädchen sind sehr nett, wenigstens die meisten von ihnen. Und – ich fühle mich überhaupt nicht damenhaft. Damenhaft ist übrigens ein scheußlicher Ausdruck.«

Nach zwei Monaten hatte Jennifer von den Strümpfen genug. Drei Wochen lang war sie Serviererin in einer der zahlreichen Londoner Lyons-Teestuben, aber weil sie zuviel Geschirr zerbrach, wurde sie entlassen. Sie war keineswegs entmutigt, meldete sich bei einer Staubsaugerfirma und ging nun von Haus zu Haus und pries die Fähigkeiten des neuen Modells »Staubfix« an.

Leider hatte das Modell »Staubfix« nicht den Erfolg, den man sich von ihm versprochen hatte. Wieder einmal war Jennifer ohne Stellung. Inzwischen hatte sie etwas Geld zurücklegen können. Ihre Mutter riet ihr, sich einen Pelzmantel zu kaufen, Großmama schlug eine Gesamtausgabe der Werke Sir Walter Scotts in Leder vor. Jennifer fand beides überflüssig. Fast hätte sie bei einem Trödler das Modell einer Brigg gekauft, aber sie schloß die Augen und ging schleunigst weiter. Als sie sie wieder öffnete, fiel ihr Blick auf ein Messingschild. »Stenographie- und Schreibmaschinen-Unterricht« stand dort geschrieben.

Jennifer meldete sich für den nächsten Kurs an, der auch Buchführung und Rechnungswesen enthielt. So würde sie wenigsten bis Ostern etwas zu tun haben.

Doch das befriedigte sie keineswegs. Es war ihr alles zu trocken und zu langweilig. Jennifer hatte das Gefühl, es müsse noch etwas ganz anderes im Leben geben als das, was sie bisher kennengelernt hatte – mehr, als daß man ab und zu einmal froh war, ab und zu einen kleinen Kummer oder irgendeine belanglose Aufregung hatte und sich hin wieder einmal zu einer guten Tat aufraffte. Das konnte doch nicht das ganze Leben sein.

Jennifer war unglücklich. Die stickige Atmosphäre der Pension war ihr zuwider.

London war für sie immer noch die farblose Stadt, die sie schon als Kind gehaßt hatte, und die Pension hatte sie immer nur als bloße Wohnung, nie als ein Zuhause angesehen.

Aber sie sah keinen Ausweg aus ihrem trostlosen Dasein.

Kurz nach Weihnachten zog ein neuer Gast ein. Er mochte ungefähr sechzig Jahre alt sein, dieser Mr. Francis Horton; was er eigentlich für einen Beruf ausübte, wurde nie ganz klar. Seine Umgangsformen waren fast zu korrekt, seine Art, sich auszudrücken, übertrieben gewählt. Binnen kurzem war er der angesehenste Bewohner der Pension. Anfangs verabscheute ihn Jennifer, bald aber fand sie ihn nur noch lächerlich. Insgeheim begann er sie zu belustigen.

»Er ist so vornehm«, sagte Großmama, »ganz comme il faut, findest du nicht auch, Bertha? Endlich einmal ein Mann der alten Schule.«

Nach wenigen Wochen war ihm auch der Eintritt in das Privatwohnzimmer der Familie nicht mehr verwehrt. Ohne die Gegenwart Mr. Hortons war der Abend nicht mehr vollkommen. Er saß zwischen den beiden Damen am Kamin und unterhielt sie. Jennifer zog sich in den Schaukelstuhl neben dem Bücherschrank zurück. Mr. Horton war immer höflich und zurückhaltend, vergaß jedoch nie, seine männliche Überlegenheit zu betonen.

»Nun, meine Damen«, begann er mit seiner weichen, samtenen Stimme, die immer etwas unnatürlich klang, »wie haben Sie den Tag verbracht? – Ist es nicht erstaunlich, wie die Zeit verfliegt? Heute sind es bereits fünf Wochen, daß ich bei Ihnen wohne.«

»Was sagt er? Was hat er fünf Wochen gemacht?«

»Seit fünf Wochen zähle ich nun schon zu Ihren Pensionären, Missis Parkins – erklärte ich gerade Missis Coombe. Das ist doch direkt ein Ereignis! A propos – entschuldigen Sie bitte mein mangelhaftes Französisch – , dieser Tag wäre eigentlich wert, daß wir ihn feierten. Nur wir vier. Wie wäre es, wenn wir heute abend ins Theater gingen?«

»Ins Theater? Unsinn! Ich gehe doch nicht ins Theater, Mister Horton. Die Schauspieler sprechen heutzutage alle so undeutlich. Gehen Sie mit Bertha, Mister Horton.«

»Missis Coombe, würden Sie mir die Ehre erweisen?«

»Oh, Sie sind zu liebenswürdig, Mister Horton, Jennifer, du kommst natürlich mit, nicht wahr?«

»Vielen Dank, Mama, lieber nicht, denn ich – mir ist –, ich bekomme einen Schnupfen...« Jennifer schlug die Augen nieder.

»Dann bleiben nur Sie übrig, Missis Coombe, und ich. Ich hoffe, Sie werden nichts dagegen haben, mit mir allein zu gehen?«

Jennifer sah, wie ihre Mutter errötete, stieß ihren Stuhl zurück und trat an den Bücherschrank.

»Miß Jennifer, Sie erteilen uns Ihr Einverständnis?« Die samtene Stimme folgte ihr durchs Zimmer.

»Ich werde auf Ihre Mutter achtgeben und sie wie meinen Augapfel hüten. Die kleine Zerstreuung wird sie aufheitern.«

»Wenn sie einverstanden ist«, sagte Jennifer belustigt, »dann ist ja alles in Ordnung.«

Als sie die Tür hinter sich schloß, hörte sie noch seine Stimme: »In welches Theater möchten Sie gehen? Ich würde vorschlagen, wir sehen uns ein Lustspiel an.«

Mit der Zeit wurde dieser wöchentliche Theaterbesuch die Regel. Jennifer wurde gar nicht mehr aufgefordert, sie zu begleiten: Tag für Tag mußte sie das wachsende Einvernehmen zwischen der Mutter und Mr. Horton mitansehen. Wenn er das Zimmer betrat, schien Bertha verändert. Mit der Zeit spürte man in seinem Tonfall, wenn er mit ihr sprach, eine gewisse Überheblichkeit. Fast unterwürfig fragte sie ihn manchmal nach seiner Meinung.

Nur allzuoft wurde Jennifer unfreiwillig Zeugin ihrer Unterhaltungen. Fast hielt sie es nicht mehr aus, mit Mutter und Mr. Horton im selben Raum zu sitzen. Es war lächerlich, daß ihre Mutter diesen Menschen überhaupt ernst nahm. Sie stellte sich ihm gegenüber als Märtyrerin hin.

»Mein Leben war unbeständig genug«, hörte Jennifer sie einmal sagen. »Mein armer Mann hat nie begriffen, was für Opfer ich ihm gebracht habe. Die besten Jahre meines Lebens habe ich ihm geopfert. Was wir anfangs zurücklegen konnten, hat er alles verspekuliert. Später hatte er dann mehr Glück und konnte mir und den beiden Jungen wenigstens so etwas wie ein Heim bieten. Zwölf Jahre lang lebten wir – wie Sie vielleicht schon gehört haben – im hintersten Winkel von Cornwall. Ich habe nie geklagt und immer versucht, mich in alles zu finden. Die Menschen dort waren ja ganz nett, aber sie kamen doch immerhin aus ganz anderen Verhältnissen. Sie verstehen, was ich meine?«

»Sie müssen viel durchgemacht haben«, sagte Mr. Horton und nahm ihre Hand.

»Ich habe versucht, meine Ansprüche ganz zurückzustekken und nur an Christopher und die Kinder zu denken.«

Jennifer lief aus dem Zimmer. So etwas Gemeines, so eine Abscheulichkeit! Sie konnte es nicht ertragen, das länger mit anzuhören.

Wie konnte es Mutter nur fertigbringen, so von Papa zu reden, der sein Leben lang bestrebt gewesen war, ihr immer alles recht zu machen? Die besten Jahre ihres Lebens habe sie ihm geopfert? Und Papa – hatte er ihr nichts gegeben? Armer Papa! Papa, Harold, Willie: alle drei waren längst vergessen, als hätten sie nie gelebt. Und Mutter ließ sich von den honigsüßen Redensarten dieses Schwätzers und von seinen blauen Augen betören.

Vielleicht wollte sie wieder heiraten? Niemand konnte sie schließlich zwingen, Witwe zu bleiben.

Alles deutete auf eine baldige Heirat hin. Ihre Mutter würde Mrs. Horton werden, die Frau dieses Schafskopfs. Ihre Mutter, die jetzt fünfundfünfzig Jahre zählte. Was für eine gräßliche Perspektive! – Wie konnte eine Frau, die einen Mann geliebt hatte, jemals einen anderen auch nur ansehen?

Auch, wenn ihr Mann schon lange Jahre tot war! Es war einfach undenkbar. Jennifer versuchte, sich die Zukunft auszumalen. Vielleicht würden sie in einen anderen Stadtteil Londons ziehen, Mr. und Mrs. Francis Horton und sie, Jennifer, die Stieftochter. Eine komische Familie: »Deine Mutter und ich haben beschlossen, liebe Jenny...«

Ein Tag nach dem anderen verstrich, und noch war nichts geschehen. Jennifer sah sich nach einer neuen Stelle um.

Sie war eben neunzehn Jahre alt geworden. London war von schreibmaschinenschreibenden Mädchen, so schien es, überschwemmt, und sie war nahe daran, die Hoffnung aufzugeben, daß sie jemals noch eine Stelle als Sekretärin fände. Jeden Tag überflog sie die Stellenangebote im »Daily Telegraph«, aber sie fand nichts. Mr. Horton hatte die unangenehme Eigenschaft, die Zeitung morgens als erster an sich zu nehmen und sie stundenlang zu lesen. Jennifer beschloß, morgens früher aufzustehen, um die Stellenangebote durchzusehen, bevor Mr. Horton erschien.

Drei Tage später hatte Jennifer ihren Zweck erreicht. Als sie am nächsten Morgen die Treppe herabkam, hörte sie ein Geräusch aus dem Wohnzimmer. Die Türe stand offen, und sie sah Horton neben ihrer Mutter stehen. Er hatte sie anscheinend gerade geküßt – sicherlich nicht das erste Mal. Ihre Mutter strich sich vor dem Spiegel das Haar glatt.

»Francis, ich glaube, wir müssen es ihnen jetzt sagen«, meinte sie. »Sonst kommen wir noch ins Gerede.«

»Wie du willst, Bertha. Ich schlage vor, wir verkünden unsere Verlobung heute beim Frühstück. Hochzeitsglocken sollen am Morgen erklingen – hm. Sicherlich werden alle höchst überrascht sein.«

»Ich glaube, Mama wartet schon die längste Zeit darauf. Aber ich weiß nicht, was Jennifer dazu sagen wird.«

»Überlaß Jennifer ruhig mir.« Er lachte. »Sie wird bestimmt keine Schwierigkeiten machen. Sie hat lediglich eine starke Hand nötig, das ist alles. Wir werden binnen kurzem gute Freunde sein. Vaters Wort ist Befehl, hm?«

»Ach, Francis, du bist köstlich.«

Jennifer hatte genug gehört. Sie schlich die Treppe hinauf,

ins Schlafzimmer ihrer Mutter. Dort nahm sie die staubige, verblichene Fotografie ihres Vaters vom Kaminsims. Sie lehnte sich aus dem Fenster. Von der Kaserne her kam das Signal der Trompeten. »Papa«, sagte sie, »was soll ich tun?«

»... und somit, verehrte Anwesende, habe ich die Ehre, Ihnen mitzuteilen, daß unsere hochgeschätzte Hausherrin, Missis Bertha Coombe, der unser aller Bewunderung und Verehrung gilt, eingewilligt hat, Missis Horton zu werden.«

Ausrufe der Überraschung und Glückwünsche bildeten das Echo der kleinen Versammlung im Eßzimmer. – »Das ist ja hochromantisch... herzliche Glückwünsche... Gott, Sie sind wirklich zu beneiden...« So klang es von allen Seiten.

»Sie möchten nun sicher alle gern wissen, wann das große Ereignis stattfinden soll«, fuhr Mr. Horton fort. »Sehr bald schon, liebe Freunde, sehr bald, wie ich denke. Sie können sich vorstellen, wie ungeduldig ich bin. Und ich bin sicher, daß meine Verlobte meine Gefühle teilt.«

Bertha nickte und lächelte ihrem Verlobten zu.

»Wo ist eigentlich Jenny?« fragte jemand.

»Ja, wo ist Jenny?«

Ihr Stuhl war immer noch leer. Niemand hatte es bisher bemerkt.

»Jennifer kommt zu spät zum Frühstück«, bemerkte tadelnd ihre Großmutter. »Was macht sie bloß? Sicher wieder eine Dummheit.«

In diesem Augenblick öffnete Jennifer die Tür. Sie war im Mantel und hatte einen Hut in der rechten Hand; links trug sie zwei Koffer, und über die Schulter hatte sie einen Regenmantel geworfen.

»Jennifer«, rief Großmama, »was soll das heißen?«

»Jenny, was bedeutet das?« Ihre Mutter starrte sie entsetzt an. Die Pensionäre waren sichtlich interessiert; sie wußten nur nicht recht, wie sie sich verhalten sollten.

Mr. Horton, in seiner neuen Würde, erhob sich.

»Liebe Jennifer«, begann er, »ich glaube, du schuldest deiner Mutter eine Erklärung. Wozu – hm – dieser Aufzug? Wozu die Koffer?«

Alles erwartete gespannt die Antwort.

»Ich gehe fort«, sagte Jennifer.

»Jetzt, ausgerechnet in diesem Augenblick, willst du uns verlassen?«

Er starrte sie fassungslos an.

Großmama zitterte vor Aufregung, und Bertha suchte nach ihrem Taschentuch.

»Mister Horton«, sagte Jennifer, »was ich tue und wohin ich gehe, geht nur mich allein etwas an. Wie ich gehört habe, werden Sie meine Mutter heiraten. Das ist Ihre Angelegenheit. Ich hoffe, daß Mutter mit Ihnen glücklich wird – daß Sie beide glücklich werden. Lassen wir es dabei bewenden!«

»Aber Jenny, ich bitte dich. Einen Augenblick. Ich begreife dich einfach nicht.«

»Wirklich, Mutter? Aber darauf kommt es ja schließlich gar nicht an. Du willst dein Leben führen und ich das meine. Ich habe jetzt dreizehn Jahre hier ausgehalten, das reicht mir. Ich werde dir von Zeit zu Zeit eine Postkarte schreiben. Auf Wiedersehen!«

»Bringt sie zurück!« rief Großmama; ihr Gesicht war dunkelrot angelaufen. »Dahinter steckt sicher irgendein Kerl. Das mußte ja eines Tages so kommen! Bertha, du mußt herausfinden, wo sie hingeht!«

Jennifer schwenkte fröhlich ihren Hut zum Abschied.

»Ich gehe dorthin, wo ich hingehöre«, rief sie, »heim zu meinen Leuten – nach Plyn.«

6

Jennifer hatte genau fünf Pfund, sechs Shilling und viereinhalb Pence in der Tasche, als sie die Pension verließ. Ein paarmal mußte sie in der Untergrundbahn mit ihren Koffern umsteigen, bis sie endlich an der Paddington Station angelangt war. Dort, stellte sie fest, hatte sie dreiviertel Stunden Zeit bis zur Abfahrt des Zuges, mit dem sie London für immer verlassen würde. Zweiunddreißig Shilling und sechs

Pence ihres kleinen Vermögens verschlang bereits die Fahrkarte dritter Klasse, drei weitere Shilling mußte sie für eine Tasse Kaffee, zwei Schinkenbrötchen und eine Banane bezahlen. Sie hatte ja noch nichts gegessen. Jetzt kam sie endlich dazu, ihre überstürzte Flucht aus der Pension zu überdenken. Seit ihrem sechsten Lebensjahr war dort ihre Heimat gewesen. Ohne das geringste Bedauern hatte sie ihre Mutter verlassen. »Ich bin ein schreckliches Geschöpf«, dachte Jennifer traurig.

Jennifer saß in einer Ecke des Abteils; rasch trug sie der Zug aus der Stadt, die sie haßte, aus dem Häusergewirr, das sich bis an den Horizont erstreckte und in dessen Straßen das Gewimmel nie aufhörte, wo es nie still wurde, wo Luxus, Armut und Elend nebeneinander hausten und wo man nie eine Sekunde allein war. Bald fuhr sie zwischen Wiesen und niederen Hecken dahin. Manchmal glänzte das schmale Band eines Flusses auf. Von Zeit zu Zeit huschte eine Stadt vorbei. Aber erst als das Flachland aufhörte, die ersten, sanften Hügel auftauchten, auf denen Schafe weideten, und als ein paar Streckenarbeiter dem vorübereilenden Zug zuwinkten, begann Jennifer aufzuatmen.

Und dann lag mit einemmal das Meer vor ihr. Grau dehnte es sich bis in unendliche Fernen. Es brach sich an den steilen roten Felsen von Devon; Kinder spielten barfuß unten am Strand, und Schiffe, die vom Zug aus wie Spielzeugboote aussahen, tanzten auf den Wellen.

Jetzt waren sie in Cornwall, ihrer Heimat. Felsige Anhöhen, tiefeingeschnittene Täler tauchten am Fenster auf; zwischen dunklen Wäldern lagen zerstreut graue Häuser. Immer wieder fuhren sie über eine Brücke, unter der tief unten ein Fluß brodelte und schäumte.

In ihrer Aufregung stieg Jennifer an der falschen Station aus. Bis sie ihren Irrtum bemerkt hatte, war der Zug schon davongefahren, und sie stand mit ihrem Gepäck auf dem schmalen Bahnsteig, mehr als zwanzig Kilometer von ihrem Bestimmungsort entfernt.

Ohne daran zu denken, daß sie nur wenig Geld hatte, lediglich von dem einen Wunsch beseelt, möglichst bald in

Plyn zu sein, bestellte Jennifer in der nächsten Garage ein Auto mit Fahrer, und kurze Zeit später saß sie in einem alten, offenen Ford, der mit ihr über die schmale Landstraße nach Plyn rumpelte.

Sie kamen auf die Kuppe eines Hügels. Von unten glänzte, wie ein stiller See in einem Bergtal, die graue Wasserfläche des Hafens herauf. Die Hügel empor zogen sich die Straßen der Stadt, die Terrassen bis hoch auf die steilen Felsen kletternd. Alte Häuser klebten aneinander, als ob sie sich so besser vor dem Umfallen bewahren könnten; aus ihren windschiefen Kaminen stieg der Rauch.

Ein Schiff fuhr gerade aus dem Hafen. Langsam und ruhig gewann der Dampfer das offene Meer. Dreimal hörte man ein dumpfes Aufheulen, zehnfach warf das Echo der umgebenden Hügel den Klang zurück. Über den Masten der ankernden Schiffe schwebten die Möwen und stießen ihre heiseren Schreie aus.

Der Chauffeur drehte sich zu Jennifer um. »Schauen Sie«, rief er, »dort unten liegt Plyn.«

Langsam rollte der Wagen die steile, steinige Straße hinab. Hier und da tauchten Häuser am Weg auf; Hühner und Enten suchten im Straßengraben nach Nahrung. Dann kam eine lange Steinmauer, an ihrem Ende eine schmale Durchfahrt und dahinter der Hafen mit seinen grauen Häusern, die sich im Wasser spiegelten.

Jennifer bezahlte das Auto und ließ sich von der Fähre übersetzen. Sie wanderte durch die langen, engen Straßen von Plyn, ohne zu wissen, wohin sie eigentlich wollte oder nach wem sie fragen könnte.

Hungrig, müde und ein wenig enttäuscht blieb sie stehen. Sie wußte eigentlich kaum, was sie tat, als sie einen Vorübergehenden anhielt und fragte:

»Können Sie mir bitte sagen, ob es hier in Plyn jemanden namens Coombe gibt?«

Der Mann starrte sie verwundert an.

»Welche Coombes meinen Sie denn?« fragte er seinerseits. »Es gibt verschiedene Coombes hier in Plyn.«

Jennifer nahm all ihren Mut zusammen. Sie konnte sich an

niemanden mehr erinnern. Sie mußte viele Verwandte hier haben, sehr viele sogar. Aber weder wie sie aussahen noch wie sie mit den Vornamen hießen, wußte sie.

»Ich kann mich eben nicht mehr erinnern«, sagte sie ziemlich unglücklich. »Es ist schon so lange her, daß ich das letzte Mal hier war. Ich bin völlig ratlos, weil ich nicht weiß, an wen ich mich wenden soll.«

»Die beiden Misses Coombe, die den Laden gegenüber von der Bank haben – vielleicht können die ihnen helfen? Sie sind die Töchter von Samuel Coombe, aber der ist schon vor vielen Jahren gestorben. Sie sind jetzt auch schon ziemlich alt, aber sehr nett. Wollen Sie es da vielleicht einmal versuchen?«

»Ja, gern«, sagte Jennifer rasch. »Vielleicht können die mir weiterhelfen. Aber meinen Sie wirklich, daß ich sie jetzt noch aufsuchen kann? Vielleicht gehe ich doch lieber in ein Hotel.«

»Sind Sie denn mit ihnen verwandt?«

»Ja – doch – ich glaube wohl. Ich heiße auch Coombe.«

»In dem Fall werden Miß Mary und Miß Martha Sie sicher gern bei sich aufnehmen. Es ist gerade dort drüben. Da – das Haus mit dem komischen Türklopfer. Guten Abend.«

»Guten Abend – und vielen Dank.«

Sie ging über die Straße und klopfte an die Tür. Sie war nervös und wußte gar nicht recht, was sie sagen sollte. Mary und Martha – irgendwie kamen ihr diese beiden Namen bekannt vor. Tante Mary – Tante Martha –, hatte Harold vielleicht von ihnen erzählt? Und selbst wenn sie Harold gekannt hatten, an sie würden sie sich bestimmt nicht mehr erinnern.

Die Tür öffnete sich. Eine große, weißhaarige, alte Frau mit sanften blauen Augen und rosigen Wangen stand auf der Schwelle.

»Ist das Annie Hocking mit der Zeitung?« fragte sie. »Ach, entschuldigen Sie bitte, Miß, ich sehe so schlecht, wenn es Abend wird. Der Laden ist schon geschlossen. Wollten Sie noch etwas?«

Jennifer, die kühle, entschlossene Jennifer, die, ohne mit der Wimper zu zucken, die Tür des Hauses in der Maple

Street hinter sich zugezogen hatte, war aufgeregt und stotterte wie ein ganz kleines Mädchen. »Ich bitte vielmals um Verzeihung«, sagte sie. »Es tut mir leid, wenn ich Sie störe. Aber ich weiß nicht mehr, was ich machen soll. Könnten Sie mir vielleicht sagen, ob – ob Sie mit Christopher Coombe verwandt waren?«

Einen Augenblick starrte sie die alte Frau völlig entgeistert an. Dann klärte sich ihr Gesicht auf, und sie lächelte.

»Ja, natürlich«, antwortete sie. »Christopher war mein Vetter. Als er klein war, habe ich ihn und seine Brüder betreut, zusammen mit meiner Schwester. Er hat zu uns beiden immer ›Tante‹ gesagt.«

»Oh!« sagte Jennifer, und Tränen stiegen ihr in die Augen, »ich kann Ihnen nicht sagen, wie froh ich bin... An mich werden Sie sich natürlich nicht mehr erinnern können, aber ich bin seine Tochter – ich bin Jennifer Coombe.«

»Was?« Die Züge der alten Frau waren plötzlich merkwürdig bewegt, sie kam näher. »Du bist Jenny – die kleine Jenny von unserem armen Christopher?«

»Ja.«

Und dann rief sie ins Haus: »Martha, komm schnell! Hat man so etwas schon erlebt?«

Eine zweite alte Frau, fast ein Ebenbild ihrer Schwester, nur kleiner und dicker, erschien im Hintergrund.

»Was ist denn los?«

»Christophers kleines Töchterchen ist da – groß und erwachsen! Kannst du dich noch an Jenny erinnern, Martha?«

»Christophers Tochter? Ist es denn möglich? Großer Gott! Wo kommst du denn her, Kind – nach all den Jahren? Komm herein und laß dich erst einmal anschauen.«

Sie führten sie in die kleine Küche, von der aus man den Hafen überblicken konnte. Die Vorhänge waren noch nicht zugezogen, und durch das Fenster konnte Jennifer den Schatten der Hügel auf dem Wasser sehen und die Lichter der vor Anker liegenden Schiffe. Der Raum war klein und behaglich. Im Kamin prasselten die Scheite, und der Tisch war für ein einfaches Abendbrot gedeckt – Brot, Käse und heiße Pasteten. Das Zimmer war von vier Kerzen erhellt; sie flackerten und tanzten im kühlen Abendwind, der durch das offene Fenster strich.

Plötzlich kam von draußen das tuckernde Geräusch einer Schiffsschraube im Wasser, das donnernde Rasseln einer Ankerkette und die heiseren Rufe von Männern.

Jennifer hörte den Lärm, sie lauschte gebannt. Es war wie ein Echo lang verschollener Träume. Sie sah sich als Kind, vom Vater gehalten, aus dem Fenster lehnen, wie sie die Hände nach den fernen Lichtern ausstreckte. Sie blickte sich um in dem kleinen Zimmer. Sie sah das Feuer, das behagliche Wärme verbreitete, die ruhig flackernden Kerzen, sah die Schatten an der Decke spielen, die einfachen Möbel, den gedeckten Tisch, die lächelnden Gesichter der beiden alten Frauen, die sie so herzlich aufgenommen hatten.

Jennifer wandte sich ab, sie schämte sich ihrer törichten Tränen und war unsagbar glücklich.

»Ihr wißt gar nicht, was das für mich bedeutet«, sagte sie, »aber hier fühle ich mich daheim, endlich daheim.«

Am nächsten Tag gab es unendlich viel zu erzählen und zu berichten. Die Tanten wollten die ganze Geschichte von Jennifers Flucht hören. Sie fragten sie aus über die große Stadt London, die sie selber nie gesehen hatten, und bedauerten das arme Kind, daß es so lange dort hatte aushalten müssen. Was doch in diesen dreizehn Jahren aus dem kleinen Mädchen geworden war! stellten sie immer wieder mit Erstaunen fest. Und dann redete man vom Krieg und all dem Unglück, das er gebracht hatte. Mary und Martha hatten vom Tod Harolds gehört, aber daß auch Willie gefallen war, wußten sie nicht. Es war zu schrecklich, zu traurig. Auch aus Plyn waren viele ausgezogen, um nicht mehr wiederzukehren. Die Stadt hatte sich, nach der Ansicht ihrer älteren Bewohner, verändert, war aber im Grunde doch noch das alte Plyn geblieben.

Im Lauf des Tages ging Jennifer einmal durch die Stadt. Aber zu ihrer großen Enttäuschung konnte sie sich fast an nichts mehr erinnern. Hie und da schien ihr ein Ausblick vertraut, die sanft geschwungene Linie des Hügels, die plötzlich bei den Klippen abbrach, die Ruine auf den Felsen, der Weg, der zwischen den Feldern zur Kirche hinführte. Die Stadt selber war ihr merkwürdig fremd, und doch liebte sie diese Stadt.

Am meisten begeisterte sie der Hafen. Die Dampfschiffe, die Segelboote, die Lastkähne am Ufer, die graue, ölige Wasserfläche mit dem Ausblick auf das Meer hinter dem Hafeneingang, alles versetzte sie in helle Begeisterung.

Sie riß sich von dem Anblick los. Langsam ging sie durch die Felder in Richtung auf den Kirchturm zu, der sich hinter der sanften Linie des Hügels deutlich gegen den Himmel abzeichnete, und ehe sie es sich versah, stand Jennifer vor Lanoc Church.

Sie wanderte auf dem Friedhof umher und suchte nach dem Grab ihres geliebten Vaters. Schließlich kam sie an eine Weißdornhecke unter einer Ulme; hier waren viele Grabsteine, die den Namen Coombe trugen, einige neu, wohl erst kürzlich gesetzt, andere wieder von Efeu überwuchert und schon ganz verwittert.

Hier lagen Herbert Coombe und seine Frau – da Mary Coombe, Samuel und Posy. Dort lag Elisabeth Stevens neben ihrem Gatten Nicholas begraben. Daneben ihre Kinder und Enkelkinder. Dicht neben der Hecke war ein Stein, der älter als alle andern zu sein schien. Er war etwas eingesunken, und der Efeu hatte die Inschrift überwuchert, so daß Jennifer die Ranken entfernen mußte, um den verblichenen und verwaschenen Namen lesen zu können.

> Janet Coombe, geboren April 1811, gestorben September 1863. Und Thomas Coombe, ihr Gatte, geboren Dezember 1805, gestorben September 1882.
>
> Ruhet in Frieden!

Dies war der älteste der Grabsteine. Jennifer überlegte, ob das wohl die Urgroßeltern Coombe gewesen waren. Links, etwas weiter weg, lagen zwei einzelne Gräber dicht nebeneinander. Hier ruhte Susan Coombe geborene Collins, »Joseph Coombes inniggeliebte Frau«. Und das andere Grab, kleiner, vernachlässigt, trug die Aufschrift: »Annie, vermählt mit Joseph Coombe, gestorben 1890, im Alter von vierundzwanzig Jahren«. Ein Grabstein mit dem Namen Joseph Coombe war nicht vorhanden. War das wohl ihr Großvater gewesen, der Großvater, von dem Mutter immer gesagt hatte, er sei so hartherzig und grausam gewesen? Arme Annie! »Im Alter von vierundzwanzig Jahren...«

Schließlich fand sie das Grab, nach dem sie suchte. Es lag etwas abseits. Auf dem weißen Stein standen die Worte eingemeißelt:

> Christopher Coombe, Sohn von Joseph Coombe und seiner Ehefrau Susan Coombe geb. Collins. Am fünften April 1912, im Alter von sechsundvierzig Jahren opferte er sein Leben für andere.

Jennifer kniete nieder und riß das wuchernde Unkraut aus. Neben der Hecke entdeckte sie eine Vase, sie holte Wasser am Brunnen bei der Kirche und stellte es, gefüllt mit den Osterglocken, die sie gebracht hatte, vor das Grab.

Dann stand sie auf, überblickte noch einmal die kleine Schar von Gräbern, die letzte Ruhestätte der Ihren, die dort friedlich auf dem stillen Friedhof lagen. Dort schlummerten sie ungestört, nur die Blüten der Bäume und das gelbe Laub ihrer Blätter fielen auf die stillen Gräber.

Jennifer wandte sich ab; sie wußte, daß die, die dort lagen, keine Not und keine Sorgen mehr hatten. Langsam ging sie durch die Felder zurück nach Plyn.

Jennifer half ihren Tanten im Laden, aber eigentlich brauchte man sie gar nicht. Mary und Martha machte die Arbeit trotz ihrer neunundsechzig Jahren nichts aus.

Am Abend bat Jennifer die beiden, sie möchten ihr etwas von früher erzählen; von ihrem Vater, als er noch klein war, und von ihrem Großvater und von all den Dingen, die hier geschehen waren.

Nach und nach erfuhr Jennifer die ganze Vergangenheit. Sie sah die Männer und Frauen, denen sie ihren Namen verdankte, jetzt leibhaftig vor sich, hörte von ihren Leiden und Freuden und lernte ihren Kummer und ihre Not kennen, ihre Liebe und ihren Haß. Auf einmal waren es nicht mehr nur graue Grabsteine auf dem Friedhof von Lanoc Church, sondern Wesen aus Fleisch und Blut.

Janet – Joseph – Christopher – Jennifer – sie waren durch die gleiche seltsame Art geeint, die gleiche Liebe verband sie, die gleiche Unruhe erfüllte sie. Alle hatten sie leiden müssen, alle hatten sie sich nach Schönheit und Freiheit gesehnt, nach den namenlosen Dingen und nach unbegangenen Pfaden – und doch hatten sie alle schließlich in Plyn ihren Frieden gefunden. Jeder von ihnen hatte den, den er liebte, an den Tod verloren – und war doch mit ihm verbunden geblieben; keiner hatte sich jemals vom andern getrennt, und noch über den Tod hinaus verband sie die Liebe, die ohne Anfang und ohne Ende ist.

»Nach alledem glaube ich, daß Onkel Philipp von klein auf etwas gegen meinen Großvater gehabt hat, und weil er ihn haßte, übertrug er den Haß auch auf seinen Sohn, und darum hatte auch mein armer Vater unter ihm zu leiden.«

Jennifer war erregt. Sie haßte den alten Mann, der so viel Unglück über ihre Familie gebracht hatte.

»Stets haben sich die anderen vor ihm gefürchtet; jetzt soll er einmal kennenlernen, was es heißt, in Angst leben zu müssen. Wir wissen zwar nicht, was nach dem Tod sein wird, aber warum soll er ungestraft aus dem Leben scheiden – nur weil er schon so alt ist und es nie jemand gewagt hat, gegen ihn aufzutreten? Ich glaube, es ist wirklich alles nur so gekommen, weil keiner den Mut aufgebracht hat, sich ihm entgegenzustellen.«

»O nein! Dein Onkel, Fred Stevens, hat ihm des öfteren die Zähne gezeigt und ist ihm heftig zu Leibe gerückt«, unterbrach sie Tante Martha. »Als junger Mann hat er deinen Großvater aus dem Sudmin-Asyl geholt. Und nach dem Tod deines Vaters hat er Philipp heftigste Vorwürfe gemacht, wie schändlich er sich benommen habe. Fred war wirklich ein guter Freund von Christopher und Onkel Joseph.«

»Ich wünschte, ich könnte ihm danken. Aber er ist doch wohl auch im Krieg gefallen?«

»Ja, der arme Kerl. In welchem Jahr war es noch, Mary? 1917, glaube ich. Er war verheiratet und hatte einen Sohn. Seine Frau, Norah, hat ihn nicht lange überlebt, und der Junge, nun, das ist eigentlich ein richtiger Coombe. Er ist heute in Plyn eine angesehene Persönlichkeit.«

»Ja, wirklich!« Martha lächelte zustimmend. »Wir sind alle stolz auf John. Von John spricht man überall, in der ganzen Stadt.«

»Warum? Was macht er denn?« fragte Jennifer. »Ich erinnere mich dunkel an einen kleinen Jungen, der John hieß, mit dem ich als Kind gespielt habe. Er war aber älter als ich.«

»Das muß John gewesen sein, damals, als er noch mit seinen Eltern auf der Farm lebte. Wahrscheinlich hat dich dein Vater manchmal auf die Farm mitgenommen. John hat sich zu einem Prachtkerl entwickelt, er ist wirklich außerordentlich tüchtig. Während des Krieges versuchte er, in einem kleinen Boot nach Frankreich zu gelangen; er war kaum siebzehn Jahre alt – Furcht kannte er nicht. Gott beschütze ihn! Mitten in der Nacht machte er sich in einem alten Kahn auf. Das Boot wäre der See nie gewachsen gewesen. Zum Glück entdeckte man ihn in der Nähe von Plymouth und schickte ihn unter Bewachung heim.«

»Ach«, meinte Jennifer, »dann hat er also sein Ziel nicht erreicht und ist gar nicht an die Front gekommen?«

»Nein, liebe Jenny. Er war ja auch noch zu jung... Und dann starb seine Mutter. John war plötzlich Besitzer der Farm geworden und verfügte nun über ein nicht unbeträchtliches Vermögen.«

»Was glaubst du wohl, was er gemacht hat, Jenny!« unterbrach Martha aufgeregt ihre Schwester. Ihre Wangen überzogen sich mit einem feinen Rot, noch in der Erinnerung war sie stolz auf ihren Neffen.

Jennifer schüttelte den Kopf und sah lächelnd die beiden alten Frauen an.

»Wie soll ich denn das erraten?«

»Er hat die Werft wieder für unseren Bruder Tom und für Vetter Jim zurückgekauft, und er selbst ist fortgegangen und hat weitergelernt. Vor vier Jahren ist er zurückgekommen, seitdem hat er nichts anderes mehr gemacht als Jachten gebaut. Im Sommer und im Winter bauen sie da unten auf der Werft an ihren Schiffen, von überallher haben sie Aufträge. Und Plyn hat sich inzwischen schon einen Namen für Segeljachten gemacht. Schau nur aus dem Fenster, Jenny – dort rechts, neben dem Hafen, da, bei Polmear Point, siehst du, dort, wo die vielen Gebäude und Kräne sind, und die Mastspitzen da hinten –, dort ist Johns Werft, Jenny – direkt neben der Werft der Coombes liegt sie, aber sie ist mindestens zehnmal so groß. Kannst du dir das vorstellen?«

»Hat er das wirklich alles in vier Jahren aufgebaut? Er muß ja wie ein Schwerstarbeiter geschuftet haben. Was ist das für ein Mast, hinter diesem Kran da?«

»Das? Das ist der Mast des Hundert-Tonnen-Seglers, den er gerade beendet hat. Zwei von Johns Schiffen werden dieses Jahr in Cowes die Regatta mitmachen – zwei kleinere, die er vor zwei Jahren gebaut hat. Sie gehören jemandem in Falmouth. Im August sollen sie auch hier das Rennen mitmachen, soviel ich weiß.«

»So haben sie alle Verluste wieder wettgemacht und verdienen heute sicher viel mehr Geld als damals?«

»Du hast ganz recht, liebe Jenny. Und Tom hat jetzt ein schönes Haus mit einem großen Garten und Jim auch. Er wohnt mit seiner Tochter zusammen, die inzwischen geheiratet hat. Beide sind natürlich nicht mehr die jüngsten, genau wie wir, aber sie haben doch wieder Arbeit. Und sie sind beide so tüchtig. Findest du nicht auch, Mary?«

»Nein, wenn John nicht gewesen wäre, wüßten sie heute immer noch nicht, was sie anfangen sollten. Es ist alles nur Johns Verdienst. Ach, Jenny, wenn doch dein armer Vater das alles noch erlebt hätte!«

»Er wäre sicher sehr stolz und glücklich gewesen«, meinte Jennifer. »Wenn er gewußt hätte, daß alles doch noch gut werden würde – wie froh wäre er gewesen... Aber was sagt eigentlich Onkel Philipp dazu?« wollte sie wissen.

»Er reckt die Nase in die Luft und tut, als merke er nichts. Wenn er noch jünger wäre, hätte er sicher schon versucht, etwas dagegen zu unternehmen.«

»Ich glaube, ich muß mich doch bald aufmachen und meinen feinen Onkel Philipp aufsuchen«, sagte Jennifer böse. »Ich habe keine Angst vor ihm.«

»Großer Gott, du wirst doch nicht? Was meinst du, Martha?«

»Ich bin auch dagegen.«

»Er ist ein böser alter Mann, Jenny, und er empfängt nur Geschäftsbesuche. Maggie Bate hat lange Zeit bei ihm gearbeitet. Aber vorige Woche hat sie geheiratet. Sie war Stenotypistin bei ihm, weißt du. Sie hat furchtbare Angst vor ihm gehabt. Hat er eigentlich schon einen Ersatz für Maggie gefunden, Martha?«

»Nein, nicht daß ich wüßte.«

»Stenotypistin war sie?« fragte Jennifer. »Glaubst du, daß die Stelle noch frei ist?«

»Das kann ich dir nicht sagen, aber möglich ist es schon. Sie bezahlen nämlich ihre Angestellten schlecht.«

»Schließlich muß ich mir ja in Plyn sowieso etwas suchen. Warum sollte ich es nicht dort einmal probieren?«

»Kannst du denn Schreibmaschine schreiben, Jenny?«

»Doch. Ich denke schon. Ich war doch in London auf einer Handelsschule.«

»Großer Gott, wie sich die kleine Jenny herausgemacht hat! Aber ich würde trotzdem nicht zu Onkel Philipp gehen.«

»Warum nicht? Ich werde es versuchen.«

Am nächsten Morgen machte sich Jennifer auf. Das rote Ziegelhaus am Kai war schnell gefunden. Über dem Eingang stand noch, wie einst, in verblichenen Lettern: »Hogg & Williams«.

Sie stieß die Tür auf und trat ein. Ein Angestellter erschien und fragte, was sie wünsche.

»Ich möchte den Buchhalter sprechen, bitte«, sagte sie.

»Mister Thornton? Darf ich fragen, in welcher Angelegenheit Sie kommen?«

»Ich habe gehört, daß Sie eine Sekretärin suchen – anstelle von Miß Bate, wenn ich recht unterrichtet bin.«

»Wollen Sie bitte so freundlich sein und einen Augenblick warten?«

Eine Minute später erschien Mr. Thornton.

»Ich höre, Sie kommen wegen der freien Stelle«, begann er. »Wir haben augenblicklich sehr viel zu tun und würden Miß Bate gern möglichst bald ersetzen, aber – bitte, nehmen Sie's mir nicht übel – Sie kommen mir noch recht jung vor, wir möchten natürlich eine erfahrene Kraft einstellen.«

»Das bin ich durchaus«, sagte Jennifer, »ich bin perfekt in Schreibmaschine, Stenographie und allem, was dazugehört. Ich wäre Ihnen sehr dankbar, wenn Sie mich wenigstens erst einmal probeweise einstellen.«

»Ja, wir könnten es natürlich versuchen«, entgegnete er lächelnd. »Darf ich um Ihren Namen bitten?«

»Coombe – Jennifer Coombe.«

»Oh!« Er war merklich betroffen. »Sind Sie mit Mister Coombe verwandt?«

»Möglicherweise, ganz entfernt«, sagte Jennifer gleichgültig. »Der Name ist in Cornwall ziemlich verbreitet, nicht wahr?«

»Ja, Sie haben recht. Der alte Herr hat viel Verwandtschaft, aber, soviel ich weiß, verkehrt er mit niemandem. Er lebt ganz zurückgezogen.«

Zwei Tage später sah Jennifer Onkel Philipp zum erstenmal.

Um die Post zu erledigen, war sie länger als sonst im Geschäft geblieben. Die anderen Angestellten waren wie gewöhnlich um fünf Uhr heimgegangen. Jennifer glaubte, außer ihr sei nur noch der Hauswart in dem großen Gebäude zurückgeblieben. Es mochte ungefähr Viertel vor sechs sein, als sie die Briefe erledigt hatte. Sie wollte gerade aufbrechen, als sie bemerkte, daß die Tür zum Zimmer ihres Onkels nur angelehnt war.

Sie wäre nicht Janets Urenkelin gewesen, wenn sie nicht die Neugier geplagt hätte. Vorsichtig öffnete sie die Tür. Der Anblick, der sich ihr bot, überraschte sie.

Hinter einem großen Schreibtisch hockte die Gestalt eines Greises. Sein bleiches Gesicht war von tiefen Furchen durchzogen und zerknittert wie altes Pergament, sein Körper, vom Alter gebeugt und ausgemergelt, schien nur noch das Skelett eines menschlichen Wesens zu sein, und seine zusammengefalteten Hände glichen den Klauen eines Raubvogels. Sein bleiches Gesicht und sein weißes Haar stachen merkwürdig ab gegen das düstere Schwarz seiner Kleidung.

Das war Onkel Philipp? Dieser armselige, verfallene Greis war der Feind ihres Vaters gewesen?

»Philipp Coombe«, sagte sie leise. Er blickte auf. In der Tür seines Zimmers stand die Gestalt eines Mädchens. Sie hatte die Arme über der Brust verschränkt und das Kinn herausfordernd erhoben; ihr Gesicht war von dunklem Haar umrahmt, und mit ihren braunen Augen schaute sie ihn unbeirrt an.

Er gab keine Antwort. Mit zitternden Händen griff er nach den Armlehnen seines Sessels. Er starrte sie an. Es war eine Erscheinung aus längst versunkenen Zeiten. Die Jahre zählten nicht mehr, es gab keinen Tod. Dies war Janet – Janet, die immer noch lebte in ihrem Schiff –, Janet, wie er sie als Knabe in seinen Träumen gesehen hatte – Janet, der Joseph stets mehr bedeutet hatte als er.

Philipp sah auf die im dunklen Türrahmen stehende Gestalt.

»Warum bist du gekommen?« sagte er. »Ist das Josephs Rache?«

»Du sprichst von Joseph?« fragte Jennifer. »Hast du Christopher, seinen Sohn, schon vergessen?«

»Ich habe nie Differenzen mit seinem Sohn gehabt«, schrie Philipp, »was ihm geschehen ist, hat er sich selbst zuzuschreiben. Bin ich verantwortlich für die Schwächlinge in meiner Familie? Was gehen mich die Fehler der anderen an?«

Jennifer sah das böse Lachen im Gesicht ihres Onkels und wurde zornig.

»So? Christopher Coombe war ein Schwächling? Nur weil er einfach lebte, sich mit Bauern und Fischern abgab? Ein Schwächling, weil man ihn achtete, liebte und seinen Tod beklagte? Und du – was hast du denn im Leben erreicht? Hast du jemals etwas für einen anderen Menschen getan? Alle in Plyn hassen dich. Man läßt dich nur in Frieden, weil du alt und schwach bist, hilflos und elend und niemandem mehr etwas anhaben kannst.«

Philipp beugte sich in seinem Sessel vor. Seine Augen verengten sich, er atmete heftig.

»Wer, zum Teufel, bis du eigentlich?«

Jennifer lachte. Daß sich die Menschen vor diesem zitternden Greis fürchteten! Er hatte nicht einmal ein Ahnung, wer sie sein könnte.

»Wer soll ich denn sein?« fragte sie überlegen. »Ein Geist vielleicht, ein Schatten aus deiner Vergangenheit. Was geschieht wohl, wenn ich dich jetzt berühre? Du zitterst ja.«

Unsicher erhob er sich. Er stützte sich schwer auf seinen Stock, als er langsam näher kam. Er starrte ihr ins Gesicht.

»Wer bist du?« flüsterte er. »Wer bist du?«

Sie warf den Kopf in den Nacken und lachte – genau wie Janet, Joseph und auch Christopher gelacht hatten. »Ich bin Jennifer Coombe«, sagte sie. »Ich bin die Tochter von Christopher, dem Schwächling.«

Er schaute sie verstört an. Immer noch war er nicht sicher, wen er vor sich hatte.

»Jennifer? Ich weiß von keiner Jennifer. Hat denn Christopher eine Tochter gehabt?«

Sie nickte stumm. »Ja«, klärte sie ihn auf, »ich bin Jennifer. Seit zwei Tagen arbeite ich hier bei dir. Ich wollte längst einmal den Menschen kennenlernen, der meinen Vater und meinen Großvater ruinierte.«

Philipp hatte seine Fassung wiedergefunden.

»Ich muß dir zu dieser Szene gratulieren«, sagte er. »Du hättest Schauspielerin werden sollen. Darf ich vielleicht fragen, wer dir erlaubt hat, hier einzudringen?«

»Wenn du vielleicht glaubst, du kannst mir Angst einjagen, irrst du dich«, entgegnete Jennifer. »Es ist mir völlig egal, ob du der Chef dieser Firma bist oder nicht, außerdem bist du ja noch mein Großonkel, wenn ich auch ganz und gar nicht stolz darauf bin. Jetzt wirst du mich natürlich entlassen – aber das habe ich erwartet. Ich nahm die Stelle nur an, um einmal mit dir zusammenzutreffen. Nun, da ich dich kennengelernt habe, kann ich nur feststellen, daß du die ganze Aufregung nicht wert gewesen bist. Auf Wiedersehen, Onkel Philipp.«

Sie drehte sich um und ging zur Tür.

»Bleib«, rief er und kam hinter ihr her. »Ich will mit dir reden.«

»Nun, was willst du noch?«

Er strich sich übers Kinn und sah sie an.

»Die Unterhaltung mit dir war anregend«, sagte er langsam, »außerordentlich anregend. So, du bist also meine Großnichte. Und nicht einmal stolz darauf. Das ist schade. Würdest du mir vielleicht die Ehre geben, heute mit mir zu Abend zu essen?«

»Mit dir zu Abend essen?« Jennifer überlegte eine Weile. »In dem scheußlichen alten Haus auf der trostlosen Terrasse?«

»Ja. Es tut mir sehr leid, wenn dir die Umgebung nicht gefällt.«

»Gut, also – ich werde kommen. Warum denn nicht?«

»Das wäre also abgemacht? Ich erwarte dich pünktlich um acht Uhr, ja?«

»Abgemacht. Auf Wiedersehen bis heute abend!«

Jennifer verließ das Haus. Sie war überrascht, hatte sie doch erwartet, daß er wütend werden – zum mindesten sie entlassen würde, statt dessen hatte er sie zum Essen eingeladen.

»Wahrscheinlich ist er schon etwas vertrottelt«, dachte sie bei sich.

Ihr Onkel stand am Kamin. Zu Jennifers Überraschung war er im Smoking. In einem sehr altmodisch geschnittenen Smoking allerdings, der den Eindruck machte, als sei er aus dem hintersten Winkel eines Schrankes hervorgesucht und seit vielen Jahren nicht mehr getragen worden.

Das Essen war besser, als sie erwartet hatte. Es gab Fisch und als Nachtisch einen heißen Pudding – eine Spezialität der Haushälterin, wie er sagte.

Nach dem Essen gab es Kaffee. Er bot ihr Zigaretten an, die offensichtlich eigens für diesen Anlaß besorgt worden waren. »Ich selbst bin Nichtraucher«, erklärte er ihr. Sie unterhielten sich eine Zeitlang über Plyn, seine Lage und seine

Einwohner, auch über die immer noch blühende Porzellanindustrie. Und dann, nach einer Pause, räusperte er sich, rieb die Hände gegeneinander und, ständig ihrem Blick ausweichend, begann er plötzlich mit völlig veränderter Stimme:

»Ich muß gestehen, daß ich etwas Besonderes im Auge hatte, als ich dich heute Nachmittag einlud. Es ist mir ganz plötzlich in den Sinn gekommen. Ich bin schon ziemlich alt, wie du weißt. Es bleiben mir höchstens noch ein paar Jahre, vielleicht nur noch ein paar Monate zum Leben. Für einen alten Mann wie mich ist es hier oben manchmal recht einsam. Ich möchte dir deshalb einen Vorschlag machen: nämlich, daß du hier bei mir lebst – ich möchte dich –, das heißt, ich schlage dir vor, daß ich dich adoptiere, daß ich in jeder Beziehung für dich sorge, oder wie auch immer du es ausdrücken willst.«

»Bist du übergeschnappt?« sagte Jennifer. »Du kennst mich ja gar nicht, du weißt ja überhaupt nichts von mir. Und nach deiner ganzen Einstellung meinem Vater und meinem Großvater gegenüber willst du jetzt ausgerechnet mich adoptieren? Warum denn?«

»Die Gründe dafür gehen nur mich etwas an. Vielleicht hängen sie mit dem, was du eben gesagt hast, zusammen – mit deinem Vater und deinem Großvater.«

Jennifer begann zu ahnen, was er meinte. Sie empfand eine tiefe Genugtuung. Sie hatte ihm – wieso, wußte sie selber nicht recht – unten in seinem Geschäft heute einen furchtbaren Schrecken eingejagt. Sie hatte seine Selbstsicherheit erschüttert, und jetzt versuchte er – nicht, weil er sie gern gehabt hätte, sondern lediglich seinetwegen – der Tochter Christophers und Josephs Enkelin zu helfen, für den Fall, daß doch etwas Wahres an dem gerede vom Leben nach dem Tod wäre und daß es doch vielleicht so etwas wie eine göttliche Gerechtigkeit gäbe. Wenn er sie jetzt adoptierte, würde er alles, was früher geschehen war, auslöschen. Sie war eine Art Rettungsanker für ihn. Nicht Liebe, nicht Sympathie, sondern lediglich sein schlechtes Gewissen hatte ihn zu diesem Entschluß gebracht. Sie sollte ihm als Schild gegen seine Angst vor der Vergeltung dienen.

Jennifer überlegte angestrengt.

»Würde ich frei und unabhängig sein, kann ich tun und lassen, was ich will?« fragte sie. »Dürfte ich z. B. dieses traurige, düstere Haus anders einrichten und versuchen, ein Heim daraus zu machen?«

Er dachte angestrengt nach. Jennifer wußte, daß er sich überlegte, was ihn das wohl kosten würde.

»Ja«, sagte er schließlich. »Du wirst gänzlich unabhängig sein. Und was das Haus betrifft, so werde ich dir auch in dieser Beziehung freie Hand lassen.«

»Unter dieser Bedingung«, Jennifer sprach ganz langsam, »unter dieser Bedingung, Onkel Philipp, sage ich ja. Und noch eine Bedingung stelle ich; ich kümmere mich nur um das Haus und den Haushalt. Ich möchte nicht, daß du in mir deine Adoptivtochter siehst. Darüber mußt du dir völlig klar sein.«

»So, das wäre also abgemacht, ja?«

»Gut – Onkel Philipp –, die Abmachung gilt.«

Und zum erstenmal in ihrem Leben gab sie ihm die Hand.

8

Neuigkeiten verbreiten sich in einer Kleinstadt rasch. Am nächsten Tag wußte bereits ganz Plyn, daß die Tochter von Christopher Coombe, die kürzlich aus London gekommen war, bei ihrem Onkel Philipp, dem allseits gefürchteten Mr. Coombe, Inhaber der Firma Hogg & Williams, gewesen war und zu ihm als Gesellschafterin in sein Haus auf der Seeterrasse ziehen würde.

Man erzählte sich auch, Jennifer Coombe habe es nur auf das Geld des Alten abgesehen, dieses Philipp Coombe, der seinerzeit ihren Vater zugrunde gerichtet hatte. Wahrscheinlich hatte sie im Sinn, ihn zu beerben.

Auch John Stevens in seiner Schiffswerft hörte die Neuigkeit, war jedoch viel zu sehr mit seinen Jachten und Plänen beschäftigt, als daß er ihr irgendwelche Beachtung geschenkt hätte. Als ihm der alte Tom Coombe, aufgeregt und über die Verdorbenheit der heutigen Jugend entrüstet, erzählte, was er soeben gehört hatte, nahm John, der gerade mit einer Zeichnung beschäftigt war, nur die Pfeife aus dem Mund und lächelte.

»Nun, Onkel Tom, wir haben schließlich Wichtigeres zu tun, als uns um junge Damen zu kümmern, die unangenehmen alten Herren das Leben sauer machen – wenn das auch alles riesig interessant ist. Hast du vielleicht einen Augenblick Zeit, um diese Pläne mit mir durchzusehen?«

Und damit war für ihn die Angelegenheit abgetan.

John Stevens war damals vierundzwanzig Jahre alt, hatte ein sicheres Auftreten und wußte genau, was er wollte. Aus dem träumerischen Knaben war ein außerordentlich tüchtiger junger Mann geworden, der sich in den Kopf gesetzt hatte, ein Unternehmen aufzubauen, von dem man im ganzen Westen des Landes reden sollte. Und er war auf dem besten Weg dazu. In ein oder zwei Jahren würde er mit seinen Segeljachten Berühmtheit erlangt haben und eine schwere Konkurrenz für die großen Werften im Norden und Süden des Landes sein. John hatte nichts anderes als seine Arbeit im Kopf. Den Hang zum Träumen und in die Sterne sehen hatte er längst abgelegt.

Als Knabe hatte John gern im hohen Gras auf dem Hügel gelegen und auf das Meer hinausgeblickt, nun, als Mann, saß er an seinem Schreibtisch und schrieb, oder er stand in der Werft und traf seine Anordnungen. Als Knabe war er gern auf dem Wrack der »Janet Coombe« herumgeklettert, hatte die weiße Galionsfigur am Bug des Schiffes betrachtet und der Vergangenheit nachgeträumt; nun, als Mann, hatte er gehandelt, hatte Philipp Coombe seine Rechte an dem Schiff abgekauft, und jetzt gehörte die »Janet Coombe« ihm allein; gelegentlich würde er sie abwracken lassen. Eines Sonntags – es war Ende Juni – überkamen den großen, erwachsenen John Stevens wieder die Gedanken und Gelüste aus seiner Knabenzeit. Am liebsten hätte er die Arbeit stehen und liegen lassen und wäre davongeschlendert zum Polmearkanal. Von Zeit zu Zeit ergriff ihn plötzlich Sehnsucht nach dem

Schiff. Es war, als zögen ihn unbekannte Mächte dorthin, als hätte die holzgeschnitzte Galionsfigur Macht über ihn.

Mit zerrauftem Haar, den Bleistift im Mund, wandte er sich wieder der Arbeit zu. Er suchte nach seinen Notizen, die neben ihm auf dem Schreibtisch lagen. Er las ein paar Seiten, aber die Buchstaben tanzten vor seinen Augen. Als er einen Blick aus dem Fenster warf, sah er den tiefblauen Himmel und das glitzernde Wasser des Hafens. Er hörte die Möwen schreien, die um die Burgruine flogen.

»Zum Teufel!« fluchte John und warf seine Notizen in die Ecke.

Zwei Minuten später befand er sich auf dem schmalen Pfad, der zwischen den Feldern zum Polmearkanal führte.

Jennifer trieb ihr Boot näher an die Strickleiter heran. Dann machte sie es fest. Es war die Zeit der einsetzenden Ebbe. Aber da es hier ziemlich tief war, würde das Boot kaum auf Grund kommen, bis sie zurückkehrte. Mühsam kletterte sie die schwankende Strickleiter hinauf. Endlich stand sie auf dem schrägen Deck. Sie blickte sich neugierig um. Es war das erste Mal, daß sie dem gestrandeten Schoner einen Besuch abstattete, obwohl sie jetzt schon mehr als zwei Monate in Plyn lebte.

Das Oberlichtfenster der Kajüte war zerbrochen; überall lagen noch die Splitter. Der Hauptmast war gekappt; an seiner Stelle war nur noch ein mächtiger Stumpf zu sehen.

Jennifer stieg die steile Treppe zur Kajüte hinunter.

Zur Rechten befand sich die Kabine des Maats, die nicht viel größer war als ein geräumiger Schrank, daran schloß sich die Kajüte des Kapitäns an. Sie mochte vielleicht sechs oder sieben Fuß im Geviert sein; in der Mitte stand ein Tisch, an zwei Seitenwänden waren Bänke, und an den beiden anderen Wänden waren große Schränke eingebaut.

Eine schmale Tür führte von dort in den Schlafraum des Kapitäns. Er war nicht viel größer als die Kabine des Maats, hatte jedoch ein eigenes Waschbecken. Hier hatte sich Christopher als kleiner Bub in den Schlaf geweint, als er damals seine erste Seereise von Bristol aus machte, während Joseph, sein Vater, entsetzt und verzweifelt über die Feigheit seines Sohnes, unruhig an Deck oben auf und ab gegangen war.

Das Kinn in die Hände gestützt, saß Jennifer vor dem schmalen Tisch. Vor ihr hing die Uhr, deren Zeiger auf zwanzig Minuten vor neun stehengeblieben waren. Zu ihrer Linken befand sich die Lampe, deren glänzendes Messing jetzt trüb und farblos war. Darunter hing ein Kalender aus dem Jahr 1912. Die Luft in der Kabine war dumpf und stickig, denn bei Springflut drang das Wasser durch die Planken des Fußbodens ein.

Die Schublade des Tischs war angefüllt mit Karten, die staubig, zerknittert und schon ganz gelb waren. Hier hatte Joseph seinerzeit gesessen und die Karten vor sich ausgebreitet. Auf den meisten befand sich noch ein Stempel: »Joseph Coombe, Kapitän«.

Jennifer erhob sich; alles kam ihr gespenstisch und unwirklich vor. Sie öffnete die Wandschränke und fand sie angefüllt mit den verschiedensten Sachen. Da waren Bücher, vom Alter völlig vergilbtes Schreibpapier, eine Matrosenmütze.

In der Schublade lag ein großer, schwerer Holzkasten. Sie hob ihn heraus und trug ihn auf den Tisch in der Kajüte. Als sie den Deckel des Kastens aufmachte, sah sie, daß er voller Schriftstücke, Dokumente und zusammengebündelter Briefe war.

Sie nahm alles nacheinander heraus und legte es auf die Bank neben sich. Rechnungen, Frachtbriefe, genaue Verzeichnisse der Ladung, Notizen und herausgerissene Seiten aus einem Logbuch, alles lag durcheinander.

Zwischen all den Papieren und Schriftstücken befand sich ganz unten auf dem Boden des Kastens ein kleines Bündel Briefe, das mit einem ausgeblichenen Band zusammengebunden war. Irgend etwas an dieser Schrift berührte Jennifer eigentümlich. Diese Handschrift kannte sie. Diese Schriftzüge hatte sie in den Büchern ihrer Mutter gesehen. Die Briefe konnte nur Christopher, ihr Vater, geschrieben haben. Die Umschläge trugen alle die Anschrift: »Joseph Coombe«. Sie sah sie genauer an und bemerkte, daß sie noch ungeöffnet waren. Niemand hatte sie gelesen. Sie war überzeugt, wenn jemand ein Recht hatte, diese Briefe zu lesen, war sie es.

Endlich erfuhr Jennifer die Wahrheit über Christophers erste Zeit in London. Der letzte Brief war am 22. November 1890 datiert. Er war nie gelesen, nie beantwortet worden. Mehr als fünfunddreißig Jahre hatte er hier in diesem Kasten gelegen.

Die Tränen rannen Jennifer übers Gesicht: »Armer Papa«, schluchzte sie, »armer, guter Papa!«

Sie hatte weder die Schritte an Deck gehört noch das Knarren der Strickleiter. Als sie von dem Berg Briefe vor sich aufschaute, bemerkte sie, daß jemand hinter ihr in der Tür stand und sie ansah. Im ersten Augenblick glaubte Jennifer, ihr Vater Christopher stünde vor ihr – aber dann merkte sie, daß ein unbekannter junger Mann dort stand.

John war über den ausgetrockneten Schlamm hinaus an das Wrack gelaufen. Unten am Schiff hatte er, an der Leiter angebunden, das Boot gesehen, das nun – bei Ebbe – nur noch in einer kleinen Wasserlache lag.

Neugierige Fremde würden vermutlich an Bord sein, hatte er gedacht, als er die Strickleiter hinaufkletterte. In der Tür zur Kajüte hielt er den Schritt an. Das Herz stand ihm still. Dort – vor dem Tisch – kniete Janet Coombe!

Doch schon im nächsten Augenblick merkte er, daß es sich nicht um eine Erscheinung handelte. Es war ein junges Mädchen aus Fleisch und Blut, das bitterlich weinte.

»Hallo«, sagte John.

»Hallo«, antwortete Jennifer und fuhr sich mit dem Handrücken über die Augen.

»Sie haben geweint?« fragte er sanft.

»Ja.« Er trat einen Schritt in die Kajüte und sah den geöffneten Kasten auf dem Tisch.

»Wie haben Sie es fertiggebracht, diese Schublade aufzumachen?«

»Ich habe so lange probiert, bis sie schließlich von allein aufging.«

»Haben Sie die Briefe wieder zurückgetan?«

»Die meisten. Diese möchte ich behalten.«

»Welche, wenn ich fragen darf? Sie haben sie aufgemacht? Wie konnten Sie so eine Indiskretion begehen? Ich habe sie seinerzeit absichtlich zuunterst im Kasten verstaut. Sie stammen von jemand, der lange tot ist, schon mehr als fünfundzwanzig Jahre.«

»Ja, ich weiß.«

»So? Sie wissen das? Lesen Sie immer Briefe von Verstorbenen?«

Jennifer wandte sich ab, weil ihr erneut die Tränen in die Augen stiegen.

»Es tut mir leid, ich war sehr unhöflich. Aber Sie werden verstehen, dieses Schiff hier gehört mir... Es war wirklich nicht recht, daß Sie diese versiegelten Briefe aufgemacht haben.«

»Ich kann darin kein Unrecht sehen. Schließlich gehören diese Briefe mir.«

»Wieso?«

»Die Briefe wurden von meinem Vater an meinen Großvater geschrieben.«

»Dann sind Sie... dann bist du Jennifer?«

»Ja, ich bin Jennifer. Und du bist John?«

»Ja, ich bin John.«

»Möchtest du ein Taschentuch, Jennifer?«

»Danke.« Sie nahm das Taschentuch und schneuzte sich. Dann wischte sie sich die Tränen aus den Augen.

»So. Geht es dir besser? Ich habe mich schrecklich grob benommen. Es tut mir wirklich leid.«

»Nun, du konntest ja nicht wissen, wer ich bin.«

»Aber ich hätte es mir schließlich denken können. Du wohnst also bei Onkel Philipp? Wie kommst du denn mit ihm zurecht? Allem Anschein nach bist du der einzige Mensch, der mit ihm auskommt.«

»Ich glaube, man hat so lange von seiner Bosheit erzählt, daß jetzt schon eine regelrechte Legende daraus geworden ist. Dabei braucht man wirklich keine Angst vor ihm zu haben. Er ist ein gebrechlicher Greis, der sich vor dem Tod fürchtet.«

John gab keine Antwort. Er kramte in seinen Taschen.

»Stört es dich, wenn ich mir eine Pfeife anstecke?«

»Nein.«

Er stopfte seine Pfeife und setzte sie in Brand. Dann fing er wieder an zu sprechen.

»Ich möchte dir etwas sagen, Jennifer. Denk jetzt nicht weiter an die Briefe. Dies alles liegt doch schon so weit zurück! Du regst dich auf, weil du denkst, dein Vater war sein Leben lang unglücklich. Ich kann mich noch gut an ihn erinnern, wie er hier in Plyn lebte. Ich war zwar damals noch ein kleiner Junge, aber er hat auf mich stets den Eindruck eines glücklichen und zufriedenen Menschen gemacht. Er war der freundlichste und gütigste Mensch, den ich je kennengelernt habe; eine ungeheure Ruhe ging von ihm aus. Auch mit seinem Vater Joseph hatte er sich innerlich längst ausgesöhnt. Ich hatte ihn sehr, sehr gern; er war der beste Freund meines Vaters.«

Jennifer berührte Johns Arm.

»Du kannst die Briefe lesen, wenn du willst, John. Möchtest du sie mit mir zusammen lesen?«

»Darf ich?«

Sie breitete das kleine Bündel Papiere vor sich aus. Dann saßen sie beide Schulter an Schulter auf der schmalen Bank und lasen.

Später faltete Jennifer die Briefe sorgfältig zusammen und legte sie, ohne ein Wort zu sagen, zurück in den Kasten.

»Wieso befindet sich dieser Kasten hier auf dem Schiff?« fragte sie dann.

»Er gehörte deinem Großvater und stand immer hier. Als Dick Coombe Kapitän wurde, benutzte er ihn ebenfalls. Die Briefe deines Vaters müssen zwischen alle die anderen Papiere geraten sein, als Joseph Coombe nach Sudmin gebracht wurde.«

»Papa hat sicher noch mehr Briefe geschrieben. Ich möchte wissen, was aus denen geworden ist.«

»Verbrannt, zerrissen wahrscheinlich, nehme ich an.«

»Wahrscheinlich, ja.«

»Möchtest du den Kasten mitnehmen?«

»Nein – wir wollen ihn hier lassen, wo er immer war.«

John stand auf und stellte den Kasten wieder in die Schublade.

»So, du und ich, wir sind also Vetter und Kusine, Jennifer.«

»Ja, aber ziemlich entfernt.«

»Nein, so entfernt nun auch wieder nicht.«

Jennifer lachte.

»Komm an Deck – ich möchte dir etwas zeigen«, meinte er. Sie kletterten über die steile Treppe aufs Vorschiff.

»Gib mir die Hand«, sagte John. Er zog sie zu sich auf die äußerste, erhöhte Spitze des Schiffs. Sie lehnten sich gemeinsam über den Bug. »Du hast sicher Janet Coombe noch nicht kennengelernt? Oder doch?«

»Nein«, sagte Jennifer.

»Da ist sie. Dort gerade unter dir!«

Jennifer blickte auf die Galionsfigur. Mit einem weißen Gewand angetan, einen altmodischen Hut auf dem Kopf, das dunkle Haar aus dem Gesicht gestrichen und das Kinn stolz in die Luft gereckt, hielt das Ebenbild Janet Coombes immer noch den Blick starr und fast sehnsüchtig über die unendliche Weite des Meeres gerichtet.

»Ach«, rief Jennifer, »ich wünschte, ich hätte sie gekannt. Ich wünschte, sie wäre noch nicht tot.«

»Sie ist nicht tot, Jennifer.«

»Aber sie ist doch längst gestorben!«

»Ja, aber sie weiß, daß wir hier stehen.«

»Ja, ich glaube auch, sie weiß es.«

Sie lächelten sich an.

»Jennifer, weißt du denn...«

»Was soll ich wissen?«

»...daß du genauso aussiehst wie sie.«

»Wie die Galionsfigur?«

»Ja.«

Sie lachte. »Wirklich?«

»Hm. Merkwürdig.« Er brach plötzlich ab. Er lehnte sich über die Reling und stützte nachdenklich das Kinn auf.

Jennifer stellte sich neben ihn. »Was erscheint dir so merkwürdig?«

»Ich überlege mir gerade, wieso ich ausgerechnet heute hierher auf das Schiff gegangen bin.«

»Ich bin froh, daß du hergekommen bist«, meinte Jennifer. »Einmal mußten wir uns ja kennenlernen. Schließlich bist du mein Vetter und ich deine Kusine.«

»Jennifer, ich glaube, ich kann mich noch an dich als Kind erinnern.«

»Wirklich?«

»Ja, du kamst manchmal zu uns auf die Farm zum Tee. Du warst damals ziemlich schüchtern und abweisend.«

»So? Ich glaube, ich kann mich auch noch an dich erinnern. Ich weiß genau, einmal habe ich mit einem Jungen gespielt, der John hieß. Er lief immer weg, und ich konnte ihn nie einholen.«

»Ich möchte wetten, daß ich das war.«

Plötzlich meinte er: »Jennifer, warum bist du eigentlich zu Onkel Philipp gezogen?«

»Ich weiß nicht. Vielleicht aus Rache.«

»Wieso aus Rache? Das verstehe ich nicht.«

»Nein, das kannst du auch nicht.«

»Ist es ein Geheimnis?«

»Ja.«

Er mußte über ihr ernstes Gesicht lachen.

»Du bist doch von daheim fortgelaufen. Oder etwa nicht?«

»Ich bin von London weggegangen, weil Plyn meine Heimat ist.«

»Liebst du Plyn sehr?«

»Hm.«

»Ich auch.«

Sie schauten über den Hafen und sahen den Möwen zu.

»Wie alt bist du eigentlich jetzt, Jennifer?«

»Neunzehn.«

»Du siehst viel jünger aus.«

»Nein. Das ist nicht wahr.«

Darauf verstummte er. Schließlich fragte er:

»Hättest du Lust, die Werft einmal anzusehen? Natürlich nur, wenn du nichts Besseres vorhast. Vielleicht interessiert es dich.« Er tat, als ob ihm nichts an ihrem Besuch läge.

»Doch. Ich werde sehr gern kommen.«

»Aber bring bitte Onkel Philipp nicht mit.«

»Glaubst du, ich würde ihn mitbringen?«

»Jennifer – wenn er unangenehm werden sollte und wenn du es nicht mehr bei ihm aushältst, wirst du dir dann von mir helfen lassen?«

»Das ist sehr nett von dir«, sagte Jennifer. Sie schaute auf ihre Uhr und pfiff durch die Zähne.

»Ich sollte längst daheim sein.«

Schweigend kletterten sie die Strickleiter hinab.

»Kann ich dich mit meinem Boot irgendwo absetzen?« fragte sie.

»Nein, vielen Dank. Ich gehe zu Fuß zurück.«

»Wart einen Augenblick«, sagte John, als sie unten neben dem Boot standen. »Jennifer, was hieltest du davon, wenn wir uns wöchentlich einmal hier treffen würden? Jeden Sonntag zum Beispiel. Das ist natürlich nur ein Vorschlag.«

Jennifer überlegte. Es klang so gleichgültig, so gelangweilt, daß sie am liebsten abgelehnt hätte.

»Ist es dir ernst mit diesem Vorschlag?« fragte sie.

»Ja, natürlich.« Er lächelte sie an.

»Dann bin ich einverstanden.«

»Ich erwarte dich also am nächsten Sonntag hier?«

»Ja. Ich komme.«

»Auf Wiedersehen, Jennifer.«

»Auf Wiedersehen, John.«

Jetzt, als Gesellschafterin ihres Onkels, brauchte Jennifer nicht mehr als Stenotypistin in seiner Firma zu arbeiten. Sie hatte keine Geldsorgen mehr. Was er ihr für den Haushalt gab, war mehr als genug. Jennifer war nie leichtsinnig gewesen, aber als sie merkte, wie schwer es ihm fiel, sich von jedem Shilling zu trennen, verdoppelte sie ihre Ausgaben für den Haushalt. Sie wußte genau, daß er nichts dagegen einwenden würde. Seine Großnichte stand zwischen ihm und seinem Schuldgefühl. Wenn sie bei ihm war, würden Joseph und Janet nichts gegen ihn ausrichten können. Sie stand zwischen ihm und seiner Angst vor der Vergeltung.

Obwohl er sah, daß sie sein mühsam zusammengerafftes Geld vergeudete, wagte er nichts zu sagen. Jennifer wußte, daß jeder ausgegebene Penny ein Dorn im Herzen des alten Mannes war. Aber sie dachte an ihren Vater und empfand kein Mitleid mit dem Greis.

Das war ein Teil ihrer Rache, von der sie mit John gesprochen hatte.

Nachdem das Haus auf der Seeterrasse wieder einigermaßen wohnlich geworden war – sie hatte es völlig neu anstreichen und tapezieren lassen und vom Keller bis zum Estrich gänzlich neu eingerichtet und ausstaffiert –, fing sie an, sich mit Plyn zu beschäftigen. Große Summen wurden dem Spital, der Mission, der Armenpflege überwiesen, für öffentliche Anlagen, Straßenverbesserungen und ähnliche Dinge, alles im Namen ihres Onkels Philipp Coombe.

Die ganze Zeit über verfolgte Philipp Coombe hilflos, wie sie sein Vermögen vergeudete. Er sah, wie dieses Mädchen, das Josephs Augen hatte und Josephs Art, sich zu geben, schaltete und waltete, wie sie wollte. Und er fing an, sie zu hassen.

Jennifer sah den entsetzten Ausdruck seiner tief in den Höhlen liegenden Augen, sah, wie seine runzligen Hände die Armlehnen des Stuhls umklammerten, seine dünnen, blauverfärbten Lippen sich eng aufeinanderpreßten; sie merkte, welche Angst er vor ihr hatte, und sie lächelte insgeheim. Was kümmerte sie seine Angst?

Jennifer lebte sorglos. Ein Tag verging für sie wie der andere. Sie schrieb ihrer Mutter und teilte ihr mit, was sich bisher ereignet hatte. Sie schrieb ihr, wie Plyn jetzt aussah, daß sie bei Onkel Philipp lebte, daß sie sich hier frei und unabhängig fühlte und daß sie sich mit ihrem Vetter John angefreundet hätte. Die Antwort ihrer Mutter fiel nicht anders aus, als sie erwartet hatte. Weder kühl noch übertrieben herzlich drückte Bertha ihr Erstaunen darüber aus, daß sie mit dem Feind ihres Vaters unter einem Dach lebte. Aber sie freute sich, daß Jennifer sich bei ihm wohlfühlte.

»Francis und ich sind, nachdem wir drei Wochen auf Reisen waren, wieder hier angelangt. Ich erwarte noch viel von der Zukunft. So viele Jahre habe ich als Witwe leben müssen. Endlich habe ich einen Menschen gefunden, der mich versteht. Niemals werde ich Deinen Vater vergessen, aber erst jetzt habe ich erfahren, was wahre Liebe heißt.«

Großmama ginge es ziemlich schlecht, schrieb Mutter. Sie hätte Jennifer zwar immer noch nicht verziehen, aber doch darauf bestanden, ihren Brief zu lesen. Am meisten hätte sie ihr Zusammentreffen mit John auf dem alten Schiffswrack aufgeregt.

Jennifer mußte lachen. Als sie aber die Ermahnung ihrer Mutter am Ende des Briefes las, zuckte sie doch zusammen. »... Großmama übertreibt natürlich. Aber den Plan, daß Ihr Euch jeden Sonntag auf dem Schiff treffen wollt, finde ich auch etwas abwegig. Schließlich bist du noch reichlich jung und hast niemanden dort, der auf Dich achtet. Ich würde es gar nicht gern sehen, wenn Du Dich mit diesem Schiffbauer – oder was er sonst sein mag – einlassen würdest. Vor allen Dingen, da er Dein Vetter ist.«

»Solch ein Unsinn!« meinte Jennifer, als sie den Brief in die Tasche steckte. »Schiffbauer schreibt sie, als ob das etwas Verächtliches wäre. Dabei baut und entwirft John die schönsten Jachten im ganzen Land. Und so nahe sind wir doch auch nicht verwandt. Was geht sie überhaupt unsere Freundschaft an? Immer müssen die Menschen hinter jeder harmlosen Freundschaft gleich etwas vermuten!«

Sie war wütend, als sie den Hügel hinunterging, wütend auf alles ringsum. Zu ihrem eigenen Erstaunen war sie plötzlich am Eingang der Werft angelangt. Mitten im Hof stand John und sprach mit dem Vorarbeiter. Seine Kleider waren weiß und staubig, als hätte er in Kreide gewühlt. Sein blondes Haar hing ihm über das rechte Auge, mit der einen Hand gestikulierte er aufgeregt; seine langen Beine waren ihm überall im Weg.

Jennifer kannte diese Haltung an ihm. Anscheinend war er gerade dabei, irgend etwas zu erklären. Sie wartete geduldig. Da erblickte er sie. Seine erhobene Hand fiel herab, er richtete sich auf und unterbrach das Gespräch mit dem Vorarbeiter. »Ja«, sagte er noch wie zu sich selbst, »so müssen wir das machen...« Dann sah er auf seine Uhr und meinte: »Ich hatte keine Ahnung, daß es schon so spät ist. Wir reden morgen weiter.« Er ließ den verblüfften Arbeiter stehen und kam ans Tor.

»Bist du es wirklich, Jennifer?«

»Bist du sehr beschäftigt?«

»Nein, für heute ist Feierabend«, log er.

»Gut.«

Er machte das Tor auf und trat zu ihr.

»Was hast du gemacht?«

»Gar nichts eigentlich. Ich bin traurig. Ich habe einen unangenehmen Brief von meiner Mutter bekommen.«

»Ach! Warum unangenehm?«

»Ich werde ihn dir vorlesen, wenn du nichts dagegen hast. Er handelt eigentlich nur von ihrem Mann.«

»Mach dir nichts draus, Jennifer. Wahrscheinlich liebt sie ihn.«

»Wieso? Nachdem sie mit Papa verheiratet war?«

»Aber dein Vater ist doch schließlich schon vierzehn Jahre tot. Ich weiß, es wird dir etwas merkwürdig vorkommen, wenn ich das sage: aber warum sollte sie jetzt nicht einen anderen Mann lieben?«

»Ach, John, das kannst du nicht verstehen. Aber nach einer Ehe mit einem Menschen wie Papa wirft sie sich an einen Mann weg, der nichts als dick, eingebildet und langweilig ist... Darüber komme ich einfach nicht hinweg.«

»Ja, natürlich kannst du nicht darüber hinwegkommen. Du wirst die Gefühle deiner Mutter nie akzeptieren können. Dieser Mister Horton – wahrscheinlich ist er ein Narr –, aber wenn er sie begreift, sie versteht – was weiß ich. Vielleicht hat sie sich sehr einsam gefühlt!«

»Aber ich kann es dennoch nicht begreifen. Dieser gräßliche Mensch...«

»Deiner Mutter bedeutet er aber etwas.«

»Wenn du ihn bloß sehen könntest!«

»Manchmal können sich Frauen für die merkwürdigsten Männer begeistern. Männer mit Pickeln, schlechten Zähnen, die lahm gehen oder sich nie waschen!«

»John – bitte sei nicht gemein! Du siehst auch ziemlich unmöglich aus, muß ich sagen. Du bist ganz staubig.«

»Sägemehl wahrscheinlich«, bemerkte er trocken.

Sie versuchte, seine Jacke mit der Hand abzuklopfen.

»John, treffen wir uns Sonntag auf dem Wrack?«

»Natürlich.«

»Ich freue mich schon darauf. Du auch?«

»Hm.«

»John, glaubst du, daß Janet Coombe mit Thomas glücklich war?«

»Ich weiß es nicht recht. Vermutlich hat sie sich viel zu sehr mit Joseph beschäftigt, um überhaupt noch etwas anderes denken und empfinden zu können.«

»Joseph hat sicher seine zwei Frauen nie wirklich geliebt; er hat immer nur an ›sie‹ gedacht oder höchstens noch an seinen Sohn.«

»Und dein Vater Christopher hat sich immer nur mit dir beschäftigt und darüber seine Frau vernachlässigt.«

»Aber ist das nicht schrecklich, John? All diese Menschen haben sich geliebt und waren doch voneinander getrennt. Sie gingen fort – oder sie starben –, sie hatten Streit miteinander und verloren sich aus den Augen. Immer war etwas in ihrem Leben falsch. Sie waren eigentlich immer allein. Mir geht es auch so – immer werde ich Papa vermissen.«

»Bist du sicher?«

»Ich weiß nicht...«

»Du bist doch glücklich hier in Plyn«

»Oh, ja – sehr. Ich möchte nie wieder fort von Plyn.«

»Aber warum bis du dann nicht zufrieden?«

»Das kann ich dir nicht erklären. Wer weiß, was die Zukunft bringt, es ist alles so ungewiß – ich habe Angst...«

»Angst? Wovor?«

»Ich habe Angst davor, daß ich mich fürchten könnte – das klingt verrückt, nicht wahr? Ich wache nachts auf und fühle eine gähnende Leere – nichts wirklich Erschreckendes, nur gähnende Leere und einen undurchdringlichen Nebel. Aber tagsüber tue ich so, als ob ich das alles vergessen hätte, und dabei sehne ich mich so nach Sicherheit und Geborgenheit.«

»Jennifer! Willst du mir etwas versprechen?«

»Was?«

»Daß du mir immer alles sagen wirst. Wenn du Angst hast, wenn du dich einsam fühlst – oder auch, wenn du sehr glücklich bist. Ich möchte immer wissen, wie es dir geht.«

»Ich glaube, dir könnte ich alles anvertrauen, John.«

»Du mußt keine Angst haben, Jennifer. Das kommt alles nur davon, daß man dich als Kind soviel allein gelassen hat. Du mußt weder Angst haben noch dich einsam fühlen.«

Sie kam ganz dicht an ihn heran.

»Ich bin froh, daß ich dich gefunden habe, John. Bei dir fühle ich mich geborgen.«

»Wirst du auch immer daran denken?«

»Ja.«

»Kommst du am Sonntag aufs Schiff?«

»Hm.«

»Ich werde den ganzen Tag dort sein. Ich werde etwas zu essen und zu trinken mitnehmen.«

Sie hatte ihren Kopf an seine Schulter gelegt.

»Nicht mehr unglücklich?«

»Nein.«

»Warum versteckst du dann dein Gesicht?«

»Ich weiß es nicht.«

Sie entwand sich ihm, schlüpfte aus der Tür und rannte fort, ohne sich ein einziges Mal umzublicken.

9

Philipp Coombe zeigte sich nur noch selten im Geschäft. Er überließ alle wichtigen Entscheidungen dem Buchhalter. Vor fünfundvierzig Jahren hatte er diese Stelle bei der Firma innegehabt; damals hatte der alte Hogg ihm in allem freie Hand gelassen und war damit nicht schlecht gefahren.

Philipp war jetzt siebenundachtzig Jahre alt.

Er verbrachte fast den ganzen Tag in dem Zimmer, von dem aus er den Hafen überblicken konnte. Äußerst selten verließ er das Haus auf der Seeterrasse. Es war das Zimmer, in dem er Annie empfangen hatte, als sie ihn in den letzten Monaten ihres Lebens regelmäßig zweimal in der Woche zu besuchen pflegte. In diesem Zimmer hatte Joseph ihn zu Boden geschlagen. In diesem Zimmer hätte wohl auch Christopher gestanden, in jener Nacht, als er beschloß, daß sein Onkel Philipp sterben müsse. Aber das Schicksal hatte es anders gewollt.

Fünfzehn Jahre waren seither vergangen. Ihm gegenüber saß ein Mädchen, das Janet glich – nur daß es Josephs Augen und Haar hatte; ein Mädchen, das anscheinend keine Furcht kannte, das lediglich auf seinen Tod wartete und auf sein Geld, das es schon jetzt leichtsinnig vergeudete.

Er haßte dieses Gesicht, er blickte in die Glut des Feuers, das am Verlöschen war und nur noch mit fahler, blauer Flamme brannte, und dachte: »Jetzt überlegt sie sich, ob ich mein Testament schon geschrieben habe und wo ich es versteckt haben könnte.«

Philipp dachte darüber nach, wie er sie von der Erbschaft ausschließen könnte. Er hatte nie ein Testament gemacht; wenn er sterben würde, ginge sein ganzer Besitz an seine nächsten Verwandten. Das hieße also: an Jennifer und alle die anderen Coombes in Plyn. Immerzu mußte er darüber nachdenken.

Philipp sagte gute Nacht und ging hinauf in sein Schlafzimmer.

Jennifer traf sich anderntags mit John zum Fischen.

Sie saßen nebeneinander unter den alten Weiden am Polmearkanal. Auf dem Meer vor ihnen glitzerte die Sonne. Jennifer hielt die Angelschnur in der Hand und gähnte. Sie öffnete ein Auge und sah, wie John lachte.

»Wach auf und gib ein bißchen acht.«

An der Leine hing eine große Seeforelle und versuchte vergeblich, sich zu befreien.

»Morgen ist Samstag, da machen wir um zwei Uhr zu auf der Werft. Ich habe den ganzen Nachmittag frei. Wir könnten uns hier treffen. Hast du etwas dagegen?«

»Nein. Wirst du etwas zum Essen besorgen?«

»Ja, natürlich.«

»Gut. Dann bringe ich die Zigaretten mit.«

»Bist du müde, Jenny?«

»Nein.«

»Oder unzufrieden?«

»Ja, schrecklich.«

»Dann geht's dir genau wie mir.«

»Kann ich etwas für dich tun, John?«

»Hm.«

»Was?«

»Also, wenn du es durchaus wissen willst: ich muß ununterbrochen an dich denken, Jenny, Tag und Nacht...«

Und so kam es, daß John Stevens Jennifer Coombe gestand, daß er sie liebe. Dies geschah im Jahr 1926.

Das ganze Jahr hindurch überlegte sich Philipp Coombe, wie er Jennifer und die anderen Coombes enterben könnte.

Trotz seines Alters und trotz der ersten Anzeichen einer beginnenden geistigen Zerrüttung wußte er doch noch genau, welche Papiere er besaß und was ihm gehörte. In Abwesenheit seiner Nichte grübelte der Onkel über seinen Papieren, Listen und Dokumenten und rechnete und rechnete.

Anderthalb Jahre brauchte es, bis Jennifer ihn überredet hatte, ein Viertel seines Vermögens in wohltätigen Stiftungen anzulegen. Schweigend füllte Philipp die Überweisungen aus, die sie ihm vorlegte.

Sein ganzes Vermögen schwand allmählich dahin. Er mußte ihr zuvorkommen. Jetzt war Schluß. Er durfte keine Zeit mehr verlieren. Anfang November wußte er, was zu tun war. In seinen schwarzen Mantel gehüllt, begab er sich jetzt wieder jeden Morgen in sein Geschäft unten am Hafen.

Langsam gewöhnte man sich in Plyn wieder an seinen Anblick. Jeden Tag saß Philipp Coombe in seinem Privatbüro bei Hogg & Williams. Aber nicht einmal der Buchhalter hatte eine Ahnung, was er dort eigentlich machte.

Eines Tages erschien bei Hogg & Williams ein Herr namens Austin und verhandelte mit dem Chef hinter verschlossenen Türen. Philipp erklärte später seinen Angestellten, dieser Mr. Austin habe auch mit Schiffen zu tun.

Tatsächlich war der Unbekannte ein Schiffseigentümer aus Liverpool, mit dem Philipp schon längere Zeit in Korrespondenz stand. Der Grund seines Kommens war gewesen, die Summe festzulegen, bei deren Auszahlung sich die Firma Hogg & Williams erklären würde, ihren Namen in »James Austin Ltd.« zu ändern.

Philipp Coombe hatte alle Ausgaben und Einkünfte überschlagen und eine Summe genannt, bei der er auf keinen Fall zu kurz kommen würde. Mr. Austin war einverstanden. Das Geschäft, das über vierzig Jahre Philipp gehört hatte, wurde auf den neuen Eigentümer überschrieben. Vier Wochen sollte der Vertrag geheim bleiben. Nach dieser Frist sollte er öffentlich bekanntgegeben werden.

Jetzt blieben nur noch seine Privateinkünfte übrig, seine Aktien, Anleihescheine und sonstigen Anlagen, denn auch diese hätten für seine Erben noch einen ziemlichen Wert bedeutet. Alles, was irgendwie verkäuflich war, machte er zu Geld. Sein Barvermögen hob er von der Bank ab. Nach drei Wochen hatte Philipp seinen gesamten Besitz in Noten der Bank von England in seinem Haus auf der Seeterrasse aufgehäuft.

Das Geld berauschte ihn geradezu. Er stand in dem Zimmer, an dem so viele Erinnerungen hingen, starrte auf die Geldbündel auf dem Tisch und klatschte vergnügt in die Hände. Er würde sterben, ja, aber das alles würde mit ihm zusammen untergehen. Es würde nicht in andere Hände fallen, nicht denen Freude machen, die er so tief verachtete.

Er lachte und freute sich. Jetzt wußte er, was er zu tun hatte.

Der Mond stieg über dem Hafen auf und bildete einen silbernen Pfad auf dem Wasser. Die Lichter der Stadt tanzten und blinzelten in der Dunkelheit. Die Glocken von Lanoc Church verkündeten die Stunde.

»Jenny, bitte, geh nicht heim, bleib bei mir!«

»Aber, John, warum soll ich denn dableiben?«

»Weil ich weiß, daß wir uns nie wiedersehen werden, wenn du jetzt gehst. Bleib da, Jenny!«

Sie umarmte ihn und preßte sich an ihn.

»Du weißt doch, daß mich nichts mehr von dir trennen kann, John. Warum hast du Angst und beschwörst plötzlich Gefahren herauf, die es gar nicht gibt?«

»Ja. Vielleicht bin ich ein Narr, bin töricht, abergläubisch, alles, was du willst, Jenny, aber ich bitte dich inständig, geh heute nicht heim. Eine innere Stimme sagt mir, daß ich dich heute Nacht nicht alleinlassen darf.«

»John, du redest dir irgend etwas ein, wofür nicht der leiseste Grund vorhanden ist.«

»Jenny, bitte, geh nicht fort, bleib bei mir. Ich halte dich fest, daß du nicht fortgehen kannst. Ich möchte dir gern erzählen, was ich von dir geträumt habe, Jenny!«

»Nein, John.«

»Komm zurück, Jennifer, bleib hier. Jennifer, Jenny!«

Sie waren an Philipps Haus angelangt.

Sie sprang die Stufen zur Haustür hinauf und lachte. »Sei so lieb und geh jetzt heim. Auf Wiedersehen, morgen.« Sie schlug die Tür hinter sich zu und war im Haus verschwunden.

Als Jennifer die Tür zugemacht hatte, schloß sie die Augen und lehnte die Stirn gegen die kühle Wand.

Um wieviel lieber wäre sie jetzt mit ihm gegangen!

Nun war sie allein, während John vermutlich nur noch wenige Schritte von seiner Haustür entfernt war. Langsam ging sie die Treppen hinauf. Die Uhr unten in der Halle schlug halb elf.

Sie mochte etwa drei oder vier Stunden geschlafen haben, als sie vom grellen Schein einer Taschenlampe geweckt wurde. Sie richtete sich schlaftrunken auf. Neben ihrem Bett stand Onkel Philipp. Er war völlig angekleidet. Als sie schreien wollte, legte er den Finger an die Lippen und blickte furchtsam nach der offenen Tür.

»Pst«, flüsterte er, »wir dürfen keinen Lärm machen, sonst

hören sie uns. Zieh schnell deinen Morgenrock an und komm!«

Was hatte er wohl? Waren Einbrecher im Haus? Jennifer suchte nach ihrem Morgenrock und ihren Pantoffeln.

»Sind sie unten?« fragte sie. »Kann man denn nicht telefonieren? Wenn wir Lärm machen, erschrecken wir sie vielleicht?«

Er schüttelte den Kopf und legte die Hand auf ihren Arm. »Komm mit!«

Er ging voran in das große Wohnzimmer. Zu ihrer Überraschung brannten alle Lampen. Im Kamin loderten die Flammen wie mitten im Winter. Auf dem großen Tisch in der Mitte des Raumes lagen Papiere und Dokumente, auch riesige Haufen von Banknoten, wie sie zu ihrem Entsetzen feststellte.

»Siehst du diese Papiere dort auf dem Tisch?«

»Ja, natürlich. Was ist damit?«

»Das ist alles Geld, Jennifer. Dort liegen Banknoten, Aktien und Anleihen. Das gehört alles mir – begreifst du das? – mir und sonst keinem!«

»Ja. Und was willst du damit machen?«

»Auf diese Frage habe ich gewartet. Du möchtest wissen, wer das alles erben wird – wer das Recht hat, darüber zu verfügen, wenn ich tot bin? Deine Finger strecken sich schon gierig nach diesem Tisch aus – ich kenne dich, ja, ja, ich kenne dich! Du glaubst, das alles wird einmal dir gehören, he? Oder irre ich mich etwa ...? Aber du hast dich getäuscht. Keinen einzigen Penny wirst du bekommen, keinen Penny!«

Er lachte hoch und schrill. Er lehnte sich über den Tisch, ergriff ein paar Banknoten und zerriß sie vor ihren Augen. »Da – da! Das ist deine Erbschaft.«

Jennifer blieb stumm. Jetzt wußte sie, daß ihr Onkel wahnsinnig geworden war, sie wußte, daß sie ihn jetzt vorsichtig behandeln mußte, sonst würde er noch mehr Unheil anrichten.

»Onkel Philipp«, sagte sie sanft, »wie wäre es, wenn wir das alles morgen besprechen würden? Du bist jetzt müde – es ist höchste Zeit, ins Bett zu gehen.«

Er warf ihr mit zusammengekniffenen Augen einen Blick zu und verzog den Mund zu einem Lächeln.

»Nein. Ich weiß sehr wohl, was du im Schilde führst. Du denkst, ich bin ein alter Mann und du bist mir über. Ich kenne dich. Sobald ich nur den Rücken wenden würde, würdest du dir alles nehmen. Aber ich bin schlauer als du. Viel schlauer.« Er ging an ihr vorbei und öffnete die Tür. Aus dem Gang kam ein merkwürdiger Brandgeruch. Sie ging zur Tür.

»Was soll das heißen? Was hast du gemacht?«

Die Luft war voll Rauch, das ganze Treppenhaus voller Qualm. An den Stufen und an der Holztäfelung leckten die Flammen, in großen Stücken fiel die brennende Tapete herab.

Jennifer fielen die beiden Dienstboten ein, die oben unter dem Dach schliefen. Ihr Onkel riß sie ins Zimmer zurück und verschloß die Tür.

»Nein – du darfst jetzt nicht fortgehen«, schrie er, »du mußt bei mir bleiben. Ich will nicht allein sein, sonst kommen sie und erwürgen mich. Wir müssen aufpassen, daß sie draußen bleiben. Du mußt mir jetzt beistehen, Jennifer!«

Er nahm ein brennendes Stück Holz aus dem Kamin. Er zündete die Vorhänge an den Fenstern an, den Teppich und die Papiere auf dem Tisch. Jennifer sah ihm zu, unfähig, sich zu rühren. Sie wollte schreien, aber sie konnte nicht. Gierig griffen die Flammen von den Vorhängen nach der Tapete und verzehrten alles, was ihnen im Weg stand.

Jennifer warf sich gegen die Tür und schrie, so laut sie konnte. Sie atmete nur noch Rauch. Sie hustete, Tränen rannen ihr über die Wangen. Sie suchte den Schlüssel, den ihr Onkel fortgeworfen hatte. Als sie ihn endlich gefunden hatte und mühsam die Tür aufschloß, schlugen ihr der Qualm und die Hitze von der brennenden Treppe entgegen.

Hinter sich hörte sie Poltern. Eines der Bücherregale löste sich von der Wand und fiel splitternd und krachend in das Flammenmeer.

»Onkel Philipp!« schrie sie. »Onkel Philipp, komm!«

Er hörte ihre Stimme und kam auf sie zu.

»Fort, Joseph!« Er nahm einen Stuhl und schleuderte ihn

nach ihr. Sie stürzte zu Boden und richtete sich mühsam wieder auf. Sie blutete. Ein letztes Mal wandte sie sich um. Durch die offene Tür sah sie Onkel Philipp mit ausgestreckten Armen zwischen den Flammen herumtanzen.

Sie versuchte, sich an der Wand festzuhalten. Auch unter ihr brannte es – es gab keinen Ausweg mehr. Der Fußboden neben ihr versank und zerfiel zu glühender Asche.

Das Zimmer hinter ihr hatte keine Wände mehr – die Gestalt ihres Onkels war verschwunden.

Jennifer wurde ohnmächtig. Sie war wie von einer großen Wolke eingehüllt – sie fiel und fiel. In weiter Ferne hörte sie noch ein Geräusch wie von zusammenbrechenden Mauern; um sie herum schien alles zu brennen...

Als vor John die Tür ins Schloß gefallen war, hatte er das Gefühl, es sei ein Abschied für immer gewesen. Er wandte sich ab und ging hinunter zum Hafen. Er war wütend, daß Jennifer alles, was er sagte, für töricht erklärt hatte.

Er war unruhig und bedrückt. Er wußte genau, wenn er jetzt heimging, konnte er doch nicht schlafen. Als er auf der Werft war, trat er hinaus auf den Bootssteg und betrachtete das stille Wasser des Hafens, in dem sich der sternenbesäte Himmel spiegelte. Er band das Boot los, sprang hinein und trieb es mit kräftigen Ruderschlägen rasch vom Ufer weg. Es war die Zeit zwischen Ebbe und Flut; das Wasser war fast reglos, und John kam schnell vorwärts.

Die körperliche Anstrengung würde das seltsame Angstgefühl, das ihn schon den ganzen Tag erfüllte, vielleicht beschwichtigen. Aber sie ermüdete ihn nur äußerlich, die innere Unruhe wollte nicht weichen. Er bangte um Jennifers Leben. Irgend etwas Entsetzliches bereitete sich vor – etwas, das für immer das Glück zweier Menschen zerstören würde, das ihm Jennifer entreißen wollte.

Ohne es zu wissen, war John die ganze Zeit in Richtung nach dem Polmearkanal gerudert. Das Wrack lag einsam und verlassen. Es warf einen riesigen Schatten auf das Wasser. Er machte das Boot fest und kletterte auf das Schiff. Er tastete sich hinab in die dunkle Kajüte. Dort setzte er sich auf die

Bank hinter dem Tisch und vergrub das Gesicht in den Händen. Hier hatte er Jennifer zum erstenmal erblickt. Überrascht und verärgert hatte sie sich nach ihm umgesehen, weil er gewagt hatte, sie zu stören. Tränen waren ihr über die Wangen gelaufen. Und dann hatten sie zusammen die Briefe ihres Vaters gelesen. Schulter an Schulter hatten sie nebeneinander auf der Bank gesessen. Und er hatte ihr Haar im Gesicht gespürt.

Hier hatte er sie zum erstenmal geküßt. Er war traurig und glücklich zugleich, wenn er jetzt daran dachte. Sie war schon auf der Treppe gewesen und hatte sich zu ihm, der noch unten stand, umgedreht; und ohne zu wissen, was er tat, hatte er sie in die Arme genommen und in die Kajüte getragen. Immer wieder hatte er sie geküßt und an ihrem Ohr geflüstert: »Ach, Jenny...«

Wenn sie später hier unten zusammen auf der Bank gesessen hatten, waren sich ihre Blicke ganz anders als vorher begegnet. Jennifer war meist schweigsam und verwundert gewesen, er überglücklich und nicht imstande, sie auch nur eine Sekunde aus den Armen zu lassen. Als sie sich dann schon länger kannten, hatten sie manchmal darüber lachen müssen und festgestellt, sie seien sicherlich das erste Liebespaar, das sich in der Kajüte eines Wracks gefunden hatte.

John hockte, das Gesicht in den Händen vergraben, im Dunkel. In seinem Kopf war ein wirres Durcheinander. Schließlich schlief er ein.

Als er einige Stunden später erwachte, fror er und fühlte sich elend. Er mußte schleunigst heim. Er kletterte die Strickleiter hinunter ins Boot.

Als er einen Blick auf die weiße Galionsfigur über sich warf, war ihm, als ob sich ihre Lippen bewegten und ihm zuflüsterten: »Wenn du Jennifer retten willst, beeile dich, es könnte sonst zu spät sein!«

Er sah nach Plyn hinüber, das ruhig zwischen den Hügelhängen eingebettet schlummerte. Und mit einemmal wußte er, was die Figur meinte.

Dort, auf der Felsterrasse, flammte ein riesiges Feuer – das Haus Philipp Coombes brannte.

Als John das Haus endlich erreicht hatte, mußte er sich mühsam einen Weg durch die Menschen bahnen, die überall aufgeregt schreiend herumstanden.

Die kleine Feuerspritze vermochte nur wenig gegen die Gewalt der Flammen auszurichten. Die Männer an der Pumpe gaben ihr Letztes, aber das Feuer schien ihrer Anstrengung zu spotten, und die wütenden, hungrigen Flammen stiegen immer höher.

John hielt einen der Männer an. Er versuchte, den Lärm und das Krachen zu übertönen: »Sind keine Menschen mehr im Haus? Habt ihr sie retten können?«

Der Mann schüttelte stumm den Kopf. Er zeigte auf die Leiter.

»Dort bringen sie zwei. Die beiden Dienstboten wahrscheinlich. Aber sämtliche Wände brechen schon zusammen. Unten ist sicher schon alles verbrannt. – Dort – Mister Stevens –, dort!«

Die Menschenmenge brach in einen einzigen Schrei des Entsetzens aus. »Zurück!« hörte man einen der Männer rufen, »zurück!«

Ein Teil der Front des Hauses stürzte zusammen. Ziegelsteine und brennende Balken wirbelten durch die Luft. Die Feuerwehr bemühte sich, die Menschen von dem brennenden Haus abzudrängen, und zog sich zurück.

»Nein, nein!« schrie John. »Da drinnen sind noch lebende Menschen! Wir müssen sie retten!«

Die Leiter wurde wieder aufgestellt.

»Kommen Sie herunter, Mister Stevens!« hörte er eine gellende Stimme hinter sich rufen. »Es ist zu spät, in dem Haus lebt niemand mehr.«

John ließen die Schreie und Warnungen kalt. Langsam stieg er die Leiter hinauf und schwang sich durch eins der Fenster ins Innere des brennenden Hauses. Eine Rauchwolke empfing ihn und machte ihn taumeln.

»Jennifer...!« schrie er. »Jennifer...! Jennifer!«

Halb blind tastete er sich vorwärts; endlich fand er die Treppe, die unter jedem seiner Schritte nachgeben wollte; von unten schienen gierig die Flammen nach ihm zu greifen.

»Jennifer!« rief er verzweifelt. »Jennifer! Jennifer!«

Dann sah er sie – dicht neben der Treppe lag sie. Der Boden neben ihr schwankte, als ob er sich in die hungrigen Flammen, die schon auf ihn warteten, hineinstürzen wollte. Er riß sie in seine Arme. Als er oben an der Treppe zusammenbrach, sah er, wie die Stelle, an der sie eben noch gelegen hatte, sich langsam neigte und in den Flammen versank...

Jemand packte ihn am Arm und brüllte ihm etwas in die Ohren. Er spürte noch, daß man sie aus dem beißenden Rauch ins Freie zog. Er sog wieder frische Luft ein und sah einen Augenblick lang die Sterne über sich – er hörte Menschen schreien, und dann wurde es dunkel um ihn.

Als Jennifer die Augen öffnete, sah sie John neben sich knien. Sie lächelte und streckte die Hand nach ihm aus. Er nahm sie in die Arme, und sie barg den Kopf an seiner Schulter. Sie hatte keine Ahnung,was geschehen war. Er sah auf und blickte auf das Haus, in dem sie eben noch gewesen waren. Aber dort stand nur noch eine Ruine, die rot gegen den nächtlichen Himmel loderte.

10

Jennifer stand auf dem Hügel, der sich über Plyn erhebt, und blickte hinunter auf den Hafen. Obgleich die Sonne schon hoch am Himmel stand, war die Stadt noch immer unter einer dichten Nebeldecke verborgen. Wie ein verblichenes grobes Leinentuch klebte der Nebel an den Mauern der Stadt und gab ihr etwas Unwirkliches, als hätten Geisterfinger leise über sie hingestrichen. Es war die Zeit der Ebbe. Ruhig und gleichmäßig flossen die Wasser aus dem Hafen und strömten hinaus ins Meer. Nirgends zeigte sich eine Welle. Kein Wölkchen trübte den blassen, weißlichen Himmel. Sekundenlang stand eine Möwe in der Luft, streckte ihre Schwingen im Schein der Sonne und tauchte mit einem Schrei im Nebel unter.

Mehr als drei Jahre waren seit der Feuersbrunst vergangen. Inzwischen war das alles längst vergessen – eine Erinnerung, die kaum noch irgendwelche Beziehung zur Gegenwart hatte.

Plyn hatte sich in der Zwischenzeit nicht sehr verändert. Die letzten Reste der rauchgeschwärzten Ruine hatte man abgetragen. An ihrer Stelle stand auf der Seeterrasse jetzt ein Hotel, in dem im Sommer die Fremden wohnten.

Das rote Ziegelhaus am Kai trug nicht mehr das Firmenschild »Hogg & Williams«; goldglänzende Lettern über dem Eingang verkündeten jetzt, daß sich hier die Firma »James Austin & Co.« befand.

Im großen ganzen bot die Stadt noch immer den gleichen Anblick wie früher. Das ganze Jahr hindurch fuhren die Schiffe ein und aus, lagen neben den Kränen an der Flußmündung, und man hörte das Echo der Schiffssirenen, das dumpf vom Hügel widerhallte. An der Mündung des Polmearkanals lag die große Werft, die John gehörte; sie hatte keine haushohen Docks, keine gigantischen eisernen Kräne und fügte sich harmonisch in das Stadtbild ein. Ein Wald von Segelschiffmasten erhob sich vor ihr am Ufer. Überall auf dem schiefergrauen Boden standen die großen Gerippe der im Bau befindlichen Boote.

Johns Jachten waren in ganz Westengland berühmt. Jedermann in Plyn kannte John Stevens und war stolz auf ihn.

Jennifer wandte sich um und sah John den Hügel heraufkommen.

»Was suchst du denn hier oben?« fragte sie. »Du solltest doch auf der Werft sein und arbeiten, damit deine Frau und dein Kind zu essen haben.«

Aber er lachte nur und nahm sie in die Arme. »Es ist mir egal, und wenn uns alle zusehen... Ich bin dir nur nachgegangen, um dir zu sagen, wie satt ich dich habe. Weißt du, daß wir heute genau drei Jahre verheiratet sind, Jenny? Mir kommt es wie mehrere Jahrhunderte vor.«

Sie fuhr ihm mit der Hand durchs Haar.

»Weißt du noch, wie plötzlich die Glocken anfingen zu läuten? Und wie wütend wir waren, weil doch niemand etwas wissen sollte? Und wie wir – romantisch wie immer – unbedingt mit dem Schiff zur Kirche fahren wollten, und wie die Maschine plötzlich auf halbem Weg stehenblieb?«

»Ja, und ich dachte: Gott sei Dank, jetzt muß ich doch nicht heiraten... John, ich bin vielleicht nicht immer sehr nett zu dir gewesen, manchmal vielleicht recht schwierig – hast du es je bereut, daß du mich geheiratet hast? Ich spreche jetzt ganz im Ernst.«

»Jenny, Liebes...«

»Es ist ein seltsames Gefühl, sich vorzustellen, daß wir immer zusammenbleiben werden, John. Vielleicht haben schon unsere Eltern, unsere Großeltern und unsere Urgroßeltern sich hier oben auf dem Hügel das gleiche gesagt...?«

»Warum jetzt an sie denken, Liebes? Ich will nur an uns denken und nicht an die verwitterten grauen Grabsteine auf dem Friedhof.«

Sie ruhte in seinen Armen und blickte an seiner Schulter vorbei in die Ferne.

»Vor hundert Jahren standen auch zwei hier oben, John, so wie jetzt wir. Zwei Menschen, die unsere Vorfahren waren – zwei, zu denen auch wir gehören. Und sicherlich waren sie damals genauso glücklich wie heute wir.«

»Glaubst du, Jenny?«

»Ach, John, die Menschen reden so viel von Arbeit, Ehrgeiz, Schönheit, Kunst – und dabei kommt es doch nur darauf an, daß zwei sich lieben – wir zwei – und daß Bill mit seinen beiden Beinchen zufrieden in der Sonne strampeln kann.«

Sie gingen langsam den steilen Weg hinab zur Stadt.

Ihr Haus war nur fünf Minuten von der Werft entfernt. Es stand genau an der Stelle, an der Thomas die ersten Modelle für seine Schiffe entwarf. Bei Springflut spülten die Wellen über die untersten Türstufen.

Im Garten lag Bill. Er lag auf dem Bauch und zupfte Grashalme aus. Jennifer hob ihn auf und schalt leise mit ihm.

John kitzelte seinen Sohn mit einem Strohhalm unter der Nase. Bill nieste und krümmte sich vor Lachen.

Über den Hafen hinweg hörte man das Geräusch der

Hämmer – man hörte, wie Äxte morsch gewordenes Holz auseinanderbrachen. Das alte Schiff in der Mündung des Polmearkanals wurde abgewrackt. An der Stelle, an der einst ein stolzes Schiff strandete, stand nur noch ein Gerippe.

Jennifer warf einen Blick auf den großen Mastbaum, der neben dem Haus im Garten stand.

An dem Mastbaum lehnte die Galionsfigur eines Schiffes, eine kleine weiße Holzfigur, die ihre Hände vor die Brust hielt, das Kinn in die Luft reckte und über die Stadt und den Hafen hinausblickte aufs Meer...

Janet Coombe lächelte. Sie war erlöst.

PAVILLON

Doris Jannausch
Sanfte Männer lieben besser
Roman
02/154 · nur DM 6,-/€ 3,-

Sandra hat von den Männern genug. Deshalb wirft sie den Mann, den sie nachts auf einer Brücke kennengelernt hat, ihren Freundinnen, den »Crazy Singles«, in die Arme. Doch nun geht die Aufregung erst richtig los …

Eric Van Lustbader
Teuflischer Engel
Roman
02/146 · nur DM 8,-/€ 4,-

Catherine Coulter
Die Stimme des Blutes
Roman
02/155 · nur DM 6,-/€ 3,-

Desmond Bagley
Lebenslänglich mit Rückfahrkarte
Roman
02/152 · nur DM 6,-/€ 3,-

Kay Cavendish
Hitzewelle
Roman
02/153 · nur DM 6,-/€ 3,-

Blöde Männer
Neue Witze über Männer
02/156 · nur DM 6,-/€ 3,-

Pavillon

Die neuen Taschenbücher

PAVILLON

Alexandra Ripley
Virginia
Roman
02/147 · nur DM 8,-/€ 4,-

Meisterhaft entfaltet Alexandra Ripley, die Autorin des Welterfolges *Scarlett*, hier ein farbiges Epos von der Liebe und dem Willen zum Erfolg: Chess und Nate machen nach dem Bürgerkrieg ein Vermögen. Doch sie wollen mehr, viel mehr ...

Gayle Feyrer
Prinz der Kelche
Roman
02/145 · nur DM 8,-/€ 4,-

Colin Forbes
Das Tor zur Hölle
Roman
02/151 · nur DM 6,-/€ 3,-

Roswitha Köhler
... und plötzlich war der Anker weg
Heiterer Roman
02/148 · nur DM 6,-/€ 3,-

Daphne Du Maurier
Die Frauen von Plyn
Roman
02/149 · nur DM 6,-/€ 3,-

Heinz G. Konsalik
Frauen verstehen mehr von Liebe
Roman
02/150 · nur DM 6,-/€ 3,-

Pavillon
Die neuen Taschenbücher

HEYNE BÜCHER

Catherine Coulter

Romane von
tragischer Sehnsucht und
der Magie der Liebe.

01/13202

Rivalen des Glücks
01/9965

Fluch der Liebe
01/10094

Der Herr der Falkenschlucht
04/154

Stolz und Leidenschaft
04/159

Sehnsucht und Erfüllung
04/169

Dornenpfad
04/173

Der Stern der Rache
04/184

Herrin des Herzens
01/10373

Die blonde Sklavin
01/10557

Stachel der Sehnsucht
01/10767

Die schöne Fremde
01/13074

Tanz in die Liebe
01/13158

Schloss der Liebe
01/13202

HEYNE-TASCHENBÜCHER

HEYNE BÜCHER

Johanna Lindsey

»Sie kennt die geheimsten Träume der Frauen ...«
Romantic Times

Fesselnde Liebesromane voller Abenteuer und Zärtlichkeit.

01/10947

Ungestüm des Herzens
01/9452

Rebellion des Herzens
01/9589

Halte mein Herz
01/9737

Wogen der Leidenschaft
01/9862

Wer die Sehnsucht nicht kennt
01/10019

Die Sprache des Herzens
01/10114

Die Rache der Liebe
01/10317

Juwelen der Liebe
01/10521

Zärtliche Sünderin
01/10627

Was der Nachtwind verspricht
01/10782

Wild wie die Nacht
01/10947

Stürmische Begegnung
01/13141

HEYNE-TASCHENBÜCHER

HEYNE BÜCHER

Utta Danella

Große Romane der beliebten deutschen Bestseller-Autorin.

01/10419

Eine Auswahl:

Die Jungfrau im Lavendel
01/670

Das verpaßte Schiff
01/6845

Der schwarze Spiegel
01/6940

Regina auf den Stufen
01/8201

Das Hotel im Park
01/8284

Der blaue Vogel
01/9098

Jacobs Frauen
01/9389

Niemandsland
01/9701

Die Unbesiegte
01/9884

Ein Bild von einem Mann
01/10342

Wolkentanz
01/10419

Die andere Eva
01/13012

HEYNE-TASCHENBÜCHER